用無し侍

―荒れ野を茶園に―

富永彰平

鳥影社

用無し侍

——荒れ野を茶園に——

目次

第一章　落葉

第二章　萌　芽

第三章　結　実

終章　再生

第一章　落葉

斬り込み

戦《いくさ》するに良いか悪いか分からぬ小糠雨《こぬかあめ》。それが目の先の景色を朧《おぼろ》にしている。腰の大小二刀は常とまったく同じ物。だのに、今は心なし重く思われて仕方がない。

セキシンシュギタイ――組んだ一団を男たちはそう名付けた。

結隊主旨を記した血誓帳《けっせいちょう》には、古式に則り、左無名指《クスリユビ》を小柄《こづか》で刺して捺《お》した血判をきちんと並べはしている。けれども、用いた紙は昨今の物不足の上に、もともと勝手向き不如意なため、高価な牛王《ごおう》は買えもせず、仕方なしにそこらで手に入るような安物で済ませている。『赤心守葵隊』――他隊に比べれば、いささか長く、間延びした名のように聞こえるのかもしれない。けれども、そうなってしまったには、それなりの訳もある。

ひと月ほど前、男たちは密かに誘われていた。――ほれ、昔から『君辱《はずかし》めらるれば、臣死する時なり』と言うだろう。ならば今がまさしくその時。薄々聞いてはおられようが、近いうちにひと暴れしてみせる。その折はきっと加わってくれ――。

ただ、慶応四年の江戸士《えどざむらい》はそうして死に処を求めておきながら、あの彰義隊の誘いには、正直のところ、初めは大いに迷い、ためらいもした。居ても立ってもおられぬ気持ちのまま、押《オ》ッ取り刀、にっくき薩長土賊に一矢報いんとすぐさま加わるようなマネはできなかったのだ。逡巡するそれぞれには、躊躇するに足るだけの悩み事があった故。

例えば、ある者は、老いた親が長患いの末に汗じみたセンベイ布団に伏せっている。またある者は、子を産んだばかりの妻がいる。その子が男児ならなおさらのことで、ろうたげなその小さな口からせめて薄いカユでもすすれるくらいになるまでは、わが子の成長を見守ってやりたいと女々しく願いもしてしまった。もちろん、そんなオノレのことを、真《まこと》の江戸士にあらざる怯懦《きょうだ》の者として、一方ではじゅうぶん恥じもしたのだ。

けれども今は、邪魔なタモトは白ダスキでくくり上げ、鉢金をキリリと額に凛々しく結んで戦の用意を終えている。ある者は以前剣術の稽古に使っていた打ち傷だらけの樽胴《たるどう》・革胴《かわどう》を、またある者は淫《みだ》らがましい枕絵《まくらえ》や春本《しゅんぼん》といっしょに納戸の唐櫃《からびつ》に長年仕舞い続けたカビだらけのヨロイを身にまとっている。命惜しみするつもりなぞ全く無い。けれどもやすやすと一太刀二太刀で斬られ死ぬのは如何にも悔しい。そこでしっかりと着込んだ鎖帷子《くさりかたびら》は、それでも所々赤サビが浮き、破れ目・つぶれ目が多くある。

外見こそまとまりはないけれども、火と燃える決意で集まり、さて、隊の呼び名はどうしようかとあれこれ思案するうちに、いつしかそれは五文字になっていた。それでも、セキシンシュギタイと声に出してみれば、その響きはまんざら悪くもない。一点の曇りなき忠心から、尊き徳川家の大切な御家紋をお守り申し上げる——そんな決意を込めたつもりではある。

けれども、果たしてそれが漢語の規則にかなったものなのかどうかは分からない。学びの年月はじゅうぶんあったのだから、嫌々ながらも漢詩の素読にはもっと励んでおくべきだったと、隊員それぞれ口には出さずとも心密かに悔いているようでもある。

京の都に千年おわせられる畏れ多くもかしこき天朝様を神輿に担ぎ上げ、その御威光をカサに着て正義を気取り、勝手放題の乱暴狼藉を楽しむ、あの、はねっ返りの西国イモ侍ども。そんなカラスの群れにむざむざとフンをかけられてしまった形の葵《あおい》の御紋。

聞けば、おおそれながら、総大将たる公方様の意気地の無さにも一因があったらしい。仮に御自らが京の都あたりで華々しく討ち死にでもなさっていたなら、御紋はかえって輝きを増していただろうのにと、江戸に住む誰もが口には出さぬもののホゾ噛む思いでいるのだ。

あの折、慶喜公は密かに軍艦に乗り、夜陰に乗じてサッサと海路で戻っていらしったというのがもっぱらのウワサ。ただ、そんな話は脇に置き、やはり徳川家の三つ葉アオイの御紋が田舎ッポどもに踏みにじられてしまったのは確かなこと。その泥をぬぐい清め、元の光輝を取り戻させ、永年賜った御恩沢に報いたいという切なる思いを一同は分かち合っている。

江戸に生まれ育ったがゆえに戦馴れなぞしているはずもない、名ばかりの軍人《いくさにん》。元をたどれば、確かに、家康公に付き従って遥々江戸までやって来た三河武士の先祖たちこそ、敵をさんざんに斬り伏せ、あるいはヤリで突き貫く殺し合いに明け暮れし、生臭い血刀を傍《かたわ》らに置いたまま野戦の場に寝起きした猛々しき男たちではあったろう。

けれどもその末裔《まつえい》たる自分たちは、これまで斬り合いなぞとは無縁のまま、父祖の槍手柄に応じた禄を徳川様から頂戴し、戦とはまったく関わり無しに代々を生きて来ている。それが今、退くに退けぬ男意気地の殺し合いに、我と我が身を投じようとしている。

そんな赤心守葵隊と同様、江戸のそこかしこにあるゴチャゴチャとした組屋敷に暮らす他の士たちも、同じように義勇の隊を作っていた。名にし負う旗本の『彰義隊』は言うに及ばず、『尽忠隊』『龍虎隊』『臥龍隊』『神木隊』『純忠水心隊』と、有志の集まりは様々だ。けれどもその熱き思いはいずれも同じはず。このまま湿気た花火のように爆《は》ぜもせず煙すら上げぬままに終わるわけには断じて行かない。このままではあまりに情けない。箱根の先無慮二、三百里か、遥々そんな西から攻め入って来た、にわか仕立てのイモっ掘りの、侍だか土百姓だか分からぬ烏合の衆に江戸を蹂躙させたまま、あっさりと徳川の世を終わらせるわけには断じて行かない。それを許してしまえば、三河武士を先祖に持つ江戸士の誇りが廃る。ならば残された道はただ一つ、あれぞまことのモノノフよ、と世人に言わしめ、死ぬるのみ。

そんな有志の集まりには加わらぬけれども、市中を闊歩する薩長土賊の者には、闇討ちのようにして殴打を加え、相手の左肩に縫い付けられた夜目にも鮮やかな錦布《キンギレ》をはぎ取ったりする者も多くあらわれた。そうして留飲を下げればクサクサした気分も一時は晴れるのかもしれない。けれども、自分たちはそれ以上の、いかにも武人らしい仕方でもって敵に誅罰《ちゅうばつ》を加えずにはどうにも収まらぬ気持ちでいるのだ。

対するに、こちらの不穏な動きを察知したらしき敵は怒り心頭のはず。慶喜公を殺さず赦し、江戸も焼かずに済ませてやったのに、とかえって憤怒を募らせているに違いない。


隊が集結したのは、上野の山より西へ半里ほど行った龍雲院の境内。並存の神社には、大名屋敷が庭にこさえるような築山なぞとは比べ物にならぬほど高々と土を盛った富士塚がある。それへ登り、真鍮《しんちゅう》の十里見《トオメガネ》で眺めてみれば、どういう仕掛けか分からぬものの、筒の中に仕込まれたビードロ板幾枚かを透かして、ボンヤリながらも上野の山の様子がつかめもする。それでもって戦端が開かれたのが認められたなら、すぐさまこちらは西から加勢に向かい、敵の守りの薄い所を突くつもりでいる。

彰義隊が山上に陣取っていれば、きっと敵の目は上ばかりに向けられているはず。戦が始まれば、なおのこと敵は正面ばかりに気を取られ、山の中腹で思ってもみぬ方角から不意打ちを食らえば総崩れになるだろうという読みがまずある。

元より多勢に無勢、衆寡敵せずはじゅうぶん承知の上のこと。そうなれば、彰義隊と団子になって真正面から敵とやり合うのは下策中の下策だろう。ならば、自分たちのような小隊は、猛るクマにたかるハチとなって四方八方から刺しに行くのが上策に違いない。そうしてうるさく攻め立てられれば、如何な多勢の敵とて慌てもし、まとまりを失いもするだろう。

正面突破とは全く違うその闘い方は武士にふさわしいものとは言えないかもしれない。けれども、それはそれで兵法の一つと、隊員皆納得している。他の隊もこちらと同じ考えとしたならば、今頃はきっと同じように山から離れた場所に身をひそめ、その時をじっと待っているに違いない。

雨が降り続いている。

今は五月半ばながら、四月が閏《うるう》で二度あったため、ここのところの空模様は常の年の七月のそれに似ているようだ。如何にも梅雨の盛りらしく、いつ終わるとも知れぬ雨が煮え切らぬ様子のままに降っている。この先ドシャドシャと大降りになりでもしたなら、濡らしてはならぬ太刀の柄糸も雨叩きのままにするしかない。けれどもそれこそが実戦と言うものなのだろう。武士のありようや平時の決まり事なぞ、何一つとして守れぬと観念するしかない。よくよく考えれば、武士の魂たる太刀とて、ただの戦の道具に過ぎぬのだ。敵を斬れば返り血を浴び、握った柄は相手の汚い血を吸ってダメになる。戦が終われば当然ながら柄は巻き直し、刃は研ぎ直しすることになる。ただ、そんな手入れも、こちらがまだ生きておればこそのこと。斬られ死すればその要も無く、あれこれにかかる銭の心配をする要も無い。

戦を前に一応腹ごしらえはしてある。

元《もと》よりこれから始めようとしているのは、少々荒っぽいだけの祭り喧嘩ではない。戦と言うものが正真正銘の殺し合いならば、もちろん心穏やかなはずもない。だからと言って景気づけに酒を飲むはずはない。だのに、まるで茶わん酒を何杯かあおりでもしたように隊員たちはせわしく小便《チョーズ》を催すらしく、一人また一人と小ヤブの中へ消えては、袴《はかま》の片スソをたくし上げ、下帯の脇から手を突っ込むと、つのる恐怖のせいで幼児のソレのように縮んでしまった親指様のモノをひっぱり出し、チョロチョロと音立てて筒先から湯を放てば、ゾクゾクと寒気を覚えた如くに小震いし、また何食わぬ顔して戻って来るを繰り返す。

その様子を横目に、高取征克《たかとりゆきかつ》も同じように用を足し、つま先二尺から流れる細い黄色の川を見ながら、ああ、戦々恐々とはこのことか、と、オノレを苦く笑った。

それにつけても、一体、どのようなぶつかり合いになるのだろうか、と征克は案じ始める。雨で足元の危なっかしいうえに、こちらが攻め立てる場所は斜面。敵味方とも濡れネズミになって転がり、泥にまみれて斬り合うのなら、どちらが不利と言うこともないのかも知れない。ならば刀は別として、飛び道具の方はどうだろう。今は雨露で火縄が消えてしまうような鉄砲の代わりに、渡り物の新式鉄砲が使われている。そうなれば、なおのこと照り降りとは関わりなしに戦はできることになる。雨が小止みになるのを待つ要も無いとしたならば、ひょっとすると今にも戦が始まって何の不思議もない。

「ああ、じれってぇ……、いつまで待ちゃ良いのだっ」

「こっちの裏をかいて、日暮れ時にでも仕掛けるつもりか。さんざっぱらジラしといて、一気に事を決する気かも知れぬ」

「まるで巻き過ぎの三味線糸だ。もう我慢がピンと切れちまいそうだぜ」

「昨日は気が立って一睡もできなんだ」

耐えきれなくなったそれぞれが愚痴を聞かせ合うあいだに、様子を見に行っていた男が戻ってきた。

「ワンサカ取り巻いてる。山すそをグルッとだ」

「穴はなかったか」

「根岸の辺りが甘いといえば甘かったようにも思われる」

「なら、そこを破るか。大回りにはなるが……」

その刹那、くぐもったような砲声が小さく聞こえた。

「始まったぞっ」

富士塚の上で真鍮の筒を目に当てていた男が叫んだ。

雨のもと、こちらがあれこれ考え、心悩ますうちに敵は虚を突き、早々に戦を仕掛けたらしい。けれどもお蔭で、焦らされるばかりだった隊員皆、妙なことにもホッとしている。

「行くぞっ」

即座に応ずる声が上がった。戦の場とは半里の隔たりがあるため、さすがにぶつかり合う敵味方の喚声までは届かない。山へ向かう隊員たちの足音は、辺りを充たす鬱陶しいほどの湿気が吸い取ってくれてもいる。

小半刻ほどのあいだ進めば、赤心守葵隊は目指す根岸の辺りに着いていた。見上げれば、山の中腹から上は白煙に包まれ、激戦の只中にあるのがハッキリと見て取れる。

何日か前に彰義隊が結い回したらしきタルキとヌキの垣根は所々破れて役に立ってはおらず、四斗俵《よんとだわら》の土嚢《どのう》は自陣に運びそこねたのか、そのまま放り出され、裂け目から漏れ出た土が雨のせいで、かえって始末の悪いヌカルミを辺りに広げている。

隊名こそ分からぬものの、味方に違いない一団が突撃の機を計り、こちらと同じようにして山を仰ぎ見ているのが目に入った。二町ほど離れたその場所で身構えている男たちの中には、十五ほどにしか見えぬ者もいて、そのうちに吶喊《とっかん》斬り込みを仕掛けるつもりでいるらしい。仮に近寄って見たならば、きっと顔は青ざめ、身は小震いしているのだろう。その少年にしても、まさかこの日この時、若い命を上野の山に散らすとは思いもしなかったろう。けれども続けて征克は、鏡に映る己が姿を見せつけられたような気になった。

「よっこらせっと」

一同がこれ以上ないほどに気を張りつめさせている中、間の抜けた声が後ろに聞こえた。

つましい食ゆえ、江戸者には痩せぎすが多いのに、声の主はやけに肉付きが良い。そんな隊士が一人、手鉤《てかぎ》に引っ掛けた板様の物を下げている。それで足が遅れたものらしい。

「何だ、それは」

誰かが質《ただ》せば、相撲取りのような太り肉《じし》の男は返した。

「へへっ、弾除けになるかとね」

「弾除け……。けど、チョイト妙なニオイがするな……」

「臭うか。いや、あの神社のヤブん中に隠しといたのだ」

「えっ、あんなとこにか」

「皆して用足しに行くとは思わなんだ。けど、贅沢は禁物。命あっての物種だ。それに、こんだけ濡れてりゃワラが締まって、いっそ弾が通りにくい」

「雨だけで足りるだろ、小便は余計だ」

笑われてムキになった男は、縦半分に切ったその古畳を自身の前に立てかけてみせた。なるほど、身の丈五尺八寸を越えるだろう大男ながらも、それで総身はすっかり隠れ、幅広の肩も畳のこちら側に収まっている。ならば、易々《やすやす》と鉄砲玉の餌食になりはしない。

その刹那、瓜《うり》を割りでもするような音がした。

と同時に、古畳を抱えた男の髷《まげ》が逆立ち、脳天が朱色の霧を噴き上げる。

畳にのしかかられるようにしてそのまま泥溜まりに倒れてゆく男の姿がゆっくり見える。

絶命した男は今、吹き飛ばされた自身の脳ミソが混じるヌカルミの中にいる。辺りには弾かれた頭の骨のカケラが、茶わんを割りでもしたように散らばっている。

「ど、どっからだ……」

ドンともダンとも聞こえなかった。となれば、誰も答えようが無い。これが仮に弓矢だったなら、雨を裂いて飛び来るあいだに白い筋でも描いたろう。けれども鉄砲玉なら、もちろんそんな跡は残りもしない。風切り音が立ったにせよ、雨音がそれを消してしまったらしい。

誰が何処からどのようにしてそれを為したかは覚らせぬままに、鉛の玉は同志一人の命をあっけなく奪い去っている。そうされた者は今、泥の中にぶざまに転がり、まだ温かいはずの屍は、尻の穴がゆるみでもしたのだろうか、漏らしたらしき汚物の臭いを漂わせ始めた。

用いた道具が何かだけはハッキリと分かっている。異国から仕入れた新式鉄砲であれば、かなりの遠方からでも、濡らした古畳なぞいとも簡単に撃ち抜けるらしい。

見えぬ何者かによる狙い撃ち。相手からは丸見えなのか。獲物のこちらをじっくりと狙いすまして引き鉄を引いたのだろうか。否、それともただの威しで放った一弾が、運悪くまぐれ当たりで人ひとりの命を奪っただけなのか。鉄砲の音は大筒のそれに飲まれ消されている。

何がどうあれ、身に染みて悟らされたことが一つある。それはいつなん時、同じように発砲され、放たれた鉛玉をよけかわすこともできぬまま、こちらはたった今殺された男とまったく同じ目に遭わされるに違いないということだ。

頭のてっぺんを失った男は、畳の下敷きになったまま泥水に漬かっている。それを見まいとしながらも、つい目がそこへ行ってしまったらしき若い隊士が、やおらフラフラと地ベタに両ヒザをつくと、辺りはばからずゲーゲーとヘドを吐き散らかした。その一方、少なからぬ者が、すでに恐ろしさから股の内を濡らしたらしく、ハカマが薄っすらと色を変えている。征克も小刻みに震えながら、自身も同様に漏らしたらしいのを知って恥じた。

鉄砲玉は七、八匁《もんめ》ほどもあるような大玉だったのだろうか。それを洋式鉄砲は悠々と百間《ひゃっけん》二百間まっすぐ飛ばせるらしい。それを使われ、あっさりと物言わぬ肉塊に変えられてしまった偉丈夫は、もはや手当の要も無く、だからと言って、戸板にのせて焼き場に運ぶのも叶わないホトケにされている。となれば、ずいぶんと薄情ではあるものの、このままここに置き去りにするしかないらしい。

嘔吐と失禁の末に、生き残った隊員たちは混乱をきたしていた。

もとより戦馴れしているはずもない江戸士たちはひどく怖気づき、仲間の仇を取ろうという気も失せかけている。刀を抜きこそしてはいるものの、負け犬のように腰が引け、切っ先を何に向けて良いか分からぬままにいる。山上で苦戦を強いられているはずの彰義隊を助《すけ》に行くという務めを、今はもう誰もが半ば忘れかけているらしい。

気が付けば、ゆるい坂の上から十人ほどがバラバラと転げるようにして走り下るのが見える。刀の柄に巻いた白木綿と、おのおのが履く白い小倉袴のいずれもが毒々しい鮮血に染まっている。身に着けた物にまとまりが無いところからすれば、寄せ集めの一団らしいのが判る。相手の方も、同様のナリのこちらが敵でないと判じたらしく、道をあけるよう、ただうるさそうに手を横に振ってみせている。

「どけっ。行くな、行っても無駄だっ」

脅すように荒く諭す先頭の男の顔は将棋のコマのように角ばり、黒ウルシを盛って書いたような幅広のマユとモミアゲがあるため、薩摩兵かと誰もが疑い、幾人かが身構えた。そうはしながらもよくよく目を凝らせば、着ている上が詰襟《つめえり》のダルマ服、下はダン袋の陣股引《じんももひき》。そこからすれば、仏蘭西式を採り入れた幕府軍とは思われもする。下りて来た他の者たちの中にも、それと似た出で立ちの者が何人かいた。

「無駄とは何ゆえっ」

「鉄砲の雨、大筒の嵐、刀じゃどうにもならん、総崩れだっ」

相手は〝行くな〟と言っている。もちろんそう説く男たちは、四、五千はいるだろう彰義隊の内のたった十人ほどに過ぎない。そんな者たちの言葉を易々と容れて良いのか、とは誰もが思う。

「まだ半刻ではないかっ」

半ば訝《いぶか》り、半ば難ずるように誰かが質した。

「退きたくて退くはずもないっ」

重ねるようにして他の男たちが後を受ける。

「やむにやまれずだっ、分からぬか、行っても犬死、あきらめろっ」

「伽藍に向けて撃ちやがる。仏も恐れぬ畜生どもだっ」

「意地ずくじゃどうにもならん。ここは一旦退き、捲土重来《けんどちょうらい》を期すのみっ」

こちらを励ますように言った刹那、その男は自身のノドを両手でつかむと、そのまま前に倒れ込み、生殺しのヘビのようにのたうち回る。それでもそのうちに両の手はゆるみ、隠されていたノド元が露わになれば、そこに開けられた大きな穴が赤く見えた。

「首を撃ち抜かれてる……」

撃ち殺された仲間に向け、逃げ下りて来た男たちは片手拝みで〝南無〟とだけ言って済ませると、そのまま雨の中を走り去った。

男たちの忠告を容れて逃げるべきとは薄々分かって来てもいる。それでもまだ決めかねるようにしてその場に突っ立っていれば、そのうちにもまた別の一団が逃げ下りて来る。道を譲れば、脇をすり抜けて去り、あとから逃げ足の遅い三人ほどが近づいて来た。

手負いらしき一人を間に挟み、左右の男が肩を貸している。瀕死の男の腹は赤く染まり、帯がだらしなく解けている。そう見えたのが、その実、こぼれ出たハラワタであるのが判った。敵刃による中途半端な払い胴でも食らったのか、それとも近くで破裂した大筒玉が腹を横に裂いたのか、いずれにせよ惨い大傷に目をそむければ、男三人は歩みを止めている。

「も……、もういい……、か、介錯……、たの……」

支えてくれている左右の男たちの腕から逃れると、男はその場にストンとひざまずき、抜き衣紋の格好で生白い首をスッポンのように前に伸ばした。

遅かれ早かれそうなるものとは、他の二人も覚悟はしていたらしい。戦友の言葉を聞いた一人は、黙ったままうなずくと、濡れそぼった刀の柄を雑巾でもしぼるように握り締め、そのまま切っ先を雨空高くへ向け、甲高い居合斬りの声と共に一気に振り下ろした。

代々家業の首切り役人でもなければ、みごとな手際の介錯を望むのは無い物ねだりに違いない。けれども幸いなことに、その辛い役目を与えられた男はひどく腕が立つらしく、断ち切った所から噴き上がる真っ赤な霧を顔に浴びながらも、みごとに斬りおおせ、その証しに今は頭ひとつがゴロリと地面に転がっている。痛み苦しみからはやっと解き放たれながらも、断たれた首の面は血走った目をむき出しにし、決して穏やかそうには見えない。

慈悲の心に基づくものながら、ひどく非情なその行ないを目の前に見せつけられ、赤心守葵隊は抑えの利かない戦《おのの》きに包まれていた。いくさ場に命を散らさんという初めの意気込みなぞ、今はきれいさっぱりと消え失せている。事ここに至れば、意地もメンツも体面も恥も外聞もない。あの彰義隊崩れらしき者たちが説いたのをそのまま容れ、素直に逃げるしかなくなっている。辺りには、形見に小指を切り取られた三つの仏が寝転がっている。

鉄砲玉の風切り音が数を増している。山上の戦いを捨て、あきらめて走り下りる敗残兵に向けて撃っているらしく、鉛玉は斜め上から盛んに飛んで来る。

抜刀したまま走れば、並び走る同志をも傷つけかねない。そこで太刀はサヤに収め、肩に担ぎ、それぞれ当てのないまま、てんでんばらばらに駆け出していた。


無心に走り、戦場から離れれば、次第次第に恐怖心は薄まって行った。今は妙に冴え冴えとした頭でもって征克は走りながら物を思う。――太刀なぞ何の役にも立たぬ。敵味方入り乱れて斬り結ぶ合戦絵図なぞ古き良き頃のおとぎ話、今は鉄砲・大筒でもってあっさりカタがつく。それが今日只今の戦なら、士なぞはもう無用ということか。とすれば、何も苦心惨憺して質屋から武具を請け出す要もなかったのだ――。

士も太刀も無用の長物と思えば、続けて心に湧き上がるのは、一体何のために、一体誰のために、という問いだった。そんな自問に答えられぬもどかしさから征克が涙で頬を濡らせば、顔に吹きかかる雨粒がそれをごまかしてくれもする。

鉄砲の音が蚊の鳴くほどに小さく聞こえる。今はわずかに大筒の吠える音だけが時折り聞こえるばかりで、怒号も叫び声も耳には届かない。

一度はバラバラに散って逃げながらも、そのうちにまた幾人かが寄り集まって走っている。そこへ、また別の何人かが合流した。

荒い息を整えながら、後から加わった男たちが言ってくる。

「愛染川まで行ったところで、そうだ、川だ、舟だ、と気が付いた。探すうちに下総へ戻ろうとしておるのを見つけ、二艘《そう》手に入れた」

「彰義隊と偽り、脅したら、おびえもせずと、どうぞお使い下さいましと言う。徳川びいきの気の好い奴らなので銭をくれてやった」

「せっかくの金肥を川に捨ててくれたのさ。地獄で仏とはまさにこのことよ」

導かれるままに行ってみれば、確かに小舟二艘が川岸を覆う雑草に隠されている。そこそこの大きさもあって、目ノコでざっと数えた員数ならば、誰があぶれることもなさそうだ。

さっそく乗り込めば、誰かが苦情を入れる。

「ずいぶんと臭うな」

「贅沢は言えぬ。肥やし舟だろうが何だろうが、乗って命がつながりゃ、御の字だ」

「菰《こも》もたんと用意してある。かぶって身を伏せてりゃ何とかなる」

「何刻も伏せったままか」

「しばしの辛抱だ。復讐後日を誓ったなら、それくらいは我慢しろ」

「まァ、ニオイがニオイだけに、雪隠に閉じ込められたとでも思えば、あきらめもつくか」

積んでいた肥桶《こえおけ》の金色の中身は川に投げ捨ててある。けれども、空の桶はあえて積み転がしたままにある。仮に追っ手が岸の方から怪しんだような折、そのようにしておけば、打ち捨てられた肥やし舟と思うだろう。ただ、それでもやはり長年しみついた樽のニオイは目にしみる。

けれども文句の言えるはずもない。ここまで何とか逃げ延びたからには、無事に逃げ切らぬわけにはゆくはずもない。そうなってみると、初めの頃の勇ましい赤心守葵隊の主旨も、今は何とか生きて還ることに変わったも同然だった。

身を折り曲げ、ムシロの中に身を潜め、時折りそっと出ては岸に警戒の目を向け、大丈夫となれば各人交代で舟尻にヘッピリ腰で立ち、恐る恐る扱い不慣れな櫓《ろ》を漕いでゆく。

無人の小舟が流れに逆らって進めば怪しまれるに決まっている。そのため、川岸に繁茂する草を隠れミノに、止まっては進み止まっては進みを繰り返す。あるいは岸辺の草を引ッつかみ、それを綱代わりに引き寄せながら、まだるっこしく進みつづける。けれどもそれはそれでひどく恐ろしい。水辺にのしかかるように生い茂った草の中から、もし敵が検《あらた》めのためにヒョイと槍でも突き出せば、こちらは全くなすすべも無いままに刺し殺されてしまう。

順調に思えたのは初めの内だけだった。漕ぎ始めてからいくらも経たぬうちに、後方から重なり合う怒声が聞こえてくる。舟の中の者は皆、弾かれたように太刀の柄を握って身構え、息を殺し、これから起きようとしていることを音と声だけで察しようと努めはじめた。

バシャバシャと走り近づく足音に混じり〝まだ来るかっ〟〝ええい、しつこいっ〟〝くそっ、返り討ちだっ〟と言い合う声が聞こえる。そこから推せば、まず近づいて来るのは、山上から逃げて来た者らしい。ならば匿《かくま》ってやりたいのはやまやまながら、それをすればこちらも巻き込まれ、無事では済まされない。迷ううちにも斬り合いは始まっていた。

互いがぶつけ合う悪罵に、打ち合う金物の音が重なり、悲鳴と共に泥溜まりに何かが倒れ込む音がすれば、うめき声がそれに続く。

そのうちに水に何か小さな物が落ちる音がしたかと思えば、続いて引っかぶっているコモにも何かがパラパラと落ちてきた。舟板に顔を押し付けるようにして伏せている目の先には、血に染まった指やら耳やら鼻やらが転がっている。川岸で斬り合う両者が死に物狂いで太刀を振り回せば、切っ先は相手の身からわずかに出ているモノを払い落し、斬り飛ばされたそれが川面やコモの上に降って来るらしい。

突然、バシャリと何かが水を打った。音の大きさからすれば、断たれた手首か腕あたりだろう。如何な使い手でも、刀を構えた相手の首や脚を一刀のもとに断ち切れるはずはない。

いずれにせよ、ツバぜり合いで何が斬り飛ばされようとも、それに驚き、声を上げればただでは済まない。こちらは皆申し合わせたように口をしっかりと閉じ、斬り合いに巻き込まれるのを恐れながら、嵐の去ってくれるのをただじっと待ちつづけた。

気が付けば、いつのまにか辺りは静かになっている。

恐る恐るムシロをめくれば、岸には何人か倒れている。敵か味方かは判らない。岸に上がってそれを確かめる要も無いならば、下肥舟《しもごえぶね》はまた何事もなかったように雨の川を遡上する。

漕ぎ始めてから数刻が経っていた。

今は、かなりひなびた辺りまで来ている。景色からして、武州の北西、そのかなり奥まで来ているらしい。その辺りに身を寄せられる当てのある者は舟を降り、それで軽くなった舟がまた進み続ければ、そのうちに一人また一人と闇の中へ消えて行く。同志が一人欠け二人欠けしてゆけば、そのぶん心細くはなるものの、自分たちが確かに賊軍からはしっかりと逃げ切れているのは確かなことと思われた。

舟をこぎながら征克は思う。――この戦いも何もなさざるままに終わったということか。屈辱の世に生きるよりはと、潔く死を望んだのに、それさえ叶わなくなったということか。ならば、この先、いったい俺は何を望んで生きれば良いと言うのか――。

身も心も疲れ果てながら、それでもオノレを叱咤し、重い水に抗うようにして漕いで行けば、右へ左へ揺れる櫓はあえぐような軋《きし》みを聞かせながら舟をゆるゆると進ませ続けた。

舟中、思い返すは

当て無きまま暗夜をゆくハグレ鳥にも似た下肥舟。

そこに身を潜め、この惨めな敗走に至るまでの二十年の人生を高取征克はたどり始める。

生まれ落ちたは嘉永二年、所は南と北両割下水《わりげすい》に挟まれたゴチャゴチャと狭苦しい本所石原町。二十歳の今に至るまで重い病とも大きなケガとも全く無縁に生きて来られた。

あれは四、五歳の頃だったろうか、大海の果て亜墨利加《あめりか》とか言う国から彼理《ぺるり》なる大将がやって来て以来、この国は西も東も大混乱に陥ったのだ。

世の中がひどくキナ臭くなり始めた数年前から、物の値はトントン上がり、それに便乗して多くの商人がさらに売値を吊り上げる。百文出したのに米わずか一合一勺《しゃく》とはずいぶんと足元を見るものだ、と腹を立てたのも束の間、それから十日ほどのあいだには、七勺しか渡せないと平気な顔で言ってくる。

大名屋敷とて、米麦は言うにおよばず、味噌、梅干し、果ては竹皮、わらじ、ロウソクに至るまでを大量に買い込み、一日でも長く生き延びようと心を砕く浅ましさを見せる。

それでなくとも元々内証の厳しい旗本・御家人の暮らしぶり。腰にいちおう大小二本は差していながらも、サヤの中身はとっくの昔に質入れしてしまった者も少なくない。まさか竹ミツで敵と渡り合うことなぞできもしない。古道具屋はそんな武人の足元を見て値段を平時の倍に吊り上げ、具足屋は粗悪なヨロイ・カブトを乱造して一儲けを企む。

困り果てた江戸士は、少しは余裕のありそうな親類縁者を拝み倒して銭を借り、何とか質草を受け出して戦支度を整えるしかなかった。もちろん、貸す側とて、返してくれるとは思ってもいなかったろう。香典の前払いのような気持ちで、男が死に花咲かすを少しだけ後押ししてやるつもりがあったに違いない。

そうしてあれこれ悩み苦しんだ末に、何とか内々の面倒事には始末をつけ、迷いを振り切り、最後はそれぞれ、ヨシっ、徳川家《トクセン》の御為《おんため》に死のう、と腹をくくったのだ。

その決心鈍らぬうちにボロ屋敷をエイヤとばかりに飛び出してみれば、ヤヤッ、お前もか、アア、俺もさ、なんだ遅せぇじゃねぇか、何言いやがるオメエこそ、ンなら行くのだな、おうヨ、行くともさ、行かずにどうするェ、と照れ隠しの憎まれ口を叩き合ったもの。

互いに見せる、どこか薄ら哀しい微笑みは、もちろん意地とヤセ我慢の賜物で、遠い昔、気の進まぬまま尻を叩かれ手習いに通わされ、おもしろくもない四書五経を読まされたあの幼き頃、まさか死ぬと決まった戦に出るようなこんな日がやって来るとは思いもしなかった。

懐かしいあの頃、同じ下町住まいの素町人《すちょうにん》の子らには自分たちのことを〝殿様〟と呼ばせ、そうしたハナ垂れ同士、幼いケンカやイタズラに興じた自分たちが、徳川様から永年賜った御恩に報いようと、ケンカならぬ本物の戦に向けて着々準備を進めたのだ。

次第に数を増してゆく義勇の者たち。それはちょうど細いチョロチョロとした水の流れが次第に撚《よ》れて集まり、終いにはそこそこの広さと深さを持つ川になったようなものだろう。この身もそんな水のひとしずくだったらしい。

父も母も、めとって二年の若妻・早季《さき》も、もう住み慣れた本所にはいない。

進駐した賊軍は、つまらぬ言いがかりをつけては江戸の民を斬り殺していた。その餌食にされてたまるものかと、すでに江戸表から数里離れた所に移してある。同じ事情をかかえた他の隊員たちも、あずけられる知己がいる者は、同じように家人を江戸から逃がしている。

大殿様が城を明け渡したのに、それを受け容れられぬと言って家臣が歯向かえば、当然ながら相手は怒り、家族も捕らまえ、皆殺しにしてしまうだろう。江戸士の意地を通さんとしてこの身が滅ぶのは一向に構わない。元よりそれを望んで決起したのだ。薩長土賊が天下を統《す》べる世なんぞに生きていたくはない。けれども、戦とは関わりのない女子供までもが斬り殺され焼き殺されるのは断じて避けなければならない。

無い知恵をしぼり、思いついたのは、住みなれた御家人屋敷を捨て、そこに家人を避難させておくことだった。人血で朱に染まる殺戮の巷から離れた場所へあらかじめ逃がしておき、この身はともかく、なんとか次の世を生きさせてやること、それが何より大事と思われた。

預け先には、まんざら心当たりがないでもない。そこで、出陣の数日前、決心の末に、中山道を北へ三里ほど行った板橋宿へと向かった。

太平の世にあっては思いもしなかった大戦を前に、江戸は火の海になるに違いないと思った長屋住まいの者たちは、そのつましい所帯をたたみ、二束三文で売り払い、お城明け渡しの幾月か前に江戸をあきらめ、捨ててしまっていた。

けれども勝安房守《あわのかみ》と西郷南洲の手打ちでアッサリ話がまとまるとホッと胸をなでおろし、今度はまた江戸へ戻って来る者も現れた。それでも武州板橋宿へと向かう道すがら目に入るのは、やはり打ち棄てられたままのつましい裏店、使われなくなった井戸、ノレンを仕舞い畳み、表の油障子を閉《た》て切った店々の姿。同じ明《あ》き店《だな》でも、ただ商売を閉じただけのものとは明らかに様子が違う。そこに暮らし、生業を営んだ者たちが命の危うさからあきらめて捨てるしかなかったそれは、やはり恨みや怒り悲しみを漂わせている。

宿場町・板橋を外れた辺りが目指す場所。訪れるのはずいぶんと久しぶりだった。

居ずまいを正し、鳥居に向かって一礼。そのまま敷石を踏み進めば、掃く要もないほどにきれいな境内を、白衣の男が一人、竹ボウキでもってシャリシャリと玉石混じりの地面を掻いて整えていた。

「御坊《ごぼう》っ。久しぶりでござるっ」

相手は手を止め、振り向いた。

「や……、これは珍客、驚いた。さりながら、ここは寺にはあらず。ならば、御坊と呼ぶは少しくおかしい」

「ならば、なんと……、ああ、わかった、なら、権禰宜《ごんねぎ》、うん、禰宜《ねぎ》でござろうよ。禰宜殿、久しぶりでござる。これなら良しか」

「ゴボウの次はネギですか。まるで青物売りだ」

「困りましたな、なら、何とお呼び致せば」

「宮司。宮司が適当かと思われる。がしかし、宮司殿などと呼ばれては、こちらもくすぐったくてよろしくない。なに、気取るからいけねぇのだ。元々オレ・オメエの仲でしょ。ンなら他人行儀に構えることァねぇのです」

「なるほど然りですな、グージ殿」

二人とも生まれ育ちは下町の貧乏御家人の家。けれども、白衣を着けている方の男は、何年か前の或る日、町で様子の良い女をみそめてしまった。その相手が、神主の一人娘であるということを、当の男はあとで知ったらしい。

そのなれそめをこちらに打ち明けた折、今は宮司の男は言ったもの——ノロケに聞こえちゃ困るが、あっちも俺にぞっこん、ホの字さ。けど、あっちは神社の一人娘、で、こっちは一応はおサムレエ様ときた。まァ、女の身であっても継げる家業じゃああるけれど、俺もどうせ貧乏御家人の次男坊だもの、どう頑張ったところでまともな役には就けず、小普請組で一生埋もれ木のままに終わる身だ。と、そこまで聞かされりゃあ、征克、勘のにぶいオメエでもあとの話は粗方《あらかた》察しがつくのじゃないかしら——と。

そうしてあっさりと男は腰の大小一揃えを捨て、いにしえの貴人が持つシャモジのような笏《しゃく》を代りに持つ生き方を選んでいた。——まあ、こんな髷《まげ》なんぞ、これっぱかしの未練《ネ》も無ぇのだが、どうも頭は丸く剃らずに済みそうだ。それに、あの、かしこみィかしこみィの祝詞《のりと》なら、坊さんの経ほど長くはねぇし、何とかおぼえられそうな気がする。ということで、俺は神主の家に婿入りするぜ。けど、あれだ、おめえとの縁は切るつもりなぞ無ぇから、たまにゃあ遊びに来ツくれ。短ケぇ文句のお祓《はら》いなら、お銭《アシ》は要らねぇ。幼なじみのよしみで、ロハでしてやるぜ。だから遠慮せずと、いつでも来なさい、ハハハハ——。

久しぶりに会ってみれば、威厳とは言わぬまでも、すでに根からの神主と言った雰囲気を漂わせている。それでも顔を合わせてしまえば、いっぺんに地金が出てしまうようで、町外れの社の境内、他の耳が無いということもあってか、相手の口から出る言葉はいかにも気取らぬ、荒い下町言葉に戻っていた。

仮にそんなやり取りを、きちんとした行儀のある江戸詰めの他州の武士が盗み聞いたなら、これでも真に武士なのか、と必ず不審がったろう。けれどもその実、江戸の、それも山の手住まいではない下町の小禄の家ならば、言葉のやり取りはまるで素町人と選ぶところがない。士の子であっても、大店の家のように、父親をオトッサン、面と向かえば気軽に〝チャン〟と呼んで済ませてしまう。父親の方とて、子に何かを勧める折には〝おぅ、こいつを試してみな〟と言った調子で、呼びかける際は〝オメエ〟に決まっている。何か面白おかしいことでも起きれば、士が人前で大口開けて笑うなぞはみっともないはずのことだのに、まるでそこいらの出職の者のように辺りはばからず、タバコに黄ばんだ歯を見せもする。


元々が気の置けない幼なじみ。そんな相手が、そのうちに少し声を低めて訊いてきた。

「こんなとこへ遥々やって来るとァ、訳ありなんだろ。いや、聞かずとも分かる」

「左様か」

「ほれ、それだ。会ったハナからやけに他人行儀な口をききやがる。何十年も会わなかったわけでもなし。遠慮は無用だ。言ってみな、大方の頼みは聞いてやるつもりだ」

「……かたじけない、邦重《くにしげ》、あい済まん……、この通りだ」

「何を謝りやがる。ここ何年も世情は騒然、その果ての昨日今日だ。明日のことは分からねぇ。覚悟したのだな、男意気地を見せるつもりだろ。チョイト顔が青いから察しもつくさ」

図星を指されてしまえば、もうあらためて打ち明ける要もなくなっている。

「見抜かれるのも当然か。しばらくツラを見せなかった野郎がノコノコやって来りゃ、大抵のところはロクな話じゃない、頼み事に決まってるものな。すまん、恥じ入るばかりだ」
「表《オンモ》でする話でもねぇだろ。中で聞くさ。渋茶にセンベエくれぇしか用意がねぇが」
「重ね重ねのお心遣い、高取征克、身にしみるばかり」

磨き上げた板間に敷いた円ゴザに尻を落としながら、それでも出された茶には手が伸ばせず、こちらは黙っていた。家人の避難先にと思いついた当座は、難題が一つ解け、少し気が楽になりはした。けれども、いざ、当てにする相手の住まいに来てみれば、頼まれる側の迷惑に思い至り、面と向かってその頼み事を言わねばならぬ段になると、急に遠慮が頭をもたげてしまう。仲の良い幼なじみということにかこつけて、こんな手前勝手な頼みごとを持ち込む自分が、ひどく図々しい男のようにも思われて、自ずと口は重くなっていた。

けれども相手は前と変わらず何事も意に介さぬ様子。つらつら思い返せば、幼い頃より、確かに邦重の方が泰然自若としていた。こちらがイタズラをしでかしておきながらひどくうろたえ青くなっていれば、邦重は知恵をしぼって上手くその始末をつけてくれたもの。

「なんだぇ、のっけから謝るばかしで、あとはダンマリか。それじゃ、こっちの方が気が重い。なに、厄介事が銭がらみだったとしても、少しは用立てもできる。けど、それとは向きの違う話なのだろ、違うかぇ」

そう言われてしまえば、こちらは仕方なしにうなずいた。

「察しはついてるぜ。いや、立派だよ。トクセン家の禄を食《は》んだ者として、押されて引き下がったままじゃいられねぇってことなんだろ。で……、どうなのだ、もういよいよってとこなのか」

「うん。ひと暴れしてみせるだけの人数は集まった。もっとも、賊どもと違って、新式の備えはねぇのだけれど」

「承知した。喜んでお迎えするぜ。三人だろ。にしても、預け先に俺ンとこを選ぶとは良く気がついた。薩長土州も、まさか天子様とつながる神社にゃ押しかけちゃ来ねえだろう。そこらの町家や旅籠《はたご》と違って、ここに匿《かくま》や、引っ立てられて殺されるおそれも無ぇ。ガキの頃よかオツムが良く回るようになったじゃねぇですか」

「かも知れん。こうして切羽詰まってみると、常と違って、良い知恵も湧くようだ。なに、俺はどうなっても良い。ハナから斬り結んで死ぬつもりだ。けど、家の者に災いが降りかかっちゃやり切れねぇ。だから、ずっと悶々悩んでた。けど、ふと、おめえの顔が浮かんだ。邦重に甘ったれちゃイケねぇとァ、重々わかっちゃあいるのだが、こんなこと頼める御方はあとにも先にもおめえしかいねぇ」

「うれしいね。頼りにされるってのァ良いものだ。実はな、俺はまだこの辺りじゃあ人望が薄いのヨ。下町の無役侍が食うに困り、にわか仕立てで神主やってると思われてるのさ。だから氏子たちは、まだ俺に何か頼み事を持ち込んだりゃしねぇのだ。頼ってくれるのは、おめえくれぇなものよ。ま、そんな話はともかくとして、おとっさん、おっかさん共々お変わり無ぇか、奥方はどうだ」

「お蔭様で皆息災だ」

なんとはなしにホッとして茶に口をつければ、邦重は奥に向かって声をかけた。

「おーう、そろそろ頼むよ」

それを受けて、奥からは何やら膳の支度でもするような音がする。そのうちに現れた神官の恋女房は、小鉢や小皿を手際よく並べはじめた。

「時節柄このような物しかございませんが、お口汚しに」

邦重は真っ白な神酒徳利の口を傾け、こちらの盃を満たしてくれる。

「まずは一献」

「有難く頂戴致す」

邦重の女房とは前に一度会っている。その折は、なるほど邦重が惚れるのも無理はないと得心したもの。面立ちは整い、立ち居振る舞いは上品で無駄が無く、物腰やわらかで落ち着きがあり、言葉に過不足がない。そうしたものが大きく与《あず》かっているのか、人を教え導く巫女のような雰囲気が認められる。だのに身に着けているのは質素な常着で、白装束ではない。ならば、そこいらの町屋の女房と同じような所帯臭さがあるかと言えば、そんなものは微塵も感じさせない。そうした諸々も手伝ってか、邦重の妻から酌を受ければ、何とはなしに神妙な心持ちになり、身が固くなりもした。

そんな邦重の妻はずいぶんと勘も働くらしく、今は夫と客とが昔やらかした悪さを思い出しながら笑い合ってはいても、そのうちにきっと話は深刻なものになると読んだらしく、しばらく笑みを見せながら酌をするうちにさりげなく姿を消している。それをとがめるでもない様子のままに、邦重は妻を評して言った。

「おキツネ様か何かのようだろ。ずっと酌でもしてりゃいいのに、スッといなくなりやがる。あんなふうに、あれにはどこかしら不思議で、つかめねぇとこがあってさ、二、三年寝起きを同じにしてても、分からねぇとこがまだタンとある。まァ、そんなとこが気に入りもしたのだが。俺みてぇな男には、チョイト浮世離れしたような変わった女の方がおもしろい」

初めの内は愚痴めかして言いながらも、その実、ノロケを聞かせていたのは明らかだ。

ほろ酔いの目で見回せば、白い狩衣《かりぎぬ》のような水干《すいかん》が衣桁《いこう》に掛けられていた。腰丈の卓の上には、白木の三方《さんぽう》や神楽鈴《かぐらすず》、注連縄《しめ》や紙垂《しで》が置かれている。そんなものをひとわたり見れば、なるほど自分は今、清らかな神社の内にいるのに改めて気付かされた。

つい数年まで共に遊び歩いていた邦重も、今はいざかしこまった場に出れば、黒紗の冠をかぶり、神妙な顔で祝詞を唱えもするのだろう。そんな図を思い描いてみれば、人が生まれて二十年も経つうちには、思ってもみなかったような巡り合わせでもって、生き方やら暮らし様やらがずいぶんと変わるらしいのがあらためて分かる。我が幼なじみも、今はもう下町に住む貧乏侍の次男坊ではなく、きっとこのまま神官として新しい世を生きて行くに違いない。その一方、自分は、そのうちにも始まる戦の場に、我が二十年の生涯をあっさり終わらせようとしているのだ。

すっかり闇に包まれた神社の境内に人の気配はない。朱引きの御府内から外れた板橋宿の神社ならそれも当然で、秋になったなら楽しませてくれるはずの虫の音ももちろん無かった。

「静かな暮らしだ……、心が落ち着く」

「昼日中でも繁盛とはほど遠いからな。これが名の通ったナニナニ神宮、ナニナニ八幡なら話は別だろうが、実入りが少なけりゃ静かなだけが取り柄の神社さ。つましいものだぜ」

「いや、つましいものか。大した馳走だ。小イモの煮ッコロバシ、鯉の甘露煮、味噌豆」

「そっくり手造りだ、女房の」

「良い女房殿で仕合わせだの。宮司になったのもずいぶんと良かった。寺と違って、般若湯なぞと言い訳せずに酒が飲める。何よりだ」

「うん。酒は断ちがたき物よ。俺たちゃ十四でおぼえちまったからな。憂き世を生きてくにゃ欠かせぬ薬みたような物かも知れねぇ」

「憂き世か……、そうだな……、確かに憂きこと多し。今のご時世、仮に俺たちと違って役に就けてた者でも、この先ゃ一体どうなるか見当もつかねぇのだろうし」

うなずきながらも邦重は話を一気に転じた。

「隊の名は何てぇのだ」

「赤心守葵隊と名付けた」

自分は鼻先に浮かした人差し指でもって、その五文字を宙につづり、字説きをしてやった。

「もう準備万端ってとこか」

「ああ、もういよいよだ。彰義隊が動き出しゃ、戦況を見て、敵の守りの薄い脇か尻を攻め立ててやろうてぇ寸法だ」

「なら、今夜はほどほどにして、明日は本所へ戻って、さっさと皆を連れて来い。ここは不便じゃあああるが、広いのが取り柄だ。間数もあるし、息が詰まるってことは無ぇはずさ。遠慮はまったく無用だよ、ずっと長居してくれ」

「なら、お言葉に甘えて有難くその様に。まったく何から何まで恩に着るばかりだ」

「水くせぇ」

「水くせえことなぞあるものか。徳利の中身は下り物、灘の生一本だろ。水臭くもなんともありゃしませんぜ」

「おっと、洒落やがる」

笑い合ううちにもこちらの目に光る物を見つけたのか、邦重の奴はそれをからかった。

「ちぇっ。いつから泣き上戸になったのさ」

「泣いちゃしねぇよ。久しぶりに大笑いして、腹がよじれて痛テぇだけ」

「大笑いすると言やァ、ガキの頃から色々バカやっちゃあ、笑いころげたっけか」

竹馬の友にそう言われ、改めて思い返してみれば、はなはだ不名誉な人生だったと言うしかない。元服祝いを済ませる前から、邦重とつるんで町へと繰り出し、煮売り酒屋で安酒を食らい、遊里へ行っては見世格子の向こうに見える白粉と紅の妖しき女たちに魅かれるまま素見《ヒヤカシ》では済まされず、面白半分に足を踏み入れた賭場では、小さな勝ちに気を良くするうちに身ぐるみはがされそうになり、逃げ出したことさえある。ならば、かつての行ないをこちらは卑しく評するしかない。

「愚者のすることァ愚行に決まってるようだ。つらつら思い返しゃ、恥多き人生だった」

「おっと、恥の一語で片付けられちゃ大いに困る。愚行といえどもまんざら無益でもない」

「まんざら無益でもないながらも、また、有益と呼べるものでもない」

「禅問答みたようなことを言うない。いいか、所帯を持っちまゃ、ああはバカはできねぇのだ。ンなら、いっ時、ずいぶんと贅沢をしたことになる。もうコンリンザイできねぇのだ」

翌朝早く、デデッポォ、デデッポォというハトの声をしりえに聞きながら、自分は足を速め本所へ向かった。

翌日、一家四人、それぞれは担えるだけの物を背に負い、持てるだけの物を両手に提げてまた板橋へ。

荷解きを終えれば、それを見計らったように邦重の妻が現れ、茶を勧めてくれた。

八《やつ》に供された干菓子と茶に、親と妻とがホッと一息つくあいだに、自分は別の間にいる邦重と向かい合い、居ずまいを正しながら告げたのだ。

「この度は斯様《かよう》なまでにご面倒お掛け致し、つくづくに相済まぬこと、恐縮の極みにござります。お蔭様にて高取征克、心置きなく江戸士の意地が通せもします。改めましてこの通り」

オレ・オメエの仲のこちらが、両手をつき深々とコウベを垂れれば、この時ばかりは相手も真面目な顔を作り、受けて返した。

「高取征克殿のご武運ご健戦、朝な夕なにお祈り申し上げる」

「弦間《つるま》邦重宮司殿には余りあるご恩を受けながら、ご祈禱料も払いませず、重ねて相済まぬことと存じております」

「お気になさるな。口先だけの祈禱なぞ、これっぱかしも元手はかかっちゃしねぇのだ。思う存分暴れて来なさるがイイぜ。……が、しかし……」

「ん……」

「言うまでも無ぇことだが『暴れて来い』ってのァ『ひと暴れしたら、きっと戻って来い』ってこと。あとにも先にも一つだけの、なけなしの命よ。無理に死ぬことァねぇのだ。だから、きっと生きて戻って来い」

七つ八つ数えるほどの間が空いてしまった。

「ならば、これにて」

こちらは素っ気なく返していた。

お義理にでも〝分かった、きっとそうする〟と言うべきだったのかもしれない。けれども、覚悟を決めて死地におもむく者にはふさわしくない言葉ではある。邦重が不満げな顔をしているのは見ずとも分かる。そこでこちらは深々と頭を下げたまま、それはそれで済ませてしまったのだ。

勇んで友のもとを離れ、こちらはすでに市中そこかしこにいる賊軍から怪しまれぬよう、背にした大風呂敷の包みからは使い古しのヒシャクやハタキの柄なぞをことさらにのぞかせ、あたかも宿替えする町人のように見せかけた。けれども、大荷物の奥には、ゴザに包んだ大小二刀、剣術稽古に使っていた刺し子、血止めのサラシ木綿、タスキ、鉢金、小手金ほかの防具などを忍ばせている。

そうして隊に合流し、戦の装いをすっかり整え、今か今かとさんざっぱらジラされた末に始まったあの大イクサは、思いのほかあっけなく終わってしまった。

こちらは受けるはずだった大傷の代わりに深い恥辱だけを負わされ、潔く死ぬはずだったところを、突っ返された命を食いつぶしてみっともない人生を生きるしかなくなり、あまつさえ女々しくも家人の無事な顔見たさにおめおめとまたその預け先へ戻ろうとしている。

きしんでキィコキィコと鳴く櫓の音を聞きとがめる賊敵は、間違ってももうこの辺りにはいないだろう。

下肥舟はゆるゆると静かに停まろうとしている。

セミ

濡れて重くなった物をきつく絞れば、泥水が湧くように滴り落ちる。大小二刀は汚い菰《こも》にくるんで抱え持ち、頬かむりでもって物乞いにも似た形に身をやつした征克は、捕り方に追われる盗っ人のようにおびえながら、それでも何とか板橋宿まで戻り着いていた。

鳥居はくぐらずに裏手の森からそっと忍び入れば、前と変わらぬ静けさにまずホッとする。

無事な姿を真っ先に見せねばならぬのは、もちろん家の者たちではあろうけれども、まずは面倒をかけたままの主に挨拶するのが筋、と征克は考えた。とは言え、敗残の身ゆえに胸張って顔を合わせられるはずもない。それでも征克は精いっぱい声を張り上げてみた。

「宮司殿っ、只今戻りましたっ」

応じる声は聞こえぬものの、そのうちに板廊下を急ぎ足でこちらへ向かう音が近づく。

「おお、無事か、えっ、無事だったか、どこもやられちゃしねぇかっ」

一段高い所から少し見下ろす格好で、邦重は、生還した友の肩やら腕やらを盛んに叩いたり撫でさすったりしている。

「功も上げず命も捨てず無傷で戻れば、ただ恥じ入るばかり」

「何を言いやがる、無事なだけで大手柄よ」

そんな相手の慰めを容れられぬように、征克の口からはまず言い訳が出てしまう。

「朝っぱらにオッ始まって、お山へ駆けつけてみたら、新式鉄砲の狙い撃ちに遭って一人やられ、そこへ逃げ下りて来た彰義隊から、行っても無駄と説かれてやむなく退いた。これっぱかしも戦わず終いさ、ザマは無い、ハナから蟷螂《とうろう》の斧《おの》だった。みっともなくって帰って来れた義理でもなかったが、まずはしばらく身を隠して捲土重来をと、それで、こうしておめおめ戻った。まことに面目ない、申し訳ない」

言ううちにも空き腹がクゥと長い尾を引いて鳴いている。

「ごちゃごちゃ言わずにサッサと上がれ、上がって何か食え。せっかく生きて戻ったのだ。腹ッ減らしで死にでもすりゃ、元も子も無ぇぜ」

半ば叱りつけるように言うと、邦重はいったん奥へ引っ込み、空のタライを抱えて戻って来る。それを受け取り、裏手の井戸へ回ると、征克は下帯を解き、白い尻を丸出しにして行水をした。つづいて、タライにたっぷりと水を張ると、身に着けている汚れ物を濯《すす》ぎ始めた。いっさいがっさい清め終えて、さて何を着れば良いかと思っていれば、間を計ったようにして邦重がまた現れ、小ざっぱりとした一そろいを手渡してくれた。

与えられた浴衣を身に着けると、畳の間で征克は邦重の前にあらためて両手をついた。

「何から何までかたじけない。念入りに水浴びしたから、もう臭わぬとは思うのだが……」

「肥溜めにでも落ちたのか」

「コソ泥のように下肥舟で逃げたのだ」

「そうか……、そうだったか……。それァ大変だったな。うん、なに、案ずるには及ばねぇ、臭やしねぇよ。そんなことより、まずは挨拶すべき人たちがいるだろ」

促されて離れへ行けば、気配を察したようにまず母が顔を見せ、勢い込んで訊いてくる。

「ご無事か、どこもケガしちゃしないか」

母の後ろに控えた早季《さき》は、湿った大小二刀をタモトに挟んで預かりながら言った。

「ご無事で何よりでございました」

黙ったままうなずきもせず、征克はあらたまった顔を父に向け直す。

「ちゃん。まったくに面目無ぇ、このザマだ、恥さらしは重々承知の上で戻ったよ」

「詫びる要は無ぇ。『今けえった』と、ただそう言やァ良い。そうすりゃ、こっちはただ『おう、けえったか』と返して済ます。くだくだしく言わねぇのが本所の習いだ。戦へ二、三日行ったくれぇで忘れたか」

小言めかしてそう返す傍らで、女二人は目の端を手の甲でそっと拭いている。

そのうちに早季が何かを不審がった。

「何か……、おぐしに何か付いてるようです」

いぶかる妻の指し示す辺りに手をやれば、耳の裏辺りに何かしら干乾びた物が付いているように思われる。つまみ取ったそれにチラと目をやると、征克は努めて平静をよそおった。

「泥田に転びもしたからな」

そうは返しながらも、それがあの時、頭を吹き飛ばされた仲間の撒き散らした脳ミソか、それとも小舟に伏せっている間に岸辺で起きた斬り合いで飛んで来た何からしいとは判りもする。そんなモノをずっと頭に貼り付けたままだったおぞましさや薄気味悪さに、長いこと空腹だったことも手伝ってか、征克は胃ノ腑から酸っぱい物がこみ上げるのを感じた。

そのうちに邦重の妻が現れ、四人に告げた。

「夕のお仕度ができております。ご酒のご用意もございますので」


出された物を前に、空腹の男は、まず飯二杯を汁物で掻っ込むと、三杯目を焼き魚や香の物と共に平らげた。

戦から生きて還ったなら、大いにめでたいには違いない。けれども、当の男が戦に命散らすを強く望んでいたならば、他の者たちはどこかしら腫れ物に触りでもするように相対し、目が合いそうになれば、ためらいがちにスッとそれをそらせた。

膳がすっかり片されれば、あとには男二人だけが残されている。

「美味い物をたんと頂き、お蔭で生き返った。一日二日何も食わぬままでいると頭がズキズキ痛むとは、この歳まで知らなかった」

「そうか、生き返ったか。戻った時はまるで山犬みたようで恐ろしげだったからな」

言われてみれば、神社の裏手からコソコソ入った自分は、きっと腹っぺらしの野良犬同然に見えたろうとは思われる。それも尻尾を巻いた負け犬そっくりだったに違いない。

少しの間が空いていた。

「……なあ、征克……」

「うん……」

「戦に行きもしなかった俺に何が言えるでもねぇのだが、誰だって多勢に無勢とはハナから分かってた。その上あっちは最新の軍器をそろえてたのだろ。となりゃ、力及ばずに終わるも致し方無し。バタバタやられたとは容易に察しがつく。そうなりゃ、今頃きっと上野のお山は……、まァ、考ゲぇたくもねぇことだが……」

「ああ。ここンとこの暑さでもって傷みが進んでるだろ。どんなに線香焚いたところで下町辺りまで臭ってくる」

「ついこないだまでピンシャンしてた江戸士が今は野ざらし、シャレコウベ。こんな気の毒な話は無ぇぜ。けど、地獄の手前で良くぞオメエは引き返し、家人に無事な姿を見してやれたのだ。退く方がずいぶんと勇気が要ったと俺は思う」

顔にうるさくたかる羽虫などおらぬのに、まるでそれを追い払おうとでもするようにして、征克は不機嫌な面持ちのまま、鼻先で片手を何度か振った。

「勇気なぞと言うてくれるな。下肥舟に隠れてコソコソ逃げ帰ったのだ、子や孫に自慢できる話じゃねぇ」

「いや、俺はただ、命の有難味を言っている。このさき俺たちだっていつかテテ親になるだろう。けどもが今、命を失くしちまやァ、子も孫もありゃしねぇ。可哀そうじゃあるが、俺たちと同シ女房持ちで未だ子のいねぇ者は、戦で死んじまや、それが叶えられねぇのだ」

「そんな先のことまで今の俺にゃあ思いが行かねぇ。坊さんみたように諭してくれるな」

「神主が言って何が悪い。神仏は命を粗末にしろとは説いちゃしねぇ。先のことまで思い及ばぬと言うなら、今は何も考えずと、当分ここでゆっくりしろ。そうすりゃ、そのうち先々の算段もつくか知れねぇ。前にも言ったが、ここなら薩長土州の探索方は来やしねぇもの」

何をどう慰められても、拒み否むばかりだった征克が、それでも今はその言葉を少しはうべないでもしたように小さくうなずいた。

「酒は足りてるか。もっと持って来させるが……」

「いや、お気づかいご無用。つまらぬ愚痴を聞かして済まなかった。もう寝るよ」

床に就いた途端、征克は抗えぬまま眠りに落ちていた。溜まった疲れが幸いしたのか、うつつに起きた悪しき事はまるで墨で黒く塗りつぶしたように頭の内から消されている。仮に夢なぞ見ていればきっとロクなものではなかったろう。見ればきっとそれは、鉄砲玉に撃たれて泥に突っ伏した男の図や、乱刃の末の無残な死体の山になっていたはず。そんな悪夢を見れば、きっと夜中に声を上げて跳ね起き、眠れぬまま不快な朝を迎えたに違いない。


「どうだ、眠れたか」

「ああ、お蔭さまで良く寝れたよ」

「朝飯食ったら、チョイト手伝え。気分直しになるか知れん」

「何でも言い付けてくれ」

「そうか。いや、これで結構いろいろと雑事がある。そいつの助を頼みてぇ。神社だから、寺男ってのもおかしいから、さしずめ助宮司ってとこか」

「甘えたきりじゃ、心苦しくって申し訳が無ぇと思ってた。御用は何でも承る」

実のところ、邦重は征克のことを思い、せずとも済むような用をわざわざこさえたらしい。その証しに、征克がいざ命ぜられてやらされてみれば、どれも造作の無いことばかりだった。そんなことを十日、半月とするうちに、いよいよ邦重も頼み事の種が尽きたらしく、それでヒマになった征克は、或る日、朝飯を食った後、不覚にも舟をこぎ始めていた。それが終いには横になり、今はイビキまで聞かせている。

そのだらしなさを見かねた早季が夫を揺り起こそうとすれば、邦重は声を低めて制した。

「寝かしといておやんなさい。長い付き合いだから征克のことは良く知ってる。根が真面目だから、俺にも気を使って疲れたらしい。それに武士の本懐を……」

邦重は言いかけた言葉を引っ込めていた。当人が深く寝入って聞こえぬなら構わぬのだろうけれども、やはり友の心情を思えば、はばかられたらしい。

「食客の身で高イビキまでお聞かせして、まったくに申し訳の無いことでございます。やはり本懐遂げぬまま戻ったことが身にこたえておるのでしょう。ご深切に甘えさせて頂きます」


目が覚めれば、夏の白い陽は中天高くに上がっている。――なんだ、朝飯食ったまま寝ちまったってか……、みっともねぇ、働きもせずと半日も……、俺も堕ちたものだ――。

半身を起こせば、しっかりと寝汗までかいてしまっている。

征克は濡れ縁に足を投げ出すと、時折り弱く吹く生暖かな夏の風を、はだけたエリ元から懐の内に入れた。

何考えるでもないままに、しばらくボンヤリしていれば、干乾びた豆のサヤのような物が転がり落ちているのが目にとまる。丸みを帯びたそれは茶渋色で、半ば透き通っているようでもあり、それがそのうちにフッと風に撫でられると、コロコロと軽やかに転がった。

大樹にへばり付いたままのそれを何度か見たことがある。如何にも虫らしい形をそっくりそのまま写しながらも、中身は空っぽの抜け殻。それが地ベタに落ちて、しばらく風にもてあそばれた末に、今は縁の下かどこかへ飛ばされてしまったものらしい。

殻から抜け出た当のセミは、気に入りの木を見つけて取り付き、朝早くから鳴きはじめ夜通し鳴き続けたりもする。それでもそのうちに鳴き疲れるのか、木から離れると、よろめくように飛びさまよい、やがては精も魂も尽き果てたようにポトリと地に落ち、何者かに抗うようにしばらくのあいだ羽をバタバタと地面に打ち付けると、最後は短い夏の命を終える。

そんな虫のカラカラに乾いた抜け殻をみた征克は、ついこないだ江戸士が起こした上野の戦をそこに重ね見る思いがした。——山上で奮戦した者たちが、夏のあいだ盛んに鳴き通したセミとしたなら、一度とて賊敵と太刀を打ち合わさずに逃げ帰ったこの俺は、一体何なのだ。風に飛ばされたセミの殻か、否、それですらない、もっとつまらぬ別の何かだ——。

征克は取り留めのない思いにふけり続けた。——誇りある江戸士が、赤ッツラ浅葱《あさぎ》裏の薩長土州イナカ侍やら、それの率いる水呑《ドン》百姓のにわか軍団にあっさり打ち負かされてしまった。多勢に無勢だったというのは見え透いた言い訳。そんなことは初めから分かっていた。けれども熱き魂は我に有って彼には無い。ならば易々と負けはせぬと無理してそう信じた。そのくせ、江戸城は梁も柱も根太も腐ってどうにもならぬとは、前々から承知してもいたのだ。とどのつまり、旧き者が新しき者に取って代わられたということか。誉れある戦死は夢でしかなかった。大小二刀が無用ならば、ナニナニ流免許皆伝もヘッタクレもない。要は、最新軍器が事を決するということ。その威力に恐れおののき、命惜しみをした末に俺は下肥舟に隠れ、戦場を逃れた。情けない。あまりに不名誉な人生だ。元々恥多きそれを帳消しにしようとしたのが、かえって恥の上塗りになっている。なんでこんなことになった。なんでこんなことになった。幕府を脅した紅毛異人のせいか、それともただの時世時節の移ろいか、商人どもが金と力を蓄えたからか、それとも二百何十年か前、東国勢が西国勢を打ち負かして怨みを買ったせいなのか。分からぬ。どれもそれのようでいて、どれも違うようにも思われる。何が何だか分からぬ。一体全体なんでこんなことに――。

もがくようにして答えを求めるうちに、ふと何かに思い当たる。それに続けて心は不思議な高まりを覚えている。身の内の怒りが、それを向けるべき相手を見つけたらしい。その途端、幾日ものあいだ湿っていた征克の心に火が着いた。

――勝……、勝安房守《かつあわのかみ》――。

戦に臨む前、中山道をつたって板橋宿へ向かう道すがら目にした光景が、征克の目の奥によみがえっていた。それは打ち棄てられた家々の姿。江戸総攻撃を前に大あわてで家屋敷を二束三文で売り飛ばして逃げるしかなかった者たち。そうされてポッカリ空いた地面を、あの男が買い漁《あさ》ったとウワサに聞いている。――何のために買い込んだのかは分からない。薩州の大立者・西郷南洲とのヒザ詰め談判で、どのようなやり取りをしたかは知るはずもない。けれども、成るはずもなかった交渉は成り、江戸は焼け野原にされぬまま、いつしかめでたしめでたしで終わっている。稀に見る大人物の二人が互いを認め合い、譲り合ったがゆえに、その難事は為せたのだ、という美談は聞かされている。ならば実のところはどうなのだ。ひょっとすると、そんな談判なぞ元より無かったのではないのか。あるいはあったとしても狂言芝居みたようなものではなかったのか。火を着けておいて、かねがね用意の桶水を持って馳せ参じ、みごと鎮火しましたとミエを切ってみせただけのことかも知れぬではないか――。

ハラワタが煮えくり返るにつれ、とめどない不満が言葉となって湧き出る。――下っ端の江戸士が敗けると知りつつ戦った一方、位階人臣を極めた上の者らは生き延びている。昨日まで天下の大将軍だった公方様《くぼう》を、ただの平人《ひらびと》に落とした出世人《しゅっせびと》。こんなことになったのは時世時節の移ろいでもペルリでも関ヶ原のせいでもない。かかる末世の混乱に乗じて利を得んとした君側の奸、忘恩の幕臣、勝安房守、それこそが憎むべき元凶のはず――。

にわか刺客

山乃手《ノテ》の田舎・赤坂、その今井谷なぞへは行ったこともない。武家屋敷や寺社が多く建ち並んではいるものの、昔はただの桐畑だったらしい。何かものを尋ねようにも、辺りに人影は無く、町はシンとしたままにある。それでも待つうちに、御用聞きらしきが通りかかった。

「済まぬ。道を尋ねたい。勝安房守殿の御邸は確かこの辺りかと……」

「ええ、さいで。すぐそこで。目《メ》ぇますか、あすこが赤坂氷川の明神様、西隣が盛徳寺、裏が三ツ叉んなってまして、その片っかしに……、あ……」

「どうした」

「いえ、あの、まさかとは思いますが……、ひょっとしておサムライ様、安房守様をバッサリなんてお考えじゃ……、などと思いまして、その……」

「な、何っ……、あ、いや、何故そのようなことを」

「いえね、あれァ確か、お城明け渡しの決まった時でしたか、江戸を焼きそくなったのがよっぽど悔しかったんでしょうな、敵方が暴れ込んでずいぶんな狼藉をしてったとかで。だのに、すぐあと、今度は幕府方のおサムライが裏切り者を斬ると言って、ここいら辺をウロついたりなすったとか。だもんだから、もしやアナタさまも、なぞと思いまして。いえいえ、お怒りになっちゃいけません、違いますね、違うんでしょ、でしたら、どうぞしてご勘弁を。ハイ、平に、この通りで。御邸の場所は今お教え致した通りですから、これでお許しを」

一瞬、冷や汗がワキノシタを伝い下りた。それでも一応の礼を言えば、男は口同様に足も軽いらしく、そのまま用向きのあるらしき築地塀《ついじべい》を曲がった辺りへさっさと消えてゆく。

求めていた場所が分かった今は、うるさいほど胸が高鳴っている。落ち着こうとすればするほど、はやる気持ちは抑えが利かなくなるようで、不慣れな刺客は自身をなだめるように平手でもって左の胸を何度か叩いた。聞かされた話が本当ならば、きっと相手は格別の用心をしているだろう。中間《ちゅうげん》・小者何人かに槍や六尺棒でも持たせ、見張りに立たせていてもおかしくはない。そうなれば、易々と事は果たせぬことになる。

目指す場所へ着いてみれば、屋敷は小体《こてい》造りで、地所もさして広くは見えない。ついこの間まで江戸の町をおおっていた物騒な気配も、上野戦争のあとはだいぶ薄らいだものらしく、辺りに殺気立ったものは微塵も感じられない。屋敷周りには、案じていたような門番・見張りの姿も無く、征克はまずそれにホッとした。

案内を乞うて上がれば、柱に付けられた真新しい刀傷や指一本入りそうな穴が目に入る。それらを認めて、先ほどの御用聞きの話が本当なのが知れた。そうした痕跡が、江戸を焼き払えなかった賊軍の腹いせによって出来たものなのか、それとも世の混乱に乗じた物盗りが押し入った際に作ったものなのか、あるいはまた自分のように憤怒に駆られた江戸士が印したためなのかは判らない。

勝安房守は、あと二、三年で五十になるほどの老人とは聞いている。履き物を脱ぐ折、長刀も脇差も預けてはいる。けれども、きっと客間には、主の大小が見せびらかされているはず。ならば、当の相手の道具を使えばそれで足りるだろう。なにせ相手はもう隠居して良いような老体。加えて、義がこちらにあるなら、天がどちらに味方するかは明らか、と征克はことさらのように自身に言い聞かせ、ともすれば弱気になりがちなオノレを奮い立たせた。

スンナリと通された客間は南向きで、畳は陽に焼け、黄ばんで見える。そのうえ、貧乏ったらしく所々ささくれ立ってもいる。そこから判ずれば、勝安房守という男は、みてくれを気にし、お体裁を整えようとする人間ではないらしい。ただ、そのことがそのまま、良いウワサに聞くような、小事にとらわれぬ大人《たいじん》であることの証しにはならない。抜け目のない切れ者と評される反面、案外、だらしのない所の多い人間、というだけなのかもしれない。

あれこれ思ううちに、床の間や床脇辺りに目をやれば、案の定、大小二刀がある。けれども無造作なその様は、飾るというより、置き場所がたまたまそこだったというほどにしか思われ

ない。刀掛けも鹿角製なぞではなく、漆塗りの金蒔絵《きんまきえ》も施されてはいない。それはまるで質素

過ぎる屋敷と釣り合いの取れた物のようにも見える。けれども、その素っ気無さが、かえって

質実を極めた凄味を醸していると思えぬこともなかった。

すでに半刻ほどが経っている。

さすがにじれ始めた征克は、そもそもの用向きが用向きだけに、尻が落ち着かなくなってい

る。イライラは募る一方ながら、かと言って、目の先二間に置いてある刃物を拝借し、奥の間

いくつかを探し回り、果てに相手を見つけたなら、問答無用でそのまま斬ってやろう、とまで

は思っていない。『盗っ人にも三分の理』はあろうから、まずはそれを質し、返答を聞いた上

で誅罰を下すというのが筋でもあり、それが真っ当な刺客のすることだとも思っている。荒ぶ

る気持ちを落ち着かせるためもあって、そのうちに征克は訊くべきことを今一度さらい始めた。

――一つ、泣く泣く江戸を捨て逃げざるをえなかった者たちの地面を買い漁ったのは何のため

か。一つ、軍艦奉行まで務めた御方が、西国の賊敵どもと誼《よしみ》を結ぶのは何故か。一つ、徳川の

御世が斯様《かよう》なことに相成ったを如何様に思っておられるのか。一つ、幕府は瓦解し、自分たち

江戸士はまるで主家取りつぶしにあった家来の如き者にされてしまっている。その責めは那辺《なへん》

にありや、そも誰の何に帰すべきとお考えか――。

それら四つをよどみなく尋ね、誤りなく聴き取らねばならない。口舌に長けた男とは聞いて

いる。なら、一層用心して丸め込まれぬようにせねばならない。そのうえでどうにも承服しか

ねる返答であったなら、かねての考え通り、相手を斬るのみ、と征克は改めて自身に確かめた。

――安房守は小柄なはず。加えて、その歳を考えれば、まさか易々とこちらの得物を奪い返せるはずもない。首尾良く斬奸《ざんかん》を果たしたなら、こちらは速やかにこの場を去るのみ。それでもきっと捕まりはするだろう。けれども法度破りを裁く御上が今は薩長土賊ということならば、きゃつらに斬首に処せられるよりは、自裁が良いに決まってる――。


不意に屋敷の主とおぼしきが、フスマのヘリからひょいと顔をのぞかせた。

近づく気配をまったく覚えなかったのは、こちらがあれこれ考え事をしていたためか、それとも相手が武芸に秀でているからなのかは判らない。

「ずいぶんと待たしたろ」

男がこちらに向けるのは、黒々しい碁石のようなドングリまなこ。放つ眼光は鋭く、鼻は鉤《かぎ》鼻で、研ぎ澄ませたカミソリを思わせる。細面で、昔はきっと様子の良い若武者だったに違いない。聞いていた通りに小柄ではあるけれども、身の内には金棒が一本通っているようで、肉の締まり具合も引き絞った弓のような弾みの良さを匂わせる。

まずは一応の挨拶をすべきところを、ひどく口が渇いてしまったためか、客の口からはなかなか言葉が出て来ない。それを待たずに主は言った。

「ちょいと書き物してたのさ。半ら半尺《なか》なところで筆を止めたくなかったのよ。物を書くには勢いが要るからね」

言葉づかいはまるで職人のようでもある。まずはそれで拍子抜けがしてしまった。征克は刺客であるのを一瞬忘れたように恐縮して返した。

「いえ……、御多忙を存じませず、斬様な……、本日は……」

口上がグチャグチャと腰砕けになれば、相手はニヤニヤしながら構わず言ってくる。

「こっちの忙しいのも考えずとやって来たってことなら、よっぽど急ぎの御用ってわけか。ンなら、どうだ、当ててみようか、おめえの用向きってヤツを」

「は……」

「斬りに来たんだろ」

「えっ」

ハイと返すわけにはもちろん行くはずもない。

「図星ってか、やれやれだな。おあいにく様、俺ァ安房様の替え玉だよ」

口だけは〝え〟の形を作りながらも、今度は声が伴わない。

「洒落だよ、間に受けるない。見ての通り、そんな者を雇えるような内証じゃあねぇもの」

いたずらを言う主に対し、客は玉の汗を吹かせている。頰をつたい下りた一粒二粒がアゴの先に溜まり、座した客の太モモ辺りに滴り落ちた。

「俺もよっぽどの悪党にされちまったらしいな。斬りたきゃ斬りな、と言いてぇとこだが、まだやんなきゃなんねぇことがシコタマあってね、そうそうお安く斬られるわけにゃあ参りませんのさ」

相手の手の上で良いように転がされた気がして、征克は唇を噛んだ。

「あきらめたか。ンなら良かった。殺生はヤだからね。オメエの血で座敷を汚したかねぇ」

自分も無腰のくせに、あたかもこちらを討ち取れるものと決めてかかったその言い草に、征克もさすがにムッとした。

「私が斬られると決まったものでもないかと思われますがっ」

「おや、そうかぇ。ま、見ての通り、俺ァ小柄じゃあるが、そのぶん身は軽いぜ。オメエよかずっと素早く、あすこのアレに飛び付いてみせるが、どうだ」

ひょいと半身をひねり、ナツメのような黒く丸い目を向けてみせたのは、征克が当てにしていた鋭い鋼の道具だった。

「剣術《ヤットウ》の腕もオメエなぞの及ぶとこじゃねぇはずだ。けど、言われたままじゃ収まらねぇ、どうしても試してぇとおっしゃるなら、いいぜ、やってごらん」

何を言わせてもシャクにさわる。こちらの癇《かん》をいっそう逆なでするのは、軽々しく人をオメエ呼ばわりすることだった。如何に相手が若輩者でも、大小二刀携えるを許された者に対して、ああはぞんざいに呼びかけられぬはず。加えて、小憎らしいほどに舌が良く回る。頭の切れる弁舌巧みな男とは聞いていている。口たぶらかしの奸賊、言いくるめに長けた逆臣、と罵られているのは、それが大いにあずかっているのだろう。

オメエ呼ばわりに腹を立てながらも、初手から魂胆を言い当てられ、相手の道具を奪って使おうという奇策妙案もくじかれてしまえば、もう仕方がない。

「分かりました。ならば、その了見は捨てます。ですが、聞く処によれば、御邸はついこないだ賊に踏み込まれたとか。元より諭せる相手でないならば、その折は今おっしゃられたように剣を交えて追い払われたのでしょうか」

「いや、あん時ゃたまたま遠出で留守してたのさ。運が良かったぜ。応戦でもしてりゃ、ナマスみてぇに切り刻まれてたろ」

聞かされて拍子抜けがしたものの、必ず斬り殺されていたろう、と正直にさらりと言うところが征克の気に入った。

「十人二十人倒せるとまでのホラは吹かねぇつもりさ。講談に出て来る剣豪じゃねぇもの」

「一人二人なら話は別と」

「それなら造作も無ぇわさ。試してみるかぇ」

「いえ、それァもう止しにしました、と今さっきそのように申し上げたばかしです」

安房守は吹き出した。

「オメエ、下町だ」

「生まれ育ちは本所石原です」

「ふうん。俺も亀沢、南割下水《わりげすい》、入江と引っ越して、赤坂田町、そしてここさ。彰義隊の生き残りか」

「いえ、別隊です」

「死なねぇで良かったな」

「まことの士に非ざる者と今は心底恥じております」

「バカを言いやがれ。無駄死にが何の自慢になる。考えてもご覧な。拙者は武士と大ミエ切ったとこで、カツ節ほどの有難味も無ぇのがコンニチ只今の御時世だ。とっくの昔に江戸士《ザムレエ》なんざ軍人《いくさにん》よか平人《ひらびと》に近ケぇ。それに引きかえ、西国の武士は学問も修めた上にしっかりと剣の腕も磨き、最新軍器も買いそろえた。となりゃ、町道場で型だけ習った奴らが三千四千集まったところで勝てるわけが無ぇ。そいつを重々承知しときながら、俺たちゃ義だから勝てるのだ、と無理して信じ、バクチみたような戦に打って出るとァ、チィトばかし乱暴が過ぎるじゃねぇのかぇ」

「元より戦・ケンカは乱暴なバクチと心得ますが」

「知ったかぶりはよしゃあがれッ。乱暴と言われるのがご不満か。だったら野蛮でどうだ。いいか、よく聞け。俺ァ、英吉利人《エゲレス》が面白がって罪無き鳥どもを鉄砲で撃ち殺すの見て、なんて野蛮なと思ったものだ。が、本邦の士もえばれやしねぇ。江戸攻めを思い留まってくれた西郷南洲に、土州の板垣は『なんで皆殺しにせぬか』と詰め寄ったてぇ話さ。そいつを聞いて、日本人もこれまた野蛮人と俺ァ思い直した。まァ、板垣にしてみりゃ、同志を何人も殺されてきたなら腹が収まらねぇのだろうし、気持ちは分かる。けど、そしたらどうだ、その、せっかく成った和平を、今度はオメエ方が戦争オっ始めてブチ壊しにかかりやがる。どうにも悔しい、腹が収まらぬ、とぬかしゃあがる。なら、訊くが、如何程《イカッパチ》の大層な腹をお持ちなのだね。意地だ、メンツだ、と言った挙げ句、今度は〝立派に敗けて立派に死にゃあイイのだろ〟と尻をまくりやがる。俺に言わせりゃ大バカ野郎のコンコンチキだ。てめえ勝手を吐くのもイイ加減にしやがれだ。イイかぇ、この世で一番に尊ぶべきは一つッきりの命だよ。ウカウカそいつに気付かずと、いとも簡単、イケぞんざいに人の命を扱いやがる、そんな奴らを乱暴、野蛮と呼んで何が悪いッ、この俺に何の苦情が入れられるてぇのだっ」

つるべ撃ちのように言葉の鉄砲玉を放たれ、客は口を閉じたままにある。

「チョイトきつかったか……。なに、生きて還れて良かったなと言ってやったのに、オメエが妙にお体裁ぶって否むからいけねぇのだ。なにもオメエを責めるつもりは無ぇのだぜ。ひでぇ目に遭ったのは知ってるからな。上野の山から命からがら逃げ戻ったら、家の者みな薩長土軍に取っつかまって殺されちまったって話や、根岸を抜けて日光道を逃げ下ったら、トバッチリをおそれた土地の百姓に薪ザッポで打ち殺されたって話も聞いてる。ひでぇものさ、むごいじゃねぇか。大将同士が一騎打ちで事を決めた古《いにしえ》の戦とは大違いよ。だから戦はダメなのだ。オメエはどうだったえ、家の者たちゃ息災か」

「はっ。前もって江戸表からは逃がしておりましたので」

「そいつは良かった。利口な算段だった。女子供や年寄りを巻き添えにしちゃなンねぇ」

「家人を預け、心おきなく戦うつもりだったのです。だのに、撃たれ死ぬ者、斬られ死ぬ者を間近に見て恐れ、おびえ、退いたのです」

「多勢に無勢なら、退くのも兵法さ」

「おめおめ生きて戻って、幼なじみのもとで座食したまま三日、十日と過ごすうちに、男として、また江戸士としてこのままでは終われぬと思い、悩み苦しむうちに、ふと、勝安房守様のことが思い出され、御邸を襲ってお命を頂戴した上で、我が身も突くかして果てようと決めたのです」

「冗談じゃねぇ。深川櫓《やぐら》下、黒羽織も粋な辰巳《たつみ》芸者とならば話は別だが、オメエみたようなのと心中させられて、おたまりがあるものか。それこそ犬死だ。したが、どうして若ケぇ衆《シ》ってのは、そうも死に急ぎをするのかね。死ぬよか、恥を忍んで生きる方がよっぽど六《ム》つかしい。易くはねぇ道を選ぶのが男だぜ。そいつが、若ケぇうちは分からねぇのかしら」

「そのようなことには全く思い至りませず」

「不忠の幕臣、恥知らずの裏切り者、瓦解の船頭役と呼ばれながら、そいつを意に介さずと腹も切らねぇ俺が言うのだから間違ゲぇ無ぇ。俺ァな、死んで詫びる代わりに、前の様にゃ易く暮らせるはずもねぇこの世に居残りして、まだまだ生きて働くつもりよ」

「まだ働かれる……」

「ああ。軽佻浮薄と言われても、俺ァ初物食いだ。骨董や古道具よか、珍奇な渡来物を面白がる。古書・古典を読み返す暇があったら、新着の蛮書・洋書を苦心惨憺読み解く方が良い。老将語るカビの生えた武勇伝よか、鼻っ柱の強ェぇ若ケぇのが聞かせる絵空の夢を選ぶ。薩長土州の奴らがすることも、初めの内ゃ、未熟なぶんだけ荒っぽいことになるか知れねぇ。が、俺はあいつらの思い描く新しい世の仕組みってヤツに魅かれる。だから、横から出せるものなら、うるさく口も出し、つかめるものならカジ棒もつかんでやろうてぇ腹づもりさ」

長広舌で口が乾いたのか、安房守は茶をすすり始めた。その間を狙って、征克はかねて用意のことを尋ねにかかった。

「よろしければ、今一つお尋ね致したきことが」

「いいぜ、言ってみな」

「江戸攻めを前に、住みなれた家を捨て、店を畳んで江戸を去らざるを得なくなった者が多く現れました。その空いた地面を買い上げられたというのは真《まこと》ですか。左様であるならば、何のためかお聞かせ願います」

「ああ、いかにも左様さ。シマの財布をはたいて買えるだけの地面を手に入れたよ。人が住み暮らしてこその物だからな。棄て置きにすりゃ、江戸がどれほどにぎわいの巷《ちまた》だったにせよ、そのうちペンペン草の天下になる。誰かがまとめて持っとくに若《し》くは無ぇ。なに、さして遠くもねぇうちに良い使い途も目ッかるさ。地面なんてものァ、活かして使わにゃ、タダの土くれだもの」

「ならば、どのように」

「さあ、そいつがまだオツムに浮かばねぇのだ。まァ、追々考える。薩長土州が、この先この国をどうして行くか、その手並みを拝見しながらね。買い叩いて高値で売り稼いだとは言われたくもなし。せいぜい相手の魂胆を見抜いて、良しと思えた奴には売るか貸してやるつもりよ。それで俺の買った地面が活かせたかどうかは、後の世の人がお決めになることとさ」

訊かれれば、スラスラと、よどみなく答えてみせる。ならば真のようでもあり、また偽のようでもある。どこかしら上手いこと言いくるめられているような気がしないでもない。

話す折の安房守は口の端を少し吊り上げ、唇はあまり動かさない。物の言い方や考え方はどこかしら斜に構えたふうで、大いに皮肉屋でもある。それでも、あの黒く丸い目には濁りが見えず、かえって輝き澄んでいる。ハッタリをきかせはするけれども、虚偽不実とは大いに違い、ただの茶目っ気と聞き流せもする。

「ま、オメエが尋ねたような土地買い上げのこともあるから、江戸の者から憎まれても仕方がねぇな。実のところ、俺ァ、外よか身内からの評判の方が悪い。そんなこと気にしちゃしねぇが、そいでも一番《イッチ》こたえるのは、慶喜公がひどく俺を憎がっておられることだ」

それまでとは違い、安房守の面は少し曇って見える。それはそうでしょう、公方様が憎がられるのも当然です、とは言う訳にもゆかず、征克が黙っていれば、相手は話を転じた。

「明け渡しと決まった時は、百人ばかしが御城内で腹を切ると言い出した。当然、俺ァ諫《いさ》めたさ。ムダに腹切ることァ無ぇ、君に殉じようと言うなら、慶喜公に付き従って久能山へ一旦退いちゃどうだ、なにも軽々しく腹切るのを、忠義の証しと勘違ゲぇしちゃいけねぇよ、ってね。そしたら、そのうち涙ながらにうなずく奴が出て来て、終いに皆あきらめてくれた。上野の戦争だって、誰かが上手く諭してやりゃ、せずとも済んだか知れねぇと、俺ァ後悔しきりだよ。ところで、オメエ今いくつだぇ」

「二十です」

「そうか。さっきも言ったが、俺ァ味方から憎まれちゃあいるが、そうして浪々の身同然となった身内の力にゃなろうと心に決めている。だから、駿府行きのことは考えとくれ。事ここに至っちまやァ、もうそうするしかねぇだろう。未練たらしく江戸にへばりついてても、どのみち新しい御上の下で肩身の狭い思いをしながら、どうやっておマンマ食ってくか算段せにゃならねぇ。俺も、九月ンなったら、まず母親を移らせる。そのあと俺もあっちへ行って、薩長土州と談判の用でも出来りゃ、たんびたんびに江戸へ出張って来るつもりだ」

「駿府……、そんな所で一体何を致せば……」

「百姓はどうだ。手職が無けりゃ、土から何かを得て生きるしかあンめぇよ」

握りしめた拳を両の太モモに押し付けながら、征克は鼻から長々と息を吐いてみせた。

「承服できぬってか。そうツラに書いてある」

「さ……、左様なことは……、ですが……、しかし……」

「しかしもカカシも無ぇわさ。そりゃ、おめえの気持ちは分かる。今まで代々受け継いできた御身分だ。そいつを俺の代でポイと捨てるわけにゃあいかねぇと、そう思っての逡巡だろう。ましてや知らねぇ土地で百姓をやれと勧められりゃ、そいつはどうにも容れられねぇと、そういうことだな。ンなら、訊くが、オメエ、百姓よか士が上と未だ思っちゃしねぇか」

「左様に心得るのが当然かと。なんとなればこれまで無慮三百年ものあいだ……」

相手はさえぎった。

「二百年三百年がどうしたぇ。人斬り包丁腰に差してふんぞり返ってた時代はもう終わったよ。そんな益体も無ぇ、カビ臭セぇ士の矜持なんざ、もうアッサリと捨てるが利口だ」

「士の誇りがカビくさい……」

「人間、元より上も下も無ぇはずよ。だのに、俺は上、オメエは下と思うのが浅ましいと言ってる。それでも得心が行かぬとおっしゃるなら、手っ取り早く俺んちの話をしようじゃねぇか。あのなァ、良く聞け、俺のひい祖父さんってぇのは、越後から江戸に出てきた盲人だ」

「お、お目が、見えない……」

「ああ、左様さ。それが江戸に出て来て、バクチで得た金を元手に金貸しに転じ、成した財でもって子のために士の身分を買ってやったのだ」

幕府の要職にあった人が、座頭の末裔と聞かされても、すぐに飲み込めるはずもない。

「どうだえ、サムレエ、サムレエとえばってみたとこで、もうとっくの昔に旗本株や御家人株は売り買いされてる。そうでもしなけりゃサムレエは食っていけねぇほどに商い人の力が大きくなりもしてたのだ。時代が進みゃ、当座はうまくいってた世の仕組みも回らなくなる。ウカウカそれに気付かずと、身分だの家柄だのに乗っかってアグラをかいてりゃ終いにどうなるか、俺がくだくだしく言わずとも、よほどの馬鹿でなけりゃ、オメエ、分かンだろ」

反駁できぬままにいれば、相手は追い討ちをかけてくる。

「人間の高低《たかひく》てえのは、しょせん、そいつの中身で決まる。太閤秀吉はどうだったえ。元はただの土百姓、それが赤サビ刀一本振り回して天下人にのし上がったのだぜ。だったら、その逆を行っててサ、貧乏侍から大百姓に大出世するてぇのもまた洒落が利いてて良いとァ思わねぇか。なんにしたって、哀しいかな、もう御上にゃ家臣どもに扶持米くれる力は無ぇ。あとは、ほっぽり出されちまった者らが何をどう覚悟してこの先の世を生きるかだ」

「ですが、百姓仕事なぞとは無縁に生きて参った者たちに、果たしてそれが叶いましょうか」

「おめえ、二十と言ったな。イイ年と言やァ、もうイイ年だ。薩長土州の内にも、おめえとおなシ歳回りで国の先々を考ゲぇてる奴もいるのだぜ。それと比べりゃ、上野で死のうだの、勝安房を斬ろうだのとはずいぶんと幼稚だったとァ思わねぇか。けどもが、なるほど若ケぇは若ケぇ。ンなら、腹さえくくりゃ、何だってできねぇことは無ぇはずだ。ジジイの俺とは違って、一から出直せるほどの暇がオメエにゃたんと残されてる。うらやましいぜ」

親子ほども歳の離れた相手からそう言われれば、確かに否み切ることはできそうにない。

「生きてりゃ全て流転だ。流されるままか、流れに逆らうか。力尽きて水に沈むか、それとも、みごと浮かんでみせるかだ。今も話したヒイ祖父さんに、俺ァ及びもつかぬ男だと思ってる。なに、こちとら様だって、貧乏旗本の小セガレの身で帆船に乗り込み、大海へ漕ぎ出、亜墨利《あめり》加《か》くんだりまで行っちゃあいる。が、盲《めしい》た男がひとり、杖一本頼りに百何十里か歩ッて江戸へ出て、子・孫・ひ孫にそんな道を拓いてくれたのだ。その勇気や肝ッ玉に比べりゃ、俺なんざ小セぇものよ。オメエだって心がけ次第、末孫からはよくぞ俺たちに道を拓いてくだすったと言われる人間になれるのだぜ。どうだ、あと何か訊きてぇことはあるか」

「い、……いえ。いくつか用意も致しましたが、今はすべて失念してしまいました」

「ハハハ。俺の話は長ゲぇってか。なに、オメエが長ッ尻《チリ》するのがいけねぇのだ。さてと、ンなら、もう分かったろ。分かったら、けえンな。俺も忙しい手を止めてオメエの応対に出たのだ。そろそろまた仕事に取っかからなくちゃいけねぇ」

「本日はご多忙を顧みませず大変に申し訳のないことにございました。ならば、これにて」

それを聞いてうなずくと、稀代の能吏・勝安房守は一旦腰を上げてみせる。けれども、また何かを思い出したように、暇乞いをしたばかりの刺客に向けて言ってくる。

「あ、そうだ。アレな……」

言いながらアゴの先で示しているのは刀掛けの大小二刀のことらしい。

「刃は退いてあるからただの金板、飾り物。説教されたまま帰るのもシャクだからと、思い直してアレで斬りかかっちゃダメだぜ。痛テぇばかりで、こっちゃあ死にきれねぇ。だから背を向けた途端、天誅御免、ってのはヤだよ、イイね、ヤだからね、ほんとだヨ」

宙ぶらりんの男

勝邸を後にしたのは二刻ほども前のことになる。帰るあいだも、そして帰り着いた後も、相変わらず征克は自問自答を繰り返し、答えが得られぬままにある。

ただ、この日一日を振り返れば、目まぐるしく考えを変えたのが我ながらおかしくなってしまう。朝、安房守成敗を思いつくまでは、友の所で食客のままにいる自身の不甲斐《ふがい》なさに悶々としていた。それが意を決して刺客となり勝邸へ向かえば、胸はドクドクと狂おしいほどに高鳴り、にわかに生き甲斐を得られたような気がした。それが、いざ、相手と対してみれば、こちらは良いようにてのひらの上で転がされ、殺すはずだった当の男から、いつのまにか諭《さと》されてしまっている。けれども不思議なことにそれが今、まったく悔しいとも思われない。何故なのだ、とその元をたどってみれば、思い当たらぬことが無いでもない。

対面当初、あの、何かにつけてのオメエ呼ばわりには大いに面食らい、ひどく腹が立ちもした。まるで親方が弟子の小僧にでもするように頭ごなしにモノを言う。だのに、そうしてオメエ、オメエと気安く繰り返されるうちに、こちらは何とはなしに心地良ささえ覚えていた。それはちょうど父親か、それとも常日頃からこちらのことを気にかけてくれる伯父叔父あたりに言われているような気にさせるもの。あるいはひょっとすると、そもそも自分には勝安房守を本気で斬るつもりは無かったのではないのだろうか、とさえ思われ始める。

畳の上に仰臥したまま、征克はなおも考え続ける。

そのうちにたどり着いたのは〝八つ当たり〟の一語だった。あの上野の戦で逃げ帰った不名誉と恥辱とを拭《ぬぐ》わんがために、自分は憤怒憤懣《ふんまん》のホコ先を向けるべき相手を必死で探し求め、その末に、ただそれを勝安房守に定めただけなのではなかったのか。仮にそうだとしたなら、それはまさしく聞き分けのない子供のするような〝八つ当たり〟に他ならない。

さらに、これまでの己が心の動きを追ってみれば、刺客にならんとしたのはひょっとするとただの口実で、その実、誰かにこれから進むべき道を指し示してほしいと願ったのではないのだろうか、と疑われもする。その用を果たす者として、激動の世に深く関わり、敵なのか味方なのか判然とせぬぶん、かえって謎めき、先々を良く見通せているかもしれぬと思われる、あの老獪な幕閣・勝安房守を選んだのではないのだろうか、とさえ思われてくる。

誰もが薄々気付いていたように、すでにだいぶ前から世の仕組みは壊れていた。ついこの間までは、何かしらの御役《おやく》に就き、上役に盆暮れの音物《いんもつ》を欠かさぬよう心掛け、大過なきままに勤め続ければ、五十の頃には御役を退けもし、あとは楽隠居のままに孫の成長を楽しめ、その果てに六十の生涯を無事に終えることができもした。それが今は全くに古き良き時代の思い出話に変わってしまっている。親とも頼む主君が、もうその座から下ろされてしまったからは、子である家来は、屋根の無い家に取り残されたようなもの。そうなれば、まるで水練の心得もないままに目隠しをされ、荒海に放り込まれたようなものとなる。

そんな時代に生くるを強いられることになった自分は、あの、悪評ふんぷんたる一方、稀に見る賢臣とも呼ばれる勝安房守になにがしかの教えを請い、目の先をさえぎる厚い霧の向こうに何かを指し示してもらおうと、赤坂くんだりまで訪ねに行ったのではないのだろうか。

あれこれ思う征克は、あの戦から逃げ帰った時のように、長いこと寝転んだままにいた。けれども知らぬうちに唇だけが小さく動いている。

——駿府……、駿府か——。

やおら起き上がり、西方遥かを見やれば、南北に連なる低い山々が沈みゆく夕陽を受けて、長々と横たわっているのが目に入る。その青みがかった灰色の連なりは、江戸を追われ、西へと向かう江戸士の群れのように思われもする。自分も駿府へ移るというのなら、遅れてその尻に付くことになるのだろう。ただその長い列の先に何が待っているかは分かりもしない。

聞けば、慶喜公の跡を継ぎ、徳川宗家十六代となられた幼き家達《いえさと》公はすでに江戸を離れ、駿河府中七十万石の城主になられたという。元をたどって考えるならば、父祖の地へ戻ったようなものではある。けれども、江戸から四、五十里も離れた見知らぬ土地であることに変わりはない。そんな所へ移り住まわされれば、どんなにか寂しくわびしく心細いことかと案じられもする。それを思えば、良い大人の自分が、まるで駄々をこねるようにして江戸にしがみついているのも、ひどくみっともないことのように思えぬでもない。

続いて頭に浮かぶのは〝無禄《むろく》〟の一語だった。駿府へ移ったとて、かの地で禄は望めない。ついこのあいだまで八百万石の大大名だった徳川家が、今やお体裁に新造されたような駿河府中藩の、わずか七十万石の一大名に落とされてしまっている。その御殿様が、家財すべてを投げ捨てて移住を余儀なくされた家来何千人を養えるはずもない。だのに、それでは大変困るから、どうぞしてこれまで通り養ってほしい、というのはハナから無理に違いない。

ならば、移った先で〝我は家臣〟と言ったにしても、実体はちょうど主家取りつぶしに遭い、浪人となり、月額《さかやき》も剃らずヒゲも伸び放題となったような者と選ぶところがない。そんな無一文者が大挙して縁もゆかりもない見知らぬ土地に暮らす図を思い浮かべれば、征克はうすら寒いものを覚え始め、心はふたたび揺れ動いた。
一、二か月前、品川沖から海路で清水港をめざした江戸士とその家族無慮三千は、すし詰めの船内で辛酸をなめたと聞かされている。板子一枚下は地獄の船旅。居心地の良いはずもないオンボロ軍艦に押し込められ、揺れ続ける暗い土牢のような所で寝起きさせられる絵は、月並みながらも、やはり阿鼻叫喚絵図としか呼べぬものだろう。けれども、自分も同じ土地を目指して後に続こうとするならば、それはまったくに他人事ではなくなってくる。
これまで船なぞとは全く無縁に生きて来た。水に浮かぶ心細い乗り物に身を任せたのは、せいぜいがあの敗走の折、仕方なしに肥やし舟に乗った時くらいのもの。そんな人間が、船に乗って駿府へ行けと言われれば、我が身一つなら耐えられもするだろうけれども、二親と妻とを伴ってのものならば、不安はつのるばかりとなる。

否、よくよく考えれば、いざ海路で、と思ってみても、そもそも自分たちは先発組からはひどく遅れを取っている。今さら誰が船を仕立ててくれるはずもない。そうなれば、あとに残るは陸路ばかり。そうして東海道をたって駿府に無事着いたとして、果たしてその先はどうなるのだろう。考えれば考えるほど、すぐに別の分厚い壁が目の前に立ちはだかり、どうにもそれが乗り越えられず、話は堂々巡りになるばかり。

縁もゆかりもない土地で、一家四人これからどうして食って行こうというのだろう。あの折、安房守は言いもした――我はモノノフとえばってみても、元をたどりゃ皆百姓。ンなら振り出しに戻って何が悪い。見方を変えりゃ、そいつも洒落が利いてて良いだろう――と。

生り物を作り育て、それを穫って食えば良いとは言うけれども、果たしてそんなことが自分たちにできるのだろうか。どう思い返してみても、こちらにはヨモギ一本苦労して摘んだおぼえは無い。これまで食のために身を労したことと言えば、世の混乱で食い物の調達に窮した家臣たちに御上が下げ与えてくれた〝お救いの玄米《くろごめ》〟をもらうため、洲崎までトコトコ歩いて行ったくらいのもの。それとても、わずか一升詰めの米袋を妻に渡したあとは、自らは搗《つ》きもせず洗い研ぎもせぬまま、ただ炊かれたそれをいつものように澄ました顔をして食っただけなのだ。生くるがためになにがしかの食い物を得ようと努力したことなぞ、二十年のこの人生で、ただの一度もした験《ため》しが無い。

駿府がどのような所なのかは全くわからない。だだっ広いのか狭苦しいのか、緑豊かなのか、それとも石コロばかりの山がった所なのか。米麦が育つのか、雑草しか生えぬのか。

これが田舎の郷士なら、元々が鍬《くわ》と刀の両刀使いゆえ、何を悩むでもないままに余所の土地へ移り住み、百姓をするのも難なくできようけれど、町育ちの自分たちはそうは行かぬ。

何刻ものあいだ征克は、いっかな答えの得られぬいくつもの問いを繰り返すしかなかった。

第二章　萌芽

物思う妻

もし、これが山ノ手住まいの武家であって、毎日のように通い来る御用聞きでもいたとしたなら、きっと〝ご新造さま、今日は何か〟と訊かれでもするような若女房がひとり、陽の傾き始めぬうちに済ましてしまおうとでも言うようにして、手際よく縫い物を進めていた。

針つまむ指や手の甲にシワは無く、顔も同様に未だ所帯じみたものを宿してないなら、確かにどこから見ても新造然とした雰囲気を醸している。

夫は、骨節こそ、なるほど男ゆえに太くもいかつくもあるのだけれど、肉付きがあまりよろしくない。見ようによってはトゲトゲしく映るかも知れぬ外見と釣り合うように、性分の方もやや尖ったところがあって、悪いことに、江戸者にありがちな短慮と直情とがそれに加わって、腹にすえかねることがあれば、荒っぽい挙に出ることもある。そのような夫と比べれば、妻の方はきっと外側と同じように内側もまたやんわりと円《まどか》らしく見えもする。

もう何尺縫ったろう。

まめまめしく針が綴ったその跡は、まだ夏の暑気を残した境内の熱い地面を歩み進むアリの律義な列にも似て、生真面目な点々となって小さく細く長く続いている。あらためてその跡を見返せば、おのが手先の器用さが改めて知れたらしく、早季《さき》は口元に笑みを浮かべた。

夫・高取征克よりわずか一つ下の十九ならば、まだ当分のあいだ、目は遠くも近くもなるはずはなく、裁縫事には何の苦もおぼえはしない。ただそれでもさすがに一刻あまりのあいだ根を詰めて糸針事をし続けていれば、利き手の指二本は軽いしびれをおぼえている。

つまみつづけて生温かくなった縫い針をいったん針山に刺して休めさせると、自分もひと息入れることにした。

高取の家へ嫁して二年。

手を休めたからと言って小言イビリをするような者は、この家には一人もいない。夫は言葉だけは荒いけれども、小さなことで怒りはしない。そんな夫に兄弟姉妹はおらぬため、小姑《こじゅうと》なる者も当然いない。もちろん、いの一番に気を使わねばならず、それだけ常ならばずいぶんと気骨の折れるはずの姑《しゅうとめ》はいる。けれども、世間でよく耳にする話や芝居に出て来るような姑とは大いに違って、義母・弥栄《やえ》は意地の悪い人間ではまったくなく、それどころかずいぶんと嫁の自分には良くしてくれているのだ。

そうして仲睦まじそうにしていることもあってか、たまに金策のために質屋へ二人して出向いたような折、その店が初めてだったりしたならば、主はきっと実の母娘と思いでもしたように〝良く似てらっしゃる〟なぞと世辞まで言って来さえする。

　元より血を分け合うでもない他人同士の、常ならばいがみ合っておかしくないはずの女二人が、そこまでしっくりと上手く行っているのには、実のところ、それなりの訳もある。

　舅《しゅうと》・高取是芳《これよし》と父とは、それぞれ身を置く組は違うものの、とても仲が良かったらしい。父が聞かせてくれたところによれば、共に十歳ほどのワンパク盛りの頃、たまたま遠くの寺社の祭りへそれぞれ遊びに行き、そこで知り合うことになったのだという。ただ、生まれ育った町が違うということもあってか、初めは顔なじみのない互いを鼻持ちならなく思ったらしく、やがてはつまらぬ言い合いからケンカを始め、取っ組み合いになり、散らし髪になり、鼻血を出したりタンコブをこさえるうちに、かえって仲良くなったものらしい。加えて、どちらも家格は等し並みで、頂く禄も小さければ、当然暮らし向きも同じようなもの。そうなれば互いに何の気兼ねも要らぬ付き合いができる。仮にもし、家格に大きな差があったなら、人同士の交わりには限りもあるゆえ、そのようにはならなかったろう。となれば、そんな子供同士のケンカのあと何十年かして親類同士となることもなかったはず。そのような縁でもって、互いの子は夫婦となり、一層よしみを深めることになったのだ。

　けれども、ままならぬこの世の習い通りに、良いことが起きれば、また悪いことも起きてしまうものらしく、祝儀事のあと、いくらの間も置かぬうちに、今度は不幸にみまわれる。

　妻に先立たれ、ヤモメ暮らしを数年のあいだ強いられていた父は、一人娘を嫁がせてホッとしてしまったのか、娘の婚姻から間無しに、まるで亡き妻の後を追うようにして逝ってしまったのだ。肩の荷を一つやっと下ろせたならば、あとは気楽な隠居暮らしをしてほしいと思い、たとい外孫ではあっても、いつか自分と血を分け合う幼子をその腕に抱かせてやりたいと願いもしていたのにと、その折の早季は無念で無念で仕方がなかった。

夫・征克と同様、兄弟姉妹の無い自分は、そうして祝い事の後に突然、実の父までをも失い、まるで天涯孤独に等しき身にされてしまっている。そのことも大いに手伝ってか、義父義母ともに、嫁の自分にはことさらのようにして温かな気づかいを見せてくれているのだ。

ただ、征克と早季が結ばれるまでのいきさつは、男親二人の出会いとは大いに違っている。素町人の家同士でもなく、元より遠縁に当たるでもないならば、二人が交わり遊ぶはずもない。ならば当然、互いは互いを知らぬまま大人になっていた。

そうして年頃となった早季は、或る日、高取の家へ嫁げと言われ、それに従うことになる。当然ながら、相手がどのような人間なのかは知るはずもない。父が遠回しに娘にやんわりと伝えたのは、夫となる高取征克という男は、ついこないだまではヤンチャをしていたらしいということ。ただそれは悪事と呼ぶほどの大それたものでもなく、若い男のしがちなことの一つで、案ずるには及ばぬ、とも説く。また、永年の友人のセガレでもあり、良く見知ってもおるため、お前の伴侶たる男として充分請け合える、とまで言い切ってみせもした。

娘をだまして何の得もないだろうと、こちらはそれを容れ、まさか、未だ見もせぬ先から気に入らぬという理屈も通らぬだろうからと、父に言われるままに素直に嫁いでしまった。

そうして、いざ妻となってみれば、なるほど、先に聞かされたように以前の〝やんちゃ〟は収まったようには見えもする。けれども時代は大きく揺れ動き、江戸士たる夫もまたその波に飲まれてゆく。天下の政《まつりごと》をめぐって東と西の侍同士が始めた大ゲンカ。それはもう十年ほども続いたろうか。その末に雲行きのひどく怪しくなった夏の初め、ずいぶんと剣呑《けんのん》なことになってきた江戸の町から家の者たちを逃すべく、夫は幼なじみの所へ家人三人を預けてしまう。仮の住まいならばひどく狭いだろうと覚悟したのとは大いに違って、神職にあるその人の住まいはずいぶんと広く居心地良く、夏にはドブの臭うゴチャゴチャとした下町と比べれば、かえって過ごしやすくも思われたほど。加えて、主とその妻は、食客のこちらに肩身の狭い思いをさすまいと気を遣ってくれ、居候一家のひと夏が、まるで暑気を避けて一時のあいだ大川沿いの別邸か何かに移り住んだようなものになっていた。

けれども、それで安心したように夫は独り戦へ行ってしまう。身勝手と言えばあまりに身勝手なことではあるのだけれど、同様の仕儀に至った他の江戸士を思えば、それも仕方なしと、こちらはあきらめた。事と次第によれば、共に暮らしたのはわずか二年の若後家として、この先は舅姑と一つ屋根の下、残りの人生を生きねばならぬだろうとは覚悟もしたのだ。

それがそうはならずに済んだのは、まったくに僥倖と喜ぶしかない。敗けて退いたとは申せ、夫は無傷で戻ってくれた。義父義母ともに達者で変わりなく、この身とて同様ならばこちらには何の不満も無い。だのに、それが夫にはまったくそうは思われぬらしい。

ひと息いれた早季は、ふたたび縫い物に取りかかろうとして、ふと、隣りの間に目をやった。開け放たれたフスマの向こうの六畳間には、両のてのひらを枕代わりに仰向けになった夫の姿がある。目は開けていながらも、何見るでもない様子のまま、時折、フゥと長く息を吐いている。その様子を傍目に見れば、妻として当然つらくもなる。それも致し方なしと言えば、確かにそうではあるのだろう。上野の山を死処と定め、家人は前もって友の元に預け、自らは勇ましく額に鉢金、肩に白ダスキ、腰から下は身動き便利な伊賀袴《ばかま》にワラジ履きの姿でもって一度は出陣したのだから。だのに悲しいかな思い果たせず、武士の魂たる二刀は雨露に湿った汚いムシロに包んで隠し持ち、何者ともつかぬ形に身をやつし、命からがら、またこの社の裏手までこっそり戻って来たのだから。

女ではあっても、こちらも一応は武家の娘として生まれ育っている。ならば、士たる者がどれほど名誉を重んじるかは心得ているつもりではある。ならば、それが思い通りにならなかった折の無念の大きさ深さは、女ながらに分かるつもりではいるのだ。

夫が身を置く義勇の小隊がどれほど奮戦したかは知る由もないけれど、結局は退くしかなかったらしい。他隊の士たちも今ごろはきっと薩長土賊への復讐を後日に期して、夫・征克のようにそれぞれ何処かに身を潜め、傷を癒し、力を蓄え、他日の戦いに備えているのかもしれない。となれば、天井へ向けたままの夫の目は、傍から見れば何とはなしに虚ろに見えはするものの、その実、次の戦や出陣に思いを巡らせているのかもしれない。

そこまで思い至った刹那、早季は武家に生まれた娘ではなしに、ただ一人の女として、あるいは嫁いで間無しの妻として、それを強く否み拒んでいた。――いいえ、それは全くかなわぬこと。もう二度と再びあのようなことをされては、妻の自分はたまらない。命あっての物種というならば、無傷で戦から戻れた今は、まさにその謂《い》いの通りなのだから――。

夫・征克の言葉使いは荒い。けれども無闇に乱暴する男とは大いに違う。ならば、面と向かって〝もう戦には行って下さいますな〟と訴えることもできそうではある。けれども、やはりそれは憚《はばか》られる。まさか平手打ちは浴びせぬまでも、そう言われれば、きっと返すだろう――命あっての物種だと。バカを言いやがれ。やせても枯れても俺ァ江戸士だ、惜しんだ命が何の種になる。そんな種をどこにまいて何を生《は》やらかそうてぇのだ。士にとっちゃあ、命てぇ物はハナから捨てると決めた物よ。後生大事にとっときゃ、そのうち腐って恥だけ残る。オメエも士の女房なら、そのくれぇの覚悟は常から付けときやがれッ――と。

元よりこちらの言うことなぞ、すんなりと容れる性分ではない相手。さはさりながら、また何処かへ死にに行かれてはたまらない。ただ、仮にまた同様のことをしに行ったとしても、我が夫と、士らしい討ち死にというものが、どうにも頭の中でうまく結び付かない。

このように考えるのはまったくにツジツマの合わぬことではあるのだろうけれど、ああして勇ましげに上野の戦に加わりはしたものの、夫はきっと死なずに戻って来る、と自分は心のどこかで何故か強く信じていた。なるほど確かに腰には人を斬るための二刀を帯びてはいる。けれどもそれでもって〝人をさんざんに斬る〟という行ないが、どうしても夫にはできそうにないように思われる。根が優しいゆえ、そのようなことをしおおせるとはとても思われず、仮にできるとするならば、それはよほどの怨み、例えば肉親の仇といったものが因でなければならぬはず。嫁ぐ前に聞かされていたような悪行にしても、ただの若気の至りで、あくどいものではさらさらなく、だからこそ、そのうちにスッと収まりもしたのだろう。

それにつけても夫はずいぶんと長いこと何事かを思い悩んでいるらしい。

その頭の中が、意趣返しのための次の戦のことではなく、これから先の一家の暮らしのことであってほしいと、早季は心の底からそう願わずにいられない。もちろん自分とても、ひと日を終えて床に就けば、眠りに落ちるまでのあいだ、見えぬ先々のことが案ぜられてならないのだ。一体このさき世の中はどうなってしまうのだろう、と。それでも疲れのためかそのうちに寝入ってしまえば、またいつのまにか朝が来て、目が覚める。それで前夜の不安はどこかへ消え去り、案じても詮無きことは気に懸けぬまま、今から始まるその日の家事万般に取りかかり、それでまた夜床に就くまでは何を思い悩むでもないままに働けている。

裏を返せば、そうして身を忙しくしていられるこちらは、今の夫に比べ、考えようによっては救いがあるのかもしれない。もちろん、只今のこの混乱が無かったとしても、もともと人の世は、スッと先々まで見通せるものでないとは承知している。思いもよらず随分と早死にしてしまった二親のことを思っただけでも、つい明日、明後日のことさえまったくもって分かりはしないのだ。それでも人というものは、とりあえずその日その日を生きねばならず、そうするうちに一日一日は過ぎてもくれ、その積み重ねが何年、何十年になりもする。ただ、そのことと、明日に不安がないということとは全く話が別だろう。見えぬ未来に向けて、あらかじめ良い手を打っておいたつもりでも、それが功を奏してくれるかどうかは誰にも分からない。

けれども、そんな早季にも一つだけハッキリと分かっていることがある。

それは、もう、どうあがいてみたところで、以前のような暮らしは決して戻って来てはくれぬということ。女の自分にもじゅうぶん分かるそれを、夫のような男たちは敢えて容れようとはせず、己が意地を通さんがためだけにあの戦を起こしている。女の側からすれば、なんとまあ聞き分けの無いこと、と心密かに思うしかない。だのに、州《クニ》によらず何処の士も、たとい平時であっても恥をかくのをひどく嫌い、体面を保とうと躍起になり、あわよくば誉れまでをも得たいと願って苦心惨憺《さんたん》する。自分の父もまさしくそうした内の一人だった。

下級武士のご多分にもれず、ただでさえ内証は厳しいのに、父は、親類縁者・友人知人のところに生じた祝儀・不祝儀には必ず見栄を張り、恥をかきたくないと無理をした。そのシワ寄せは決まって母の所へ来る。そうした話を父から急に切り出されれば、母は慌ててタンスの中をひっかき回し、風呂敷包み一つを提げ、質屋へ出向くしかなくなる。そのような折は、いっときのあいだ子を見させる女中なぞ置ける家でもないため、幼い自分は母の手に引かれて同道するのが常だった。そうして何とかこさえた金子は、何のことはない、一家の暮らしに使われるのではなく、ただただ義理を果たし、体面を保つことだけに消えて行った。

あるいはまた、父の身なりを整えんがために苦労させられたこともある。嫁ぐ前に親が持たせたらしき高直《こうじき》な袷《あわせ》やら帯やらを母は質入れし、それで得た銭でもって飯田町の古着屋でそこそこの出来の羽織ハカマを買い求めたりもしている。脇からそれを見て自分は不思議に思い、そこで或る時、そのような回りくどいことをするなら、いっそ母の着る物を父用に仕立て直してみては、と母に忠言したことがある。すると母はにわかに吹き出し、男物と女物とでは柄が違うからそれは無理と説く代わりに、じゃあ今度は早季の言うようにしてみようかね、と言って、憤懣やる方ない幼いこちらを慰めたもの。

そうして母がさせられたあれこれの苦労を思い返せば、一体に、女という者は男のすることの後始末だけをさせられているようで、割の合う生き物とは到底思われない。

高取の家に嫁して二年。

夫婦互いに相手を憎からず思い、一つ屋根の下に寝起きを繰り返せば、若いゆえに房事に疎くなるはずもない。そうなればそのうちに子も授かることになるだろう。子が生まれれば、ずいぶんと喜ばしくはあるけれど、そのぶんだけ養わねばならぬ口の数は増えてしまう。大きいの小さいの取り混ぜて五つの口を糊《のり》するには一体どうすれば良いのだろう、とは妻として案ぜずにいられない。ましてや先の見えぬこのご時世、まさかこのままこの神社の一隅に住まわせてもらい、夫の幼なじみの好意に甘えて暮らすわけにはゆくはずもない。なら、一体、どうすれば……。

天下の大事もさることながら、小さな家内のそれであっても、すべては男が差配する世の仕組み。ならば、女のこちらはただそれに従うばかりとなる。それでは何とも生きるに心細いことながら、かえって女の方が煩《わずら》いの少ないところもありそうだ。ひとたび誰かの妻となれば、毎度毎度の煮炊きや洗い濯《すす》ぎ、ハタキをかけホウキで掃き雑巾で拭い清めるうちに毎日は過ぎ、節季ごとの洗い張りやあれこれの行事に追われるうちに一年が過ぎてくれもする。

だのに、役にも就けず、御上の瓦解でその淡い望みも消し飛んでしまった今の夫には、半刻、一刻、半日、一日がひどく長く、容易に過ぎてはくれぬのだろう。そうなってしまえば、ああして畳の上に大の字になっているしかないのかもしれない。

武士の子として生まれれば、五つ六つで手習いに通わされ、そこで孔子様の教えを叩き込まれる。それにがんじがらめに縛られたなら、なんと窮屈な人生だろう。ならば、かえって百姓・町人の方が、かくあらねばならぬとオノレを責め立てながら生きずに済むぶん、ひょっとすると楽なところがあるのかしら、とも思われる。

夫は、もうこのさき一歩も外へ出ることはないのだろうかと案じていれば、それでもつい幾日か前は、誰かを訪ねに行きはしたようだ。その折は、珍しく念入りに月額《さかやき》を剃らせ、いかにも下町御家人らしく油で固めた三角銀杏にマゲをまっすぐ作り、精いっぱい小ざっぱりとした身なりに整えると、少し青白くも見える顔で出しなに告げたもの——俺に何か起きたら……、うん、そン時ゃ、あとのアンバイはよろしく頼むぜ。なに、あの上野の戦でオメエも一度は後家になる覚悟もしたろうから、できるだろうよ——と。

その折は、重ね重ね身勝手なことをするものだと腹が立った。それでも、何処へ何しに行かれますか、とは訊けるはずもなく、ただこちらは渋々ながら黙ってうなずいてみせたのだ。

数刻後、何用かは判らぬものの、それを済ませたらしき夫は、上野の戦から戻った折とはまた違った消沈ぶりで帰って来た。出がけの青ざめた顔から推せば、おそらくは裏切りに及んだ仲間を懲らしめにでも行ったのだろうか、とも思われる。けれども果たしてあの夫が刃傷沙汰に及ぶとは到底思われない。連れ添ってまだ間無しの夫婦ではあるけれども、夫の人となりは知っているつもりではいる。どのような憤怒に駆られようとも、仇討ちでもない限り、人を斬り殺せるような人間とはまったく思われない。とは言え、たった一つ不安に思われたのは、よもや返り討ちに遭いはしないか、ということだった。人並みに剣術の手ほどきは受けていたにせよ、これまで太刀を打ち交わして命のやり取りをしたことはないはずの夫。願わくば、誰にも傷を負わさず、またこちらも負わされぬまま、出て行った時の姿のままに戻ってほしい、とそう祈るしかなかった。

そんなこちらの願いは通じたらしい。日暮れ前に夫は、大立ち回りを演じたような様子もいっさい見せぬ無事な姿のまま帰って来てくれていた。

あの時からまた何日経ったろう。夫は、ちょうどあの上野戦争から還った後のように、隣りの間で来る日も来る日も日がな一日寝ころんだままにある。

ならば、そんな伴侶のことはしばし何処かに置き、こちらはこちらで先々のことを考えねばならぬだろう。禄を頂けぬとなれば、これまでのように〝出る〟を抑えるだけでは到底済まなくなる。米ひと握り、味噌ひとすくい、香の物ひと皿、干魚一尾を膳の上にそろえるにも、銭無しではどうにもならない。となれば、銭を入れる算段をせねばならなくなる。ただ、これまでも暮らしの足しにと、義母と二人して裁縫事の内職はしてきている。頼まれ物の手間賃縫いもし、白足袋をたんとこさえて問屋に置いてもらってもいる。けれども、世の中がガラリと変わった後も、それでやってゆけるかどうかはまったく分からない。

あれこれ思い悩み、小さなタメ息をついていれば、不意に夫がこちらに顔を向けた。ただその目はどこかしらほんの少し生気を取り戻したもののように見えもする。

「おぅ、早季」

「は、はい」

「おとっさん、おっかさんは」

「はい、この頃合いなら、きっといつものように……」

「ンなら、おめえも一緒に来い。四人《よったり》そろったとこで、あらたまった話をしてぇのだ」

こちらも同座の上で、と言うことならば、ひょっとすると、と早季は淡い望みを抱いた。まさか夫は〝もはやこれまで。あとは皆して死ぬるばかり〟なぞと告げはしないだろう。

離れには義父母の背中が見え、秋を思わすダイダイ色の陽が彼方からそれを染めている。気配に気づいたらしき舅がまず振り返り、夫より先に口を開いた。

「何だぇ、あらたまったツラして」

セガレが言いよどんで空いてしまった間を、また父の方が埋めにかかった。

「身の振り方のことだろ。違うかぇ」

「親仁《チャン》。図星だ」

義母は、嫁が用意して来た盆の上の茶を、まずは二人の男の前に置いた。

ほどよく冷めたそれを一口すると、義父はまた問うた。

「で、どうするぇ」

「うん……、俺が、サムレエを止すと言ったら、ちゃん、ガキの頃みたくに俺を張り倒すか」

今度は訊かれた方が少しの間をあけた。

「いや……、そうでもねぇ……」

「ほんとか」

「ああ。だって、あれだ、聞くとこに依《よ》りゃ、薩長方に鞍替えして新しい御役に就こうと図る江戸士もいるらしい。けどもが、俺ァ、なにもそうまでしてサムレエ身分に執着することもねぇだろうとァ思ってもいたのだ。それに、オメエもああして六畳間に長ゲぇことずっと横ダックレに寝転がって悩んでやがったからな。そいつを見て見ぬふりして遠目に見ながら、いつかそんなことも言うのじゃねぇのかしらとァ思ってもいたのさ」

父がこれまで胸の内に溜めていたものを明かせば、せがれはホッとしたような顔になり、女二人は、ただ黙ってその続きを待っている。

「なあ、サムレエでい続けるってのァ結構な物要りだ。しみたれたことを言うようだが、貧乏旗本、貧乏御家人、共に昔から銭算段で四苦八苦。正直言やァ、俺ァかえってホッとした」

「偽りなしにか……」

「ウソじゃねぇわさ。ついでに言うなら、俺ぁオメエに悪リィことしたと思ってる。元をただしゃ、それも士身分ゆえのことだからな」

「ちゃん。謎かけめかして言っても、俺にゃ、何のことかトンと分からねぇ」

「ほれ、おめえが勇んで上野のお山へ行く時、俺ァ、立派に死んで来やがれと言った。周りの目もありゃ耳もある。世間体を気にすりゃ、士としてそうしか言えなんだ。けどもが、こんなテテ親だって親は親さ。俺が産んだわけじゃあねぇが、大事なセガレだ。ましてや一人っ子だもの。となりゃ、たとい誉れ高いイクサ死でも、オメエに先立たれちゃたまらねぇ。だから、無事に帰って来た時ゃ、良かった良かったと心ン中じゃあ小躍りしたのさ」

「喜んだってか……」

「まァ、こっちはそうでも、オメエはそうは行かねぇわな。生きて還れたは有難くもなしとばかりに、戻った後は性根玉《しょうねだま》が失せたみたくに何もせずと寝転がってた。が、それを放っておいたのが良かったらしい。只今こうして、もうサムレエは止しにするとキッパリ言ったもの。なに、怒りゃしねぇよ、怒るわけが無ぇ。もう公方様の幕府も店仕舞いだ。こうなっちまやァ、もう今まで通りとァ行くものか。俺だってとっくに覚悟は決めてたさ」

「そうかぇ、そう聞かされりゃ、ずいぶんと気が楽だ」

「で……、やめて何になるぇ……」

「百姓だ」

「武州辺りへ引っ込むか」

「いや、駿府へ」

「つまり、主君に従うと言うことか。そいつァ前々から考ゲぇてたのか」

「実はな、ちゃん。俺ァ何日か前、裏切り者の勝安房守を斬りに行ったのだ。斬りに行って、サカシマに諭されちまったのさ。もうあっちへ大勢行ったから少々出遅れにゃなるが、オメエも行け、俺も行く、とそう言われた」

「ふーん……、そんなことがあったのか……。駿府なァ……、俺ァ江戸から一歩も出たことが無ぇ。どんなとこだろ」

「冬暖ケェのだけが取り柄らしい。寒いとこよか、チトァマシだろ。ま、行ってみなけりゃどうとも言えねェのだが、俺ァもう行くと腹を決めたよ」

「そうか、なら、きっとそうしろ。俺にゃこれっぽかしも異存は無ェ。俺もしくじりを一つやらかして、オメエにゃ辛レェ思いをさしたからな」

「また謎かけか。何のことだェ……、思い当たらねェ……」

「隠居のし損ないさ。あの頃、仲間内にゃ、十四の子を十七と偽り、早々と家督を譲った奴もいた。だから俺も隠居を願い出りゃ、つまらねェ端役だもの、そのままオメエに下し置かれるものとすっかり早トチリしちまった。オメエは俺が三十ン時の年寄りッ子だから、早くそうさしてやりてェと思ったのが失敗の素。後の祭りさ、大まごつきさ。御上も屋台骨がグラついていたから、これ幸いと無駄な御役は廃されて、お蔭でオメエは次男三男でもねェクセして無役の閑人《かんじん》。だから、ずいぶんと迷惑かけちまった。そんな俺に何の文句がつけられるものか」

「そいつァ言いっこ無しだぜ。とがめる御上も今はなくなっちまったから言うが、あン時ゃ御上も、することなすこと後手後手で、遅かれ早かれ土崩瓦解するのは目に見えてた。だからあのころ俺が邦重とつるんで遊び歩ッてたのは、そんな末世のニオイを嗅ぎ取って、世ン中にふてくされてただけのことよ。なにも、ちゃんを恨んでのことじゃあねェもの、気に病んじゃァイケねェぜ」

「ちェっ。親に向かってつまらねェ気休めを言いやがる。何でもいいわさ。俺ァ、おめえの決めたことには従う。これからはそうしようと決めたのだ。なんとなれば俺ァ立派な隠居だ」

言いながら是芳は弥栄の方へ顔を向けた。そうされた方はあたかも〝私とて何の異存もございません〟とでも言うようにしてコックリしてみせている。

息子はそんな母親に向かって、あらためてかしこまった。

「おっかさん。今言ったような訳式《わけしき》です。ずいぶんと済まねぇことたァ思ってます。見知らぬ土地でチョイトまた一苦労願うことになる。重々ご勘忍だよ」

「心配要らない。女の細腕だって、早季のと合わして今は四本だもの。どこへ行って何をしようと、内々のことは何だって造作も無い。ね、そうだろ」

「ええ、左様ですとも」

「細腕と来たか。そんなに細いとァ、今の今まで気が付かなんだ」

「ちゃんや、混ぜっ返しちゃイケねぇ、俺ァまじめにおっかさんに前詫びを入れてる」

「かえって、お前の方がずいぶんとご苦労だ。もう禄も当てにできないのに、今は四つの口が、そのうち一つ二つ増えるか知れないのだし。たとい小っちゃくてもね……」

早季は淡く頰を染めた。いえいえと否んでみせるのもおかしいには違いない。夫婦であればそのうちそうなるだろうとは、自分とて前々から思ってもいる。

けれども、うかつな息子の耳には母の言葉は意外に聞こえたらしい。

「え……、そのうち五つ、六つになるってか……」

「案じるな。なに、子供なんざハナから授かりモン。今案ずるは無用だ。それに先々の苦労をぜんぶオメエ一人に負っかぶせるつもりも無ぇのだ。土ほじって生《な》り物穫って生きてくなら、一家総出で当たらなきゃどうにもなンねぇ。俺だってヨレヨレのジジイになるまではまだ間があるのだ。このシワだらけの細腕だって、半分当てにしてて良いのだぜ、半分だけな」

居候の身でも、主の好意によって肩身の狭い思いはせずに済んでいる。つまりは何をするにも遠慮がまず先に立って、一々はばからねばならぬということもない。それでもこの神社の一隅に厄介になるうちは、声立てて笑うのは申し訳なくも思われ、またそれ以上に取り立てて愉快なことも起きぬため、この何カ月かは、誰も笑い声を立てたりはしなかった。けれどもこの時ばかりは、義父の冗談口に一家は食客の遠慮も忘れ、大笑いしてしまっていた。早季も鉄漿《はぐろ》の口元を手で隠しながら笑い、笑いながらも、ふと、これから先のことをまた思い始める。

――駿府。まさか箱根の先だからと言って鬼や蛇が棲《す》むはずも……、それでも知らぬ土地は知らぬ土地。けれど、行くと決まったなら行くしかない。行けば行ったで、いろいろ起きるのだろう。ただ、この十何年を見ても、思いもしなかったことが充分過ぎるほど起きている。なら、舅の言うように、今は何を案じたとて無駄ということかしら――。

初めての旅

幾日か前、意を決して勝安房守邸へ向かった時のように小ざっぱりと身を整えると、上野戦争前夜からずっと世話になりっぱなしの友のいる奥の間へ征克は向かった。その様子はどこかしら何かが吹っ切れでもしたもののようにも見える。

気配に気付いた様子もないらしく、邦重はこちらに背を向け、何か書き物でもしている。威儀を正し、声をかければ、友は半身をよじり、とぼけたような顔を向けた。

「なんだぇ、ずいぶんとあらたまって」

征克が、家の者に打ち明けたのと同じことを伝えてみれば、邦重の顔に明かりが差した。

「そ、そうかっ、そいつァ良かった。思い切ったな。けど、上策だ、是非そうしろっ」

「上策か……、俺ぁチョイト落ち武者の気分なのだが……」

「なんでさ」

「大いに引け目だからな。身分を捨て、生まれ育った江戸を捨て、箱根を越えて、魔物が棲んでるか知れねぇ土地へ移って百姓をする。外聞が良いはずがねぇ」

「引け目……、外聞……、おい、贅沢を言うものじゃあねぇぜ。世ン中が引っくり返されちまや、誰だって外聞保ってこれまで通りに生きてけるはずもねぇ。早ェぇ話、俺だって、見る者によっちゃ、不体裁な恥知らずにも見えるらしい」

「妙なことを言うものだ。俺からすりゃ、おめえは素敵と立派だぜ」

「いや、おめえは、江戸を落ちるの、身分を捨てるのと今言ったが、俺だって生まれ育った本所を捨て、士身分を捨てて、板橋宿のとっぱずれ、こんなひなびた神社の神主になっちまったのだ。そのあと、天下がこうなるとァ、これっぱかしも思いもせずにさ」

「何だか良く分からねぇ。おめえにとっちゃ、僥倖《ぎょうこう》だったはずだが」

「それが違うのさ。例えば、俺がたまに用向きでもって下町辺りへ出向く。そこで、見知った顔とすれ違ったりすりゃ、俺に向けて〝大層な御出世をなすった〟と嫌味で褒めてきやがる。けど、腹ン中じゃあこう思ってる――邦重の奴、鼻利かして上手いことやりやがった。トクセン家も今となっちゃ沈みかけのボロ舟。そいつを早々見限って、士よして神主に商売替えだ。そうなりゃ先々なんの心配も要らねぇ。にわか神主で安楽な暮らしよ、羨ましいものだぜ。勘の良いネズミは板切れに乗って沈む泥舟から逃げるものだ――ってな」

「思い過ごしだ、誰もそんなこと思っちゃしねぇさ」

「いや、おめえはそうか知れねぇが、世間は口さがねぇものだ。それに、どうもこの先、俺ァ確かにずいぶんとご安泰らしいのさ」

「安泰……」

「ほれ、薩長土州は宮様を神輿に担いでる。その御威光でもって世ン中を造り変えようてぇ寸法だ。で、当の天朝様やお公家様方は神信心。だからこの先、ずいぶんと手厚く神社を迎え、仏寺には辛く当たるらしい。神主は清く正しく、坊さんは不浄の者として排されると、風のウワサに聞いてる。つまりは、公方様が寺をずいぶんと手厚く遇してきたのとは全く逆になっちまうらしいのだ」

「なるほど……」

「そうなると、俺にゃ、かえってそいつが引け目になる。移ろう世の流れの先を読んだわけでもねぇのに、傍からすりゃ、うまいこと泳ぎ渡ってるようにも見えちまう」

「傍はそうでも、俺ァ違う。惚れた女のために潔く身分を捨てて婿入りしたオメエは見上げたものだ。だのに、この俺を見ろ、バカも良いとこだ。家の者らのことも考えずと、忠臣気取りで上野の戦へ行っちまった。俺ァ今何を恥じるって、逃げ帰ったこともそうだが、そんなテメエ勝手なことをしたのをよっぽど恥じるのさ。女房を持つ身ですることじゃあねぇやな。バカは死ななきゃ治らねぇ。ほんとなら、家の者に合わすツラなぞ無ぇのに、俺が駿府行きを明かしてみりゃ、皆して俺の決心を容れてくれたよ」

元はと言えば、こちらの決意と謝意とを伝えに来たはずだったのが、いつのまにか邦重の秘めたる話を聞かされ、慰め役に回っている。そんな友は話の向きを変えた。

「駿府か……、どんなとこかな。地味が肥えてりゃ、赤塚か練馬村みたように、立派な大根でも育つのだろうが」

「俺もそいつを願ってる。そんなだったら精々育てて、そのうちタクアンでもたんとこさえて届けに来るさ」

「漬け物じゃ重くて荷厄介だろ。なら、切り干しにしろ。大好物だ。それで貸し借り無しだ」

「おめえにゃ迷惑のかけ通しだ。それじゃ御用がお安すぎる」

「いや、この何か月、四人もお客様のいる暮らしは楽しかったぜ。神社てぇ商売柄、家の者は皆おとなしくてつまらねぇ。アレも様子は良いし、気働きのできる女だが、つんと澄ましてて白ギツネみてぇだもの。けど、これで一気に寂しくなるな。が、おめえがこの先どう生きてくか決まったなら、まずは大いにめでてぇ。めでてぇ限りだ」


あくる朝七つ刻、高取の一家四人は長く世話になった邦重のもとのみならず、長く暮らした江戸そのものから離れる時を迎えていた。東の空は淡いサクラ色に染まり始め、旅装を整えた四人は、そのうちに南へ向かって歩き始める。

一度江戸を離れれば、もう二度と再び戻って来ることはないのかもしれない。その覚悟があってなのか、四人の足取りは、決して重くはないものの、それでも三百年の武都の土を踏みしめ、今一度その固さ柔らかさを良く味わっておこうとでもするように遅くなっていた。

通り過ぎる町々には、うち棄てられた家々がそこかしこにある。

賊敵が押し寄せ乱暴をはたらく前にと、泣く泣く手放し、江戸縁辺の各地へ散っていった町人たちの元の家。反り返った蔀板《とみいた》や雨もりのする板葺《いたぶき》屋根も、その下に住む者あってこその侘《わ》び住まいで、それなりの風情もあるのだろう。けれども、無人となってしまえば、ただ貧乏蔓《かずら》に絡みつかれただけの化け物屋敷にすぎない。そんなものを眺めていれば、そのうちにそれが我が身の上に重なって見える。一家四人、今はまるで他州から稼ぎに出た行商人でもあるかのように大荷物を背にして歩いている。すれ違う町人の内の或る者はきっと〝お気の毒に〟とでも思い、また別の者は〝御上がああなっちまや、今までふんぞり返ってた士とて哀れなものよ〟と笑っているのかもしれない。

同様の江戸士たちは、ひと月ふた月先んじて駿府、あるいは遠州、三河へと散って行った。そのうちの一団で、品川から海路をとり、船に詰め込まれて清水湊《みなと》をめざした旗本の家族ら二千数百は、思った以上の辛酸を味わわされたらしい。身動きできぬ船の中、海路にはお定まりの大波に翻弄され、蒸し風呂のような暑気や反吐《へど》や屎尿《しにょう》の臭気に悩まされ、我慢を知らぬ幼子たちの泣き声を聞かされたまま二日半ほどのあいだ苦しめられたという。その末に、やっと揺れ動くことのない地面に足をつけられたなら、きっとその有難さに涙をこぼしもしただろう。あるいは間に合わせのボロ軍艦に乗りそこね、海路の代わりに陸路をとった一団は、折悪しく天朝様初めての行幸に出くわしてしまい、守らねばならぬ家人を引き連れていることもあってか、江戸士の誇りも何もかなぐり捨てて、まるで罪人のように地べたに平伏し、敗者の悲哀を骨の髄まで味わわされたとも聞いている。

駿河府中藩——江戸を捨てた士たちに与えられた新たな居場所。そこに居を構えるなら、一応は駿河府中藩藩士ということにはなるのだろう。けれどもそれは名ばかりのもので、そのほとんどが無禄に近い。江戸とはまったくに異なり、にぎわいの巷であるはずもない町ならば、江戸にいた頃は内職でもって何とかしのげた暮らしも、そんな場所ではおぼつかない。当座の用にと持ってきたわずかな米や銭などは、あっという間に使い果たし、そうなればそのあとはまさしくお先真っ暗になるのは目に見えている。

ついこのあいだまでは厳としてあった序列が無くなってしまえば、もはや御目見得《おめみえ》以上の旗本と、それの叶わぬ御家人とを区分するものも消えてなくなり、今はただ、時代の大波をかぶって濡れネズミとなった、みすぼらしい士の群れがいるだけだった。

家来がそうであるならば、その上に立つ御方も同じ目に遭わされてしまっている。当年五つの幼き家達《いえさと》様は八月初めに江戸を発たれ、まだ衰えぬ夏の陽射しの下、紋付羽織に仙台平の袴《はかま》姿で駕籠《かご》に揺られ、常ならばあるはずの〝下にぃ～、下にぃ〟という露払いの声もないままに、往時とは比べるべくもないほどのわずかな供を従えて街道を旅されたと言う。そうして遥々江戸から駕籠に揺られ着いてみれば、驚いたことにも相応の立派な城なぞは用意されておらず、まずは元城代屋敷に泊まるしかなかったという。

大殿様が左様であるならば、付き従ってきた家来たちに満足な住処が用意されているはずもない。形の上では駿河府中藩の家臣団とされてはいるけれども、ひと月一人扶持に一両二分の取り前だけを与えられるばかり。それでは長屋のあばら家に住むしかなく、満足に食って行くこともできはしない。ならばと、仕方なく町から一里二里歩いて海辺へ向かい、そこで青ノリを採り、あるいは山路に分け入ってワラビやゼンマイを摘むなぞして、空いた腹をふさいだりもしている。

お城明け渡しからまだ数カ月ほどしか経ってはおらぬのに、あの折、互いに交わした誓いの言葉――まずは久能山を仰ぎ見る所に移り住み、いつかきっとあるはずのご奉公に備えるのだ――は、早くも既に虚ろな約束になっている。もうこの先どれほど雌伏《しふく》の時を過ごそうとも、万一のご奉公なぞあるはずがない、あったとしても生きて行くだけで精いっぱいのこの身に何ができるというのだ、と誰もがそう思わぬわけにはゆかなくなっている。

けれども、なにも災難に遭ったのは江戸士ばかりでもなかったらしい。そうして余所者が大挙して押し寄せれば、元から駿府にいた者たちは大いに暮らしをおびやかされた。

勝手に移り住みに来た者たちを指して地元の者らは〝お泊りさん〟と陰で呼び、〝早く出て行ってくれ〟という願いを言外に込めたという。それでも一応は〝さん〟だけ付けて陰口したのは、やはり当の相手がまだ二本差しの身分だからなのだろう。けれども征克は、こちらへ来るための路銀の足しにと、大刀一振りは売って銭に換えたため、今は護身のための小刀だけを帯びた姿になっている。ただそれは、銭工面の事情の他に、士身分を返上したという決意を目に見える形にし、おのれに言い聞かせるためでもあった。

すでに余所者たちで混み合う町なかに、出遅れた一家が割り込む場所は残されてはいない。そのため、征克たちは町をあきらめ、ずっと山に寄った大岩村へと引っ込む途を選んだ。当然、そこに長屋のあるはずもなく、頼み込んで百姓小屋を一軒借りて住むことになった。

女の覚悟しなやかに

江戸に暮らしていた頃は、知人の内にも、富士やら伊勢やらへ旅した者もいるにはいた。その土産話によれば、どうも箱根という所はよく雨が降り、晴れの日がひどく少ないらしい。

そこで、それなりの覚悟はしたのだけれども、運の良いことに、自分たちが山越えしようとするあいだは天下の難所も意外や晴れ続きで、もし、降り込められでもしていたなら、きっとあの鬱蒼たる森は如何にも魔物がいそうで、ひどく恐ろしげに見えもしたろう。それが案に反して、樹々の間からは幾筋もの光が差し、不案内なこちらを導きもしてくれたのだ。

ついこないだまでは、入り鉄砲と出女に鋭く目を光らせ、格別の用心をしていたはずの箱根の関所も、その時にはもう、何百年か続いた御役目は半ば解かれたものらしく、怪しい女の襦袢《じゅばん》を引ン剝《む》き、結い髪の中まで探ったという〝検《あらた》め婆《ばばあ》〟の姿はそこにはない。いるのは、珍妙な南蛮の軍装に身を固めた賊兵と、その下で形だけ旧来の仕事のマネだけをする元役人数名のみで、通らんとする者にはただ、行って良し、と偉そうにうなずいてみせるばかり。それに胸をなでおろしながらも、やはり〝箱根の関〟と聞けば自ずと身はこわばりもする。もちろん怪しい企て事などこちらにありはしないのだけれども、やはり今は敗けて落ちる江戸士一家に対し、どのような検めがあるのだろうかと案じられもしたのだ。

となれば当然、旅はずいぶんと切ないものになるはずだった。けれども皮肉なことに、暮しにゆとりが無く、生まれてからこの方ただの一度も遠出の楽しみなぞ味わったことのない身にとっては、それはどこかしら遊山にでも来ているような気にさせてくれもした。

ついこないだまでは確かに夏。それがいつのまにやら何処かへ去って、今は秋。

肌にまとわりつく暑気も何処ぞへ遠のき、世の中がひっくり返されたことなぞ知るはずもない木や草花、鳥や虫どもは、これまで何千年もずっとそうしてきたように、ただ、秋にそうあるべき姿を見せ、そのようにすべきことをするばかり。それをあらためて認めるにつけ、未来永劫変わらぬ生き方を続けられるのが、人間であるこちらの目にはひどくうらやましく見えもする。自然《じねん》に生くる物たちにとっては、今と昔のあいだに境は無く、あるいは昔日の我と今の自分とを比べてその差を嘆き、肩を落とすことなぞしはしない。何を思いわずらうこともなく、ただ生きんがために生きていられる者たちは、ただただ幸いと思うしかない。

遠出の楽しみの他に早季にとってうれしいのは、江戸表にいる時とは大いに違って、ここでは一家四人、男女の別、長幼の序もお構いなしに、道の険しさやら凹凸に従って、あるいは後になり先になり、あるいはぴたりと寄り添い、かばい合い、しっかりと手を握り合いして歩けること。これがもし江戸市中であったなら、たとい夫婦であっても、道の両端に分かれて歩くべしというやかましい決まりがある。ならば、ずいぶんと窮屈な生き方を強いられてきたものだと、他人の目のまったく無い山道を歩く今の自分にはそう思われてならない。

ただ、そうは言っても、女のこちらが何をどう思うか知るはずもない夫や舅が今、何を考えながら歩いているかは知る由もない。潔く駿府移住と決めた夫はずんずんと先を急ぐように歩いてみせてはいる。けれども、見ようによっては、やはりどことなく悄然《しょうぜん》としたところが無くもない。舅にしても、息子から士身分の返上、そして農に就くことを告げられた折は、如何にもキッパリとそれを容れはしたけれど、やはり息子と同様、努めて来し方のことは考えず、前だけを見るよう自身をいさめながら足を繰り出しているようにも見える。

その一方、義母にはそのようなところが全く見当たらない。男二人と違って、きびきびとワラジ足を前へ前へと進めているその様子からすれば、こちらと同様、さほど気を腐らせてもいないらしい。チラと脇からその面《おもて》を見ても、そこには一欠けらの憂いとて認められないのだ。そこからすれば、今のような時世にあっては、女の方が存外強いのかしらと思われもする。執着の強い生き物のように言われながらも、案外、女の方が移り変わるものをサッサと思い切り良く受け容れられもし、それに合わせて自身も変えてゆけるのかも知れない。

旅の五日目、一家は聞かされていたその新藩に着いていた。銭が惜しいからといって野宿するわけにもゆかず、その晩だけは安宿に泊まりもした。けれども翌早朝から、夫は、一家が雨風しのげるほどの住み処を探し回り、日の暮れ前には何とかそれを見つけてくれている。

町からはだいぶ離れたその百姓小屋で、四人それぞれは振り分け荷物や背中の風呂敷き包みを解き始めた。数日担ぎ通した荷から解き放たれれば、いっときホッとはしたものの、そこがこれから自分たちの寝起きの場所になるのだと思い直せば、やはり手狭なところが気になってしまう。

早季はそのまま夕飯の支度にとりかかった。袋に詰めて持ってきた米を研ぎ、火をおこし、釜を仕掛け、炊き上がりの間を計る。それはどこにいようと考えること無しにできている。

真っ暗になる前にそそくさと飯を済ませ、板間にワラ敷きの床に身を休めれば、眠りに落ちるわずかのあいだに、早季は次の日からの暮らしのことを思い始めた。江戸でしていた内職の足袋をこさえても、ここにはそれを求める者はおらぬだろう。一応は文数に応じた足の型紙は捨てずに持って来てはいる。けれども、もう再び使うことはないかもしれない。そんなことを案ずるうちにも、旅の疲れが手伝ってか、早季は気を失うようにして寝入っていた。

朝が来たなら早々にどこかへ行って水を汲み、薪代わりの枯れ枝や松ボックリを拾い集めようと決めてはいた。けれども、夫は、江戸に暮らした頃には見せもしなかったいたわりを示し、それればかりか舅までもが同様の気づかいを見せたため、女二人は驚くしかなかった。

「何日も歩きづめさしたからな。おっかさんとここに残って何かしてたら良いぜ」

「隠居とァ言え、何もしなけりゃ体もなまる。動けるうちは動くが身のためさ。水汲み・柴刈りくれぇは良い鍛錬になる」

そのようなことを言い残すと、男二人はそのまま足駄履きで出かけていた。舅の言うのも、それは確かにそうなのだろうとはうなずけもする。息子と一緒に水を汲みに、そして粗朶《そだ》を集めに行くその背を見送れば、早季の耳には、あのとき義父が夫に向けて言っていた言葉がよみがえりもする。――なに、先々の苦労をオメエ一人に負ッかぶせるつもりは無ぇのだ。俺がヨレヨレのジジイになるまでは当てにしてくれてイイのだぜ、半分だけな、ハハハ――。

飯を炊こうと一心に火吹き竹を吹けば、その勢いで吹き戻される煙に目がしみた。ついこないだまで士であった男二人が、ちょうど落ち穂をついばむニワトリのように腰を屈め、そうして集めた物が生乾きゆえに青白い煙を盛んに立て、それで目が痛くなったのは確かなことながら、やはり暮らし向きが大きく変わったことを思い知らされたためでもあるらしい。

ここへ来て、飯の作り方もずいぶんと変わってしまった。今は大事な米のカサを増やすため、人の口に入れても良さそうな草やら葉やらを混ぜることにしている。江戸では、いくらつましい暮らしをしていたとは言え、そのような工夫をしたことはない。ただそれとても、ものは考え様と思い直すこともできそうではある。貧乏たらしく混ぜ物をしたと思う代わりに、毎日が七草粥なのだと思えば、さして悲しくはならずに済む。セリ、ナズナ、ゴギョウ、ハコベラ、ホトケノザ、ナズナ、スズシロ、と心の内で唱えれば、釜に入れたのがそれとは違う、名も知らぬ野の草であっても、そのうちにそう思えて来もするもので、たまたま摘めたのがヨモギならばしめたもの。贅沢な餡《あん》こそ無いけれども、米の甘みと草の香りとがあいまって、どこかしら草モチでも食べているような気になれもする。ささやかと言えばまことにささやかな、それでもそれはそれなりに小さな満足にもなっている。

そのような、物は考え様、という割り切りの良さは、どうやら姑とても同じらしい。それはこのアバラ家へ着いた時のことだった。姑の弥栄は、ワラジを脱ぎ、桶の水で足を洗う段になって、急にそれを思いとどまり、嫁のこちらに促したもの。

「どうせ泥足だもの、なら、このまま上がって、先に中をきれいにしといた方が良い」

言われてみれば、なるほど、ここはもう江戸の本所ではない。戸のスキマから好き放題に入る砂ぼこりでもって、どうせ板間はザラザラのはず。言い置いて姑は母屋でワラ何束かを手に入れると、それを水に湿らせ、汚れた足のまま小屋内に上がり、そうして二人して今度は尻を戸口へ向けて後ずさりしながら雑巾がけのマネをしたのだ。そうして汚れたワラは捨てればそれで済み、大事な水は汚れた手足を清めるためだけに使えば良いことになる。まことに理にかなった義母の仕方に、その折、こちらはずいぶんと感心させられたもの。

なるほど駿府移住でいろいろなことが変わりもし、それまでしていたあれこれの仕方を変えさせられもした。それでもよくよく考えれば、どうも女というものは、日々の暮らしでいろいろの工夫を強いられながらも、一方ではそれを楽しんでいるようでもある。その証しに、こちらのした事が思った通りの上首尾に終われば、ずいぶんと報われた気持ちになって、かけた苦労も忘れることができている。仮にそうだとするならば、さに非ざる男はどうなのだろうと、今はかえって夫や舅のことの方が気に懸かる。

なるほど、義父と夫は朝から山に入る用事は出来たけれども、なら、それ以外にあと何をすれば良いかという段になってしまえば、ただ無聊《ぶりょう》を託《かこ》つばかりとなっているに違いない。となれば、なるべく早いうちに二人の男には身を忙しくさせられる何かが見つかってほしいと願わずにはいられない。さらには、自分たち女二人にも、ただ煮炊きや掃除、洗いすすぎばかりでなしに、いくばくかの実入りの望める手仕事か何かが見つからぬものだろうか、と念じぬわけには行かなくなる。

小禄の家でも江戸にいた時分、何とか暮らしが成り立ったのは、大きな町ゆえに内職が出来たため。姑と二人して八文半から九文あたりの、大概の者の足に合うような寸法の白足袋を縫ってたんとこさえれば、それなりの銭に換えることができもしたのだ。けれどもこの地に暮らす者は素足にワラ草履か下駄を履けばそれで足りてしまう。取り澄ましたような白足袋なぞ、わざわざ高い銭を払って買い求めるはずもない。そう思えば、早季は嘆息するしかなかった。

果たし合い

駿府に着いてから幾日か経っている。当座のために用意した銭はもちろん減るばかりで、このままでいれば早晩、一家の暮らしは立ち行かなくなる。ならば、どんなことであっても何か手立てを講じなければならない。けれども元よりうまい話なぞあるはずもない、何でも良い、何か生きてくための策をと思い、征克はその日、町へやって来ていた。

こちらより早くこの地へ移り住んだ江戸士たちは、そのぶんだけ早く財布は軽くなり、心細さは倍にもなっているだろう。往来には、そんな元幕臣の姿がそこかしこにある。けれども、互いのことを気まずく思いでもするのだろうか、あるいは我が身のことで精いっぱいで助け合うも叶わぬためか、どこかしら互いは互いを避け合っているように見えもする。

そのうちに征克は、雑多な物を並べる荒物屋のような店で、お義理につまらぬ物を買うと、それとなく水を向けてみた。

「どうであろう、前より往来がにぎわったゆえ、そのぶん商いが潤ったりは……」

相手は黙ったままだった。よくよく考えれば、それも無理はないらしい。本来、人が増えれば有難いはずの宿場町ながらも、懐の豊かなはずもない余所者がいっときの間にどっと流れ込んで来たなら、潤うより先に迷惑が先に立つのは当然らしい。

それでも構わず征克は重ねて訊いた。

「江戸から参った者の内に、そろそろ町を離れ、何処かへ引っ込み、田んぼ・畑でも手掛けようと、道具を買い求めに来るような者なぞは……」

日焼けした店主は、山イモのように不体裁な手を左右に振って征克の言葉をさえぎった。

「江戸みてぇなヒラ地にいた人が、こんな山がったとこで百姓のマネして土せせくったって、一層《イッタラ》悪リくなッだけだ」

野卑な土地の言葉ながらも、何を言わんとしているかはおおよそ分かる。

「ならば、どのように致せば良いと……」

「海だな。こっからだって歩《アィ》ってける。坂《ノセ》のぼる要も無ぇ。浜行きゃ何とかなる」

「浜……」

「焼津だよ。そんなに遠くもねぇ」

目に一丁字もないはずの者でも、ずいぶんと理をふまえたようなことを言うものだと征克は感心した。言われてみれば、まんざら容れられぬ案でもない。けれども、行って確かめたわけでもないならば、軽々に一家皆して居を移すわけにはゆくはずもない。

荒物屋を後にし、やいづ、やいづのはま、と心の内でつぶやきながら歩いていれば、前から迫って来ていたらしき者と危うくぶつかりそうになった。

「おっと、あぶない、気を付けられよ」

よろけた相手の肩を軽く支え、押し戻してやりながら、やんわりと告げれば、相手は二つ三つシャックリを聞かせると、ロレツのあやしい口でもって、向きの違うことを言った。

「これは呆れる……、やけに身軽なお構え……、これより座敷で斬り合いか……、なら、そんなナリでも取り回し良しか……」

確かにこちらは脇差一本の軽装ではある。それをからかってか、熟れ柿を食ったようなニオイの息と共に、男は皮肉な口ぶりで言いがかりを付けている。右に左に舟漕ぐようにゆっくりと揺れるその様からも、泥酔しているのは明らかだ。けれども、聞こえぬふりでそのままやり過ごせば、背を見せた途端、何をされるか分かったものではない。

「武士への未練は大刀と共に捨てたゆえ、今はこの姿」

「未練だとっ、恥を知れっ」

よどみなく吐き捨てるように言うと、酔漢は太刀の柄へ右手を向かわせた。

「よせっ」

半開きの口から細いヨダレの糸を垂らしながら、男は抜き放った長物を振りかぶり、そのまま振り下ろしてくる。切っ先は、征克の肩口より一、二尺も離れた辺りの空を切った末に地面を強く打った。恐らくは、血走った酔眼には、こちらが二人か三人に見えたらしい。それでも相手は身を立て直すと、二太刀目を浴びせにかかる。なぜか今度は太刀筋正しく刃が襲いかかって来る。それをかわそうとして身をねじれば、ワラジ足がすべって前へ流れ、怖じた頭は深く辞儀でもしたようになり、ちょうど相手の懐内へ潜り込もうとでもするような形になった。

斬り合うつもりは毛頭無かったものの、ケモノの本性に衝き動かされたのか、征克は利き手を脇差の柄へ向かわせようとする。けれどもよろけた体の釣り合いを保とうと横いっぱいに伸ばし切った右手は間に合わず、それより先に左手の方がサヤの中ほどを握り締め、鯉口も切らぬままの持ち道具を素早く前へ突き出していた。

まるで吸い込まれでもするようにして脇差の柄頭《つかがしら》は、勢いよく斬り込んで来た男のミゾオチ辺りを強く突く。硬い金物の一撃を深々とアバラ骨の下に食らった相手は体をクの字に折り曲げると、そのまま前のめりに倒れ込み、気を失った。しこたま食らった酒も大いに手伝ってか、地ベタに転がった男はそのまま動かなくなった。

二本差し同士のケンカに呼び寄せられたようにヤジ馬どもが集まっている。

まったくの幸運でもって血を見ぬままに相手を倒せた征克は茫然と未だ立ったままにある。それでも、土地の男たちが口々に交わす言葉が聞こえてくる。――初めて見たど、ホンモノの斬り合いだど――、――野郎のシャッ面《つら》見れや、いっつも酒かっ食らってケンカ売るあのクソ侍だ――、――ああ、けど、相手はなかなかテエしたもんだ、刀抜かねぇで倒したもんな――、

――腐ってても鯛《テー》だ。鯛は江戸でも獲れってか――、――いや、金目鯛《キンメデ》ほどのテエしたテエじゃねぇや――、――つまんねぇ洒落言うもんだァ――。

侍というものをバカにしながらも、征克のことは褒めているらしい。けれどもこちらは得意なはずもない。下手をすれば唐竹割にされていただろう。それを思えば、遅ればせのような震えを覚え、征克はそそくさと斬り合いの場をあとにしていた。

ケンカの腹立たしさがそのうちにだんだんと冷めてゆけば、言いがかりを付けてきた男のことが、何とはなしに哀れにさえ思えて来る。ヤジ馬の話の通りなら、あの男は始終ああして町で飲んだくれているらしい。ひょっとすると、あのような男であっても、ここへ移ると決めた折は『駿府で力を蓄え、いずれ戊辰の怨みを晴らす』と心に誓いもしたのだろう。

けれども、いざ移り住んでみれば、薩長土賊への意趣返しの前に、まず生きるための食い物と寝起きの場所を手に入れるための戦いが待っている。それが叶わぬうちは、戊辰の復讐も何も、ただの寝言に過ぎない。目の先に望みは見えず、胸の底に溜まってゆく鬱憤は安酒で晴らすしかない。飲めばいっときのあいだ気分はごまかせもし、救われたような気になれもする。けれどもそれは全くに偽りの上機嫌で、覚めてしまえば懐は寒く、心の内には不愉快しか残されていない。イラ立ち、怨み、怒り、後悔、そんなこんながグルグルと身の内でウズを巻き、やがて出口を探し求め、それがたまたま通りすがりのこちらに向けられ、穴倉の奥に棲む大蛇のように躍り出ただけなのかもしれない。

酒手の元は、御上から頂戴したお情けの支度金。お印ばかりのわずかな涙金なら、今ごろはもう底をついているに決まっている。親とも頼む主君は無力にされてしまっている。助け合う仲間はいない。それがまったくに他人事でもないならば、征克は帰りの道を急ぎながらも、またあれこれ暗い気分で思うしかない。――この俺にしたところで、親と女房がいてくれるからこそ、何とか踏ん張れてもいるのだろう。それが無いとなりゃ、早晩あの男のように転げ落ち、酒に溺れ、ケンカを売り、仮に今も腰に大刀を帯びていれば、それを振り回すようなことになっていたかも知れぬ――。

何かにすがる思いで町へ出向いたばかりに嫌な思いをさせられはした。それでもその日たった一つ良いことがあったとすれば、それは荒物屋のオヤジが聞かせた話だった。それをまた知らぬ間に征克はつぶやき始めている――焼津……、焼津の浜か……、と。

女は女同士

無禄の身で勝手の分からぬ土地に住むことになれば、そのうちに暮らしはまるで袋小路に入りでもしたようなアンバイになってくる。銭に換えられるような反物も無いならば、たとい金谷や島田の宿に質屋があったとしてもどうにもならない。仮にその二つがあって、それが成ったにせよ、手に入った一握りの鳥目銭で買える米のカサは知れている。相変わらず野の草を混ぜて炊いた飯を欠け茶わんによそいながら、まるでイカかタコがオノレの足をかじっているような今の暮らしを思い、女の身ではあっても何とかせねばと早季は考え始めた。

その日、早季は風呂敷包みをさげて近隣の百姓家を回っていた。

「何かね」

向けられた相手の顔には〝お泊りさんが一体何の用だ〟とハッキリ書いてある。

「はい。実は、このようなものを……」

行商人のような枕口上で、早季はおずおずと包みを解いてみせた。

「お若い方がいらっしゃれば、使われることもあるのではと……」

花かんざしやサンゴ玉を並べても、やはり相手は首を横に振るばかりで、帰ってくれと言わんばかりの不機嫌そうな顔を向けてくる。そこで早季は賭けでもするような気持ちで今一つ別の物を出して見せた。相手の常着を見れば、ハナから不要なのは分かっている。野良に毎日出てする稼業なら、これを履くことはないだろうと思っていれば、相手は返した。

「足袋ってかい……、うん、祝儀事でもありゃ、履かないこともない」

「さ、左様ですか」

「それに、縁起でもねッけど、葬式だって起きる時ゃ起きる。いや、弔うこっちが履くんじゃないんだ。仏さんにゃ精いっぱい白い物着けさせてやンのがここらの習いだから、白足袋は持っといて悪いことはねぇし」

「なら、何かと換えられましょうか」

「銭は無理だよ。けど……」

女はひょいと姿を消し、そのうちに戻って来ると、携えて来た編みカゴの中身を見せた。

「米ができる土地じゃねッから、こんな物でどうだね」

薄い板切れでもってカゴの中ほどで二つに分けられたイモの山を指しながら女は説いた。

「こっちは蒸して食って、こっちのはタネにして育てりゃ、この先、いちいち百姓家回らなくたって、腹はふさがるはずだ」

頭を下げて礼を言い、中身だけ風呂敷包みに移し替えようとすれば、女はそれを制した。

「あっちこっち破れ目あッから、返さねえでイイから」

編みカゴにはボロ布を編んで作った負いヒモが付いている。お蔭で、四、五貫はあるだろうイモの山を、早季はさして苦もおぼえぬままに担いで帰れていた。

江戸ならば、姑と二人して縫いこさえた足袋を引き取る先は、苦労して探さずともあった。けれども、そうした相手は如何にも足元を見たような銭を渡すばかりで、ましてや喜ぶ顔など見せはしない。けれどもそれがここでは、ずしりと重いイモの山に化け、取り替えっこをした相手はさもうれしそうな顔を見せてくれさえする。なるほど銭の方が軽くて良いけれども、当座は一家四人の腹を今すぐ満たせる物の方がはるかに有難い。

そもそも自分たちの駿府移住は土地の者にとっては降ってわいた災難だったろうとは充分察せられる。けれども、魚心あれば水心ということなのだろうか、ああして直に会って言葉も交わせば、こちらの窮状は分かってもらえたらしくもある。当座は使わぬ白足袋ならば、なにもわざわざ自分たちで食せるイモと交換せずとも済むはず。それを、使い古しではあるけれども負いカゴに盛って一緒に渡してしまう大らかさを見せてくれている。ならば、これも女同士だからこそのことには違いない。これが男と男であったなら、どうしても角突き合わす形になってしまうだろう。そう思う内にも、早季はつい先だってのことに思い当たった。

あの日、町から戻った夫は、どこかしら物を思うような憂い顔で、しかもマゲは少し乱れているようでもあった。ケンカなぞに巻き込まれたのではと思いはしたけれども、どこをケガしたふうにも見えず、どうなさいました、と尋ねるわけにもゆかぬままに、こちらは気付かぬふりをして済ませてしまっている。あるいはケンカ口論ではなしに、ただ、先々の暮らしに益する何かしら良い話がありはせぬかと町へ出向いておきながら、何の収穫も得られぬまま戻ったのを不甲斐なく思い、それでしょげ返っていただけなのかも知れない。


思いがけず手に入ったイモをサイの目に刻み、それを混ぜて炊いた飯と青菜汁を夕に出せば、いつものようにそれを平らげた夫は、それでもだいぶ後になってから、ふと何かに気付いたような面持ちで訊いてくる。

「さっき食ったのァ、あれァ……、イモだったか……」

早季が事の始終を明かし聞かせれば、それを脇で聞いた義母が言ってくる。

「不思議な事が起きるものだね。実は私も……」

そう枕を置いて明かしたのを聞けば、なぜかこちらの話によく似ている。

「昼ごろ、明かり取りに開け放して縫い物してたら、近くのおかみさんが遠目に見とめたらしくて、糸針事の玄人《くろうと》なら絎《く》け方を教せぇちゃくれまいかって。で、応じてやったら束脩《そくしゅう》代わりに食べ物を置いて行って」

きっと、ヘッツイの隅に置いてあったズダ袋の中身がそれなのだろう。

それを聞いた是芳が脇から言ってくる。

「縫い物なんぞ、女なら誰に習わずともできるだろうに」

確かにそれはそうだろう。けれども、ただツギハギするだけの運針と、自分たちのそれとは少しく異なる。加えて、うがって考えれば、たとい自分は死ぬまで粗末な野良着でも、子や孫には少しでもマシな身なりをさせたいとは思うに違いない。ならば、買う訳にもゆかぬ物なら自身の手でこさえるしかなく、そうなれば、縫い物に習熟した者に習うのが手っ取り早くもあり安上がりでもある。あるいはそれとは別の訳も、と早季は思う。——それとも、白足袋とイモとを交換してくれたおかみさんのように、その人もまた、暮らしに窮しているこちらを見かねて、わざわざ向こうの方から話を持ちかけてくれたのかもしれない——。

けれども、仮にそうだとすれば、高取の男二人には聞かせられぬ話となる。そのような他人の好意は、たとい〝元〟ではあっても士としての矜持が許さぬだろうし、知ればかえってツムジを曲げ、そんなお情けのイモなぞ返して来い、と二人して言い出しかねない。

腑に落ちぬといった顔の義父はそのままに、義母は言い足した。

「おイモの他に豆とかいろいろ。なんでも、そうした物はヤセた土地だからこそ育つらしくて、だとしたら、神様というのは人を捨て置きにはしないものだって、そう思いましたよ」

「ふん。神様と来たか……。ここらじゃ、イモや豆が銭の代わりってか。こっちが裁縫の神様なら、さしずめ賽銭代わりってとこかぇ」

常の如くに舅が小憎らしい口調で混ぜ返せば、それでも姑は聞こえぬふりをした。

「あ、そうそう、それと、焼津浜の荒節だったかナマリ節だったかの欠けたのもあって」

焼津と聞かされた征克が何を思ったのか、弾かれたようにそれを受けた。

「おっかさん、今の話で俺ァ決めた。ついこないだ、俺ァ町で入れ知恵されて、決心つかずに一旦そいつを脇に置いてたが、今の話で踏ん切りがついた。ちゃんや、一つ頼みがある」

「何だ、慌てたように言いやがる。おめえの話はいつもヤブから棒だな。何を頼むてぇのだ」

「俺ァ焼津の浜へ行く。そこで賃稼ぎするあいだ、ここでイモでも育てちゃくれまいか」

「イモなぞ触ったことも無ぇが……」

「ンなら、ここいらの者に習うことになるだろう」

そう言われて、腕組みしたまましばらく黙りながらも、そのうちに是芳は返した。

「まァ、そいつも面白レぇか知れねぇ。どうせヒマな身だ。それに、米麦ほどの手間は要らぬだろう。折々オメエが戻って銭でも入れてくれりゃあ、飢え死にすることもねぇだろうし」

「ああ、きっとそうする。浜で網引くか荷担ぎでもすりゃ、そこそこ銭にはなるだろう。余りが出りゃ、いつか何かの商いでもする折の元手になる。まァ、行ってもみねぇうちからそんなことを言やァ、絵に描いたモチじゃあるのだが」

「こっから遠いのか」

「いや、五里ほどのものだろう。片道半日ってとこか」

「なら、遠くもねぇ。何かありゃ、すぐにと帰れもする。いいぜ、行って来な。イモを作るくれぇなら造作もねぇ。それにジジイでも男一人がここに留まりゃ、物盗りも遠慮するだろ」

「ネズミのジロキチなら、一両二両は無理でも、一分一朱くれぇは置いてくか知れねぇ」

「バカを言え。盗銭なぞ受け取れるか。やせても枯れても俺ァ江戸士だ、知れたことよ」


言葉の通りに是芳は翌日、話のつなぎ役に弥栄を伴い、近くの百姓の元へ芋やら豆やらの作り方を習いに行った。そうして戻れば、聞き習った一々を得意げに披露してみせる。

「……で、種イモから苗が採れンのにおよそ一月《ひと》半。ここいらは寒くねぇし、ヤセてて水はけが良いから、かえって都合が良いらしい。下肥も要らねぇとさ。夏は日照りが続く方がかえって良いって話よ。そうして梅雨の晴れ間にでも植えてやりゃ、ほっといてもそのうちにツルが出るらしい。けど、伸び繁らせちゃならねンだと。さて、そうなると、今度は夏場の草刈りだ。暑いさなかにシチ面倒じゃあるが、そこは男我慢でせっせとやる。そうすりゃ、涼風吹く頃、どっさり穫れるとさ」

「夏の盛りにご隠居に草取りさすってか。つくづく済まねぇ話だ。俺も折々戻って手伝うぜ」

「要らぬ節介だ。俺が教えを請うたここいらの女房連中も、人を年寄り扱いしやがって、一からするのは大変だろうから、苗を分けてやるなんぞとぬかしやがったから、及ぶものかと言ってやった。だからオメエも俺のことなぞ気にせずと、あっちで精々稼いできやがれ」

「ちゃんや。周りの者とはケンカせずとやってくれ。でなきゃ、安心して家が空けらンねぇ」

「言われずともさ」

「ほんとか。ンなら、きっとだぜ。ちゃんは俺に似て短気だから案ぜられる」

「オメエが俺に似たのだ。サカシマを言いやがる」


じゃ、行ってくる、とあっさり言い置き、夫は翌朝焼津へ向かってしまった。そうされれば、家の内から男手が減ったぶん、心細くもなる。それでもこちらは何とかなろうけれども、あちらがどうなるかは分かろうはずもない。行った先で思ったような賃仕事にありつけるのか、否、それよりも雨風しのげる寝起きの場所は見つかるのか、三度三度口に入れられる物は手に入るのだろうかと、あれこれの心配がまず先に立ってしまう。それでも夫にしてみれば、行かねばならなかったらしい。その訳はこちらとて察しがつきもする。駿府へ来るには来たものの、八方塞がりとなってしまった士たちの姿を目にすれば、自分だけはそうはならじ、と強く心に期したに違いない。もちろん、やみくもに何処かへ何かを求めに行っても、思惑通りに行くとは限らない。それでも夫は、あの敗走の後ただ打ちひしがれたまま日がな一日畳に寝転がっていた時とは大いに違って、今は家の者たちのことを思い、とにもかくにも一歩を踏み出してくれている。それを思えば、何の文句を言えるはずもない。

その晩から独り寝となった早季は、闇の中で思い出した。目をつむれば今も目の奥には江戸の町が浮かびもする。質草を預け、あるいは請け出すを繰り返した質屋の佇まい。古着を探しに出向いた飯田町の店々。近在近郷の者それぞれが地の産の物をテンビン棒に担いで売り歩く棒手振《ボテフリ》の姿。あるいは金魚、鈴虫、風鈴、豆腐、刃物研ぎ、キセル掃除のラウ屋、そんな商い人が聞かせる年季の入った声や町のにぎわいまでもが耳によみがえる。けれども行商人が丸一日歩き売っても、わずか百文ほどの利にしかならぬと聞かされたことがある。

江戸の町には、米屋の店先で米を搗《つ》く男の姿もあった。はたで見ていても自ずと分かる荒仕事。いくらの稼ぎになるのかは分からぬ手間取りの賃仕事。言葉は、信濃、越後、上州のものらしかった。毎年その季節が来ればやって来る鳥になぞらえて、口の悪い江戸者は、そうした他州の者を〝ムクドリ〟と呼んでいた。生真面目でズルイことのできぬ実直そうなその男たちは、野良仕事で鍛えられた体をきびきびと動かし、ひたすら汗を流していた。江戸での仕事を終え、なにがしかの銭を得れば国もとへ帰り、翌年も、さらにその翌年も、飽かず江戸へとやって来る、いや、来ずには済まされなかったのだろう。そうせねば一家の暮らしが成り立たない。百姓ならば、土に生った物を刈り取ってしまえばそれで終いとなり、それ以上の実入りは望めない。となれば、遠い江戸まで稼ぎに出るしかなくなる。ならば当然、そんな男たちを見送り、地元に残る女たちもいたはず、とそこまで思いをふくらませれば、早季には己が姿がそれに重なり見える気がした。一家を飢えさせぬよう遠方へ稼ぎに出る夫。そしてそれを見送る妻。ならば、自分たちはムクドリのつがいのようなものかもしれない。小禄でも一応は武家の暮らしをしていた時分には、思いもしなかったことが今起きている。

駿府へ着いた当座は、相変わらず毎日毎日あれこれせねばならぬことの多いぶん、自分たち女はやはり損な生き物、それに比べ、これといってすることのない男はやはり楽と、たまには思うこともあった。けれども今こうして夫が見知らぬ浜へ向かって発ち、必ずあると決まった訳でもない賃仕事を探し、そこで得たものを持って帰るということになってみれば、何やら申し訳ない気持ちでいっぱいになってしまう。ついこないだまでは一応はモノノフだった男が、べたつく潮風に吹かれ、身を焼く海の陽差しの下、浜で網を引くか荷を担ぐかするその姿を思い描けば、ただ留守をあずかるだけのこちらは、どうか無事でケガもせず病にもかからず変わらぬ姿のままに戻ってほしいと願うしかない。

〝ムクドリ〟と何度か心の内で唱えるうちに、それがきっかけになりでもしたのだろうか、早季は巣の中で小さな卵を産み育てるメスの姿を思い始めていた。自分たちもいずれは住まいと呼ぶに足るほどの物を何処かに構え、そうなればそのうちにきっと……、とそこまで思ったところで、早季は以前姑が言っていた言葉を闇の中で繰り返していた。——今は四人で四つの口も、そのうちきっと……。

すでに出て行ってしまったからには、もう大人である息子のことを案じたとて詮無きことと割り切ったためなのだろうか、義父も義母も常と変わらぬ様子でいる。それでもきっと義父は、気晴らしの小言や憎まれ口や冗談口の言える相手が一人いなくなり、少しは寂しく思いもしているのだろう、とそう思っていれば、存外そうでもないらしいのが判った。それは、征克が焼津へ行って数日経った頃のこと、早季が、ふと柱に目をやれば、そこには見慣れぬ紙が貼られている。手跡は明らかに義父のもの。駿府へと旅立つ折は、それぞれなるべく荷を軽くするを心がけはしたけれども、矢立《やたて》に細筆、小硯《すずり》、欠け墨ほどの物は持って来てもいる。それを用いて書いたらしき貼り紙は、読む者に向けて優しげに命じていた。

『告　現下の当家　米食叶わず専らに芋豆を食し　為に身の内に催す変事之又止む無し
　元より意を以て禁ずること甚だ六つかしく　又　戸外にて処するのヒマ無くば
　放屁の無作法は宜敷く免じ合い互いに看過すべきこと　此れ新たに定むる也　』

早季は吹き出した。茶目っ気たっぷりの高札が、久しぶりに腹をよじらせる。言われてみればまさしくその通りで、イモやら豆やらのお蔭で命はつなげているのだけれど、そのあとに起きる腹の張りは抑えようがない。貼り紙には〝戸外へ出る暇は無い〟とはあるけれども、百姓小屋のため、板戸一枚引き開ければそこは立派な戸外ゆえ、何用かあるふうを装って急いで表に出れば、間に合わぬこともない。事実、まだ若くて足さばきの良いこちらは素早く動けもし、そうしてまんまと外でしおおせ、また何食わぬ顔で戻って来ているのだ。

けれどもひょっとすると義父はこちらのそうした苦しい工夫に気付いた上で、あの御触れ書めいた物を用意したのかもしれない。もちろん、義父自身がその無作法に至ってしまった時のために、あらかじめ手を打っておく要もあったろう。士の家には禁則多く、無駄話、哄笑、咳払いを聞かさぬは言うに及ばず、膳を前にすればきっと沈黙を保ち、とにかく無音であるのを礼に適ったこととしている。ならば、人前で放屁なぞもってのほか。けれども、我慢を強いれば苦しくもあり、体にとっても悪かろうゆえ、今はもう厳しい則《のり》も少しはゆるめて良いのではと思ったに違いない。またそれとは別に、同じ屋根の下に暮らす女二人が同様の仕儀に及んだ折の逃げ道をこさえておいてやらねばという気づかいもきっとあったはず。

元より下町住まいの気取らぬ、開け広げなところのある舅。もし、征克が焼津へ行かずに今もここにいたままなら、あの高札めいた物の代わりに直に言ったと思われる——士身分を返上したなら、もうイイじゃねぇか、なにも皆してお品ぶることもねぇわさ。イモなぞ食やぁ仕方もねぇ、出るものは出る。そいつを無理にとこらえりゃ身の毒、気の毒、フグの毒。もう遠慮せずと大びらにすりゃあイイのだ、大びらに——と。

けれどもそれをそのまま当の女二人に面と向かって言うのはさすがに気が引け、照れ臭くもあったのだろう。そこで案じた一計が、あの一歩身を退いた貼り紙だったに違いない。

あれこれ思ううちにも、笑い涙が一つ、早季の頬をつたい下りた。

大久保の男

　意を決し、ひとり焼津までやって来はした。けれども、そこから先のことに思慮が足りなかったのを征克はあらためて悔いるしかない。まるで凪《なぎ》のように辺りはシンとし、仕事の口を尋ねるに足りそうな者は見当たらず、浜には子供や老人の姿がまばらに見えるのみ。あの荒物屋の主人に吹き込まれた〝浜行きゃ何とかなるだろ〟の一言にすがってここまで来たのにと嘆いてみても、稼ぎの口が向こうからやって来るわけでもないなら仕方がない。

　己が浅慮を責めながらも、しばらく穏やかな浜風に吹かれていれば、それでも段々と気は安らいで来もする。つい朝までいたアバラ家から半日歩いて離れただけで、土地の雰囲気はがらりと変わっている。仮に宿場町・金谷辺りへ行ったなら、出口のない暮らしにあえぐ元江戸士の姿をまた見せつけられることになったろう。その様子はまったく鏡に映したこちらの姿なのであって、元より他人事のはずもない。果ては、泥酔したうえ、誰彼なしに因縁をつけ、抜刀に及ぶというような男に出くわしたりもする。それを思えば、酒を供する店なぞありもせず、足元には砂、頭の上には照る陽と白い雲しかないこの漁師村には、つまらぬケンカや斬り合いの種になるようなものは今のところ何も見当たらない。

寄せ返す波を小半刻ほどのあいだ眺めると、それでも征克は腰を上げ、尻の砂を払った。

竹組みの物掛けには網やら何やらの漁具が干されている。浜には引き上げられた舟があり、波打ち際には舫《もや》われた舟が揺れている。ならば、と思ってその辺りで待ち続けていれば、やがて漁夫らしき男が姿を見せる。それをつかまえて、賃稼ぎの口はないものかと持ちかけてみれば、望みの持てそうな話が返って来た。辺りには村が三つあるらしく、うちの一つ、鰯ケ島なら、と聞かされ、教えられた通りに行った先で手当たり次第に訊いてみれば、終いに一人が応じてくれた。それに依れば、鰯ケ島の港は深さが足りぬゆえ大きな船は近寄れず、沖に繋いで待たせるしかないという。そこで荷は小舟に移して陸揚げすることになり、おのずと荷担ぎ仕事が生まれるらしい。けれども今は荷担ぎより、漁師の下働きが要るという。

「これが御前崎辺りなら、冬は冷てぇ辛レぇ西風吹くし、賃稼ぎと言やァ、吹きっつぁらしで干し大根や干しイモ作りみてぇのが精々だ。けどここは違う。干すのは別のモンだよ」

鰯ケ島はカツオや鯛が上がるらしい。もちろん高値で売れる大事な品を、手際の悪い、しかも余所者なぞに扱わせせはしない。けれども小魚や雑魚をさばく半端仕事なら回しもするという。獲れすぎるほどに獲れるイワシは、焼けた砂地の斜面に敷いたスダレの上で干鰯《ほしか》にするらしい。カラカラに乾かしたそれは運ぶに楽で、田畑の肥やしとして良く売れもする。もちろん、そうする前に人が口に入れて悪いはずもなく、もっぱらイモやら豆やらを食ってきた征克にとってはずいぶんと滋養になるようにも思われた。

浜上げされた小魚を、教えられた通り、敷いたスダレの上に並べ干してゆけば、トンビ、カラス、タカ、カモメなぞが飛んで来る。時折りそれに向け、石や棒きれを投げて追い払うのは、なにも売り物の干鰯を守るためだけではない。浜では漁網をかじってダメにするネズミの退治役にネコを大事にしている。トンビやタカはイワシを狙うついでに気まぐれにネコまで襲う。そんなネコどもを守る用心棒役を、元江戸士の自分がしているのだと思えば妙な気分になる。さらには、どういう訳か舌の肥えたネコどもがまたいで行くイワシを人間様のこちらが有難がって食っているのを考え併せれば、なんとも情けない気にもなってくる。


鰯ケ島で十日、半月と働き、ようやくそれに慣れた頃、同じように浜で賃仕事をしているらしき男の姿が目に入った。征克とはずいぶんと離れた所で同じ干鰯作りをやらされている。ただ、遠目にも手際の良いところが見て取れる。そこから判ずれば、こちらよりだいぶ前からここでそれをしてきているらしいのが自ずと知れた。

そのうちに征克は、黙々と働くその男の所作の内に、どこかしら土地の者とは異なる何かを嗅ぎ取った。ひょっとするとこちらと同じように江戸からやって来たのでは、と疑われもする。元より肥やしにするなら少々荒っぽくしたところで一向に構わぬ干鰯作り。だのに、そうした乱暴なところが見えぬばかりか、当の男はまるで茶を一服点《た》てでもするかのように静々と、それでいて澱みなく流れるような速さでもってそれをこなしている。

言葉なぞまだ一言とて交わしてはいない。それでも、たまに当の男の方からこちらに目を向けたりもする。そこから推せば、きっと、あちらはあちらで同じことを考えているのでは、とも思われた。

或る日、そんな男がこちらへ近付いてくる。会釈をし、ここらの海も荒れる時は荒れるのでしょうな、といったような、せずとも済むような話をするうちに、男は名を明かした。

向かい合う相手からあらたまって瑞島信之進《みずしましんのしん》と名乗られれば、こちらも礼を欠くわけにもゆかず、高取征克と名を明かしていた。それに続けて、こちらが江戸から来たのを言い添えれば、相手はそれを受けて返した。

「本所とは粋なものでございますな。身共なぞは御城より西へ遠く一里半、四ツ谷・大木戸を越えた端の端ゆえ、イナカもイナカ、内藤新宿は大久保の産でして」

田舎の出とは言っておきながらも、言葉だけは音羽、四谷、麻布、赤坂、青山辺りの山ノ手に寄せた響きで、ついつい巻き舌になりがちな下町言葉にどっぷり浸かったこちらの耳には、どこかしら気取ったふうにも聞こえてしまう。

「家は大久保二十五騎組、四組ある鉄砲組百人隊の内の一つでして」

男はこれまで長いこと話し相手のおらぬ暮らしを続けてきたのか、これ幸いとばかりにペラペラとよくしゃべる。続けて聞かせたのは、江戸にいた時分の暮らしのことで、鉄砲組とてもご多分に漏れず小禄ゆえ、生きて行くのは容易でなく、そこで拝領地が少し広いのを利用し、家周りの地面を植木畑にしたり花を育てたりの内職に充てていた、ということだった。確かに拝領地を百姓・町人に貸すのは厳禁ゆえ、そうするのも当然とは思われる。

ゆきがかり上、征克も、下町貧乏御家人の暮らしぶりを聞かせていた。

母と妻のする手内職やら質屋通いやらでしのいでいたことを話すうちに、終いには自身の若い頃の行状にまで話は及んでいる。それでももちろん上野戦争に馳せ参じながら、怖じて逃げた話はするはずもない。

「御上に隠居を申し出た親仁の御役を継ぎそくねましてね、いっ時、悪友と遊び歩いたりもしましたが、今は女房持ちの身で」

「ほぉ……、それはずいぶんとご苦労を。ただ、無役と申せばこちらも同様。ただ、役に就かぬ訳と申すのは、鉄砲隊士の持ち道具がどうにも好きになれず、それが大いにありまして」

ずいぶんと妙なことを言うものだと征克は訝《いぶか》るしかない。それが顔に出たのか、瑞島信之進という男はそれを読み取りでもしたように、問われもせぬまますさらに訳を明かした。

「ご不審ごもっとも。まァ、飛び道具と申すよりは、あのドンっと爆ぜる焔硝《えんしょう》の音とニオイがことのほか恐ろしいわけでして。そもそもの話は、八つ九つの幼き頃、異国との戦に備え、御上が盛んに焔硝作りをさせた頃です。大久保村近くの小滝橋村や淀橋村では米つき水車を代用し、無理にと火薬を増産させられ、あげくの果てに大爆発。一帯の百姓が吹き飛ばされて、焼け焦げた顔の肉半分を付けたままのドクロや、ヘソから上を失くした脚二本が躍りながら大久保村まで飛んで来たという話を聞かされ、こちらは夢にうなされ、寝小便もしばしばやらかす始末。以来、火薬と申す物が恐ろしくてたまらない。だのに鉄砲という物はそれを目の先、鼻先、アゴの先でダンっと爆ぜさせ鉛玉を飛ばす道具。左様な物を肩に押し付け構え、心静かに狙い定めて撃つなぞ到底かなわず、そのため隊士となるは断念を」

「となると御役の方は……」

「弟に譲りました。こちらは幼い時分より事あるごとに親からは『お前という者は女をみたようだ』と言われ、終いに『鉄砲を怖じるなら、屋敷裏で花でも作り育て、売って暮らしの足しにせよ』と命ぜられまして。まあ、元々大久保辺りの士は花を作り売る者が多いため、そのことには何の引け目もなく、身に合ったことでもあるゆえ、かえって渡りに舟と」

聞かされるうちに、おや、と思いはした。優男であるのを越えて、どこかしらこの瑞島信之進という男の内には、武に傾きがちな男とは異なる何かが備わっているようにも思われる。

「左様なわけで鉄砲は大嫌いでしたが、勇ましげな鉄砲隊士は全く嫌いではない。下町の勇み肌、トビか火消しに負けず劣らず、男らしい男には心惹かれも致すのです」

ああ、やはりそうか、と征克は得心が行った。とは言っても、相手は実直そうで、人となりも好ましそうではある。如何に常日ごろ勇ましく武張《ぶば》った物の言い様をしていても、その実、いざとなると卑怯未練なことをする男が世に多くいるならば、それと比して、目の前の男は遥かに正直で、そのぶん遥かに真っ当な人間のように思われもする。

征克は、相手が何故そうした勇みの男に惹かれるのかはあえて訊かぬまま、話を転じた。

「で、どのような花木を」

「いろいろ手掛けましたが、主にツツジを得意と致しました」

「ツツジ……。よく売れましたか」

「紅の鮮やかな霧島は引き合いも多く、他に吊りシノブなぞも作れば良く売れました」

そう聞かされれば、さして珍しい話でもない。貧乏士はいずれも似たり寄ったりではある。

「瑞島殿のみならず、江戸士はいろいろ工夫してしのいでおりましたな。下町で申さば、下谷の御家人は金魚、染井や団子坂は、確か、菊作りをしていたように思う」

「確かに小給の家は手内職無くして暮らしは立たずでした。代々木・千駄谷は鈴虫・コオロギなぞ秋の虫、青山は傘・提灯、目黒は牡丹の他にシュロの箒《ほうき》も器用に作っていた。今となってはもう斯様なことを申しても誰に叱られるおそれもないゆえ申しますが、東照権現様の造られた世の仕組みも、だいぶ前から既にうまく回らなくなっていた。あ、いや、高取殿が、もし鳥羽伏見や上野の山に征かれ戦っておられたなら、今の申し様はお気に障ったか知れませぬ、ならば、きっとご勘弁を」

早手回しに詫びを入れられた征克は首を横に振ってみせた。

「上野の戦に参りはしましたが、実のところ、恐れをなして逃げました。ただ、そのような恥さらしな話を今、スッと明かせるのが我ながらずいぶんと妙だ。きっと瑞島殿には心を許せると判じてのことらしい」

「いや、実は私も同じことを思っていた。ならば、どうです、堅苦しいのは抜きにして、私のことは、そうだな、信とでも」

「シンさんか。そいつァ良い。ンなら、こっちはセイとでも」

「ああ、なるほど、音読みセイコクつづめてセイさんか。うん、互いに肩が張らずに結構だ」

「共に今はもう士でもなし、浜の漁師にこき使われる身だ。気取らずやりましょう」

シンさんセイさんと呼び合うようになれば、気晴らしの話し相手には困らなくなっていた。今は夏でもないならば、仕事に一区切りつけて尻を砂の上に置いても、飛び上がるほど熱くはない。そうして腰をおろし休んでいれば、話はまた江戸にいた頃のものになる。

「……で、御上があぁされてしまえば、大久保の鉄砲隊がどのように処分されるかは分からない。それに組屋敷がそっくり賊軍の召し上げとなれば、住む所も失い、花を作り売るのも無理となる。まァ、私は元々が余計者で、しかも独り身。周りにも早々と江戸に見切りをつけ、駿遠、三河へと散って行った者も多くいる。で、私も駿府へ行くと決め、初めは町に住んだが、そこでセイさんと同様、焼津辺りへ行けば食えるだろうと聞かされて」

「俺もあすこで百姓仕事は無理と言われた。確かに、ここならこのまま生きて行けもするだろう。けどもが、家の者を呼び寄せてやってけるかと訊かれたら、はなはだ心もとない」

「まったく左様。だから私も考えちゃあいる、先々のことをね。いずれは、またここから何処か余所へ移って、何かきちんとした仕事をしなけりゃどうにもならない、とそう思ってる」


焼津へ来てから、あとひと月ふた月で一年になるという頃だった。

初めのうちこそ、あまり間を空けずに戻っていたのが、そのうちにだんだんと間遠くなり、その日帰ったのはずいぶんと久しぶりのことになる。

明け方、浜を発ち、昼時に戻り着いた征克は声をかけた。

「おぅ、今、けえった」

ほんの少しの間を空け、父の声が返って来る。

「おぅ、けえったか」

父が顔を見せれば、母もあとに続く。けれども早季の顔が見えない。当然それを不審がれば、父が素っ気なく命じた。

「奥へ行ってみな」

奥と言うほどの広さも無いならば、足駄を脱いで上がってすぐに、伏せっている早季の姿が目に入る。それを見て言葉を失い、突っ立ったままでいれば、後ろから母が言った。

「うれしそうな顔しないと」

ほのめかされて、すぐにそれと分かりはしたものの、かえってますます言葉が出なくなる。

「おめえも気が利かねぇな。でかしたでかした、くれぇのことァ言うものだ。まァ、そう言うにゃ、まだチト早エぇが、まずはひとこと褒めてもバチは当たらねぇぜ」

「う……、うん……、わかった……、ンなら、早季、でかした……」

「申し訳ありません。別に寝ておらねばならぬことも……」

「大事取った方が良いの。初めてのことでもあるし」

思わぬ吉事に何が何やら分からなくなりながら、それでも征克は土産を持って帰って来ているのを思い出した。その日ばかりでなくいつも戻る折は、稼いだ銭と、なにがしか海の物を土産にしている。それがその日に限って、乾物の他に、また別の物も携えていた。

「帰り道、行商人と行き遭って、なんと遥々越後から来たって話さ。いつもなら買わずに済ますとこだが、情にほだされ買っちまった。笹アメだよ。甘メぇ物にゃずいぶんとご無沙汰だろうと思ってさ」

「笹アメってか……、珍物だな」

「そいつの能書きに依りゃあ、なんでも、あれだ、乳の出が良くなるとかで、それを今思い返してみりゃ、ずいぶんと不思議な気がする。虫の知らせか何だが知らねぇが、まさか早季がこっちでそんなふうになってるとァ思いもしねぇもの」

父がすかさず水をかけた。

「まだ産んじゃしねぇのに、乳の出がどうのこうのとァ、ちいとばかし早トチリが過ぎるぜ」

「父上、相変わらず口が悪リぃぜ。まァ、達者な証しだ、まことに同慶の至りなり。けど、チャンだって、まだ先の話だのに、でかしたでかしたと俺に言わしたぜ。なに、笹アメなんざ腐る物でもねぇのだ、赤ン坊が乳欲しがる頃までとっときゃ良いだろう」

「今食わなきゃ土産の有難味が薄れるヨ。ケチケチしなさんな。またそのアメ売り目っけて買って来い。どれ、俺がお毒見役だ。有難く頂戴しますぜ」

身重の妻は

夫が家に戻り、陽焼けした顔を見せ、また行ってしまってからどれほど経つだろう。

あの折は、こちらの体を思いやってくれる義母の勧めに従い、さしてつらくはなかったのだけれども、言われるままに身を横にしてはいた。けれども、この頃では本心から半刻、できれば一刻休んでもいたいと思われるような日が何日置きかでやって来る。

夫はあの日、越後の笹アメなる菓子を土産に持って帰った。二つに折り畳まれたクマ笹の包みをパリパリと音立てて開いてみれば、てのひらに受けた水のように平たいアメが顔を見せる。口を近づければ、笹の葉の香りが清々しい。それは如何にも夫が言っていたような効能を思わせもする。あの折、夫は得意げに話し聞かせたもの。――どうだぇ、まるで絹羽二重だ。なんでも、蒸した粟《あわ》を飽きるほどしつこく練らねぇと、こうはツヤツヤなめらかにはならねぇから、そんじょそこらのアメとァ訳が違うのだと自慢を吹いてやがった――。

自分が仕入れて売るでもないのにそのような口上までおぼえていたのは、珍しい土産がたまたま手に入り、それを家人の元へ持って帰れるのがよほどうれしかったに違いない。そのうちに早季は心の内でつぶやいた。――乳の出を良く……――。

つづけて早季の耳には、あの日、義父に促されるまま夫が言ってくれた〝でかした〟の声がよみがえってくる。なにも男児が生まれると決まったものではない。ならば、父子共々にずいぶんとそそっかしいには違いない。これでもし女児が生まれでもしたなら、一体どんな顔をし、どんなことを言うのだろう、とそこまで思いをふくらませれば、少し不安になりもする。ただ、今の自分にとっては、生まれ出るのが男児女児のことよりも、産むこと、そして産んだ後のこの方が、たといおぼろげではあっても、ずっと案じられてならぬのだ。きっとそれは、自分が嫁ぐよりずっと早くに母が亡くなってしまったためらしくもある。

母が生きていた頃は、こちらもまだ幼かったゆえ、女同士の話なぞしたはずもない。つまりは、人の妻になるということ、やがては夫の子をはらむこと、そして遂にはその子を産み育てる母になるということ、そうしたひとつながりの役目の一々を、こちらはいっさい教え聞かされぬままに嫁いでしまっている。そんな自分が今、疑いなく身重になっているならば、知らぬこと分からぬことばかりのこの先が不安に思われて仕方がないのも当然に違いない。


春も盛りの朝だった。

本職の産婆ではないのだけれども、日頃から何かとこちらに良くしてくれている近くのおかみさんが義母に連れられ駆けつけた。そのあいだにも義父は、男の身ながらもせっせと水を汲み、湯を沸かし、用意を整えてくれている。それをじゅうぶん申し訳ないこととは思いながらも、早季は早くも額に汗にじませてその時を待つしかなくなっている。

布をよって作った太さ二寸ほどのヒモが、母にならんとする女の口にくわえさせられた。身を二つに裂かれるような、これまでついぞ感じたことの無いような痛み苦しみ。それに抗うべく、生まれてからこの方これほどまでに力んだことなぞないほどに渾身の力をふりしぼっていれば、小半刻に及ぶ汗みずくの戦いの末に、突然、大きな声が我が腹の下から聞こえ、それと同時に二つに裂かれかけていたこの身もスッと元の一つに戻った気にさせられた。

そこに至るまでのあいだウンウンうなりながらも、ふと、脈絡も無いままに早季は思い出していた。かぐや姫や桃太郎がこの世に現れ出る時は、決まってその身を守っていた竹やら桃やらが二つに割られることになっている。ああ、そうか、そうなのか、ならば今のこの身は竹か桃のようなものなのか、新しい命をこの世にあらしめるために割られる定めにあるのなら、二つに裂かれるような痛みも致し方無し、と妙に合点が行き、知らぬうちに自分は肝が据わりもしていた。ならば、あのような他愛のないオトギ話も、ひょっとすると、これから子を産まんとする女に覚悟を決めさせるための喩えなのかも知れぬと、早季は木綿の太ヒモをしっかりと口にくわえながら思っていた。その末に、気が遠くなりかけた刹那、早季は甲高い産声でもってうつつに引き戻され、気が付けばその身はすでに母になっていたのだ。

義母・弥栄が征克を産み育てたのはふた昔も前のことで、ましてやその後に次々と子を産んだわけではない。そうなると、義母は生まれたばかりの孫をさもうれしそうに抱きながらも、どこかしらその様子は心許なしといったふうに見えもする。それを義父はからかった。

「もう抱き方も忘れちまったろ。けど大事な孫だ、うっかり落っことしてくれるなよ」

「落とすものですか。育て方だって追々思い出しも致します」

その吉報を鰯ケ島にいる夫に届けるすべは無い。しばらくあたふたと大人三人が幼子の面倒に追われるうちに、それでもまた虫の知らせがありでもしたのだろうか、子が生まれて十日と経たぬうちに、その子の父であるはずの男がしばらくぶりにヒョイと顔を見せる。

「今けえった」

「おう、けえったか。待ちかねたぜ、四人してな」

四人と聞かされ、すぐにピンと来たのか、もどかしげに履き物を脱ぎ捨てると、そのまま夫は妻の枕元へやって来る。

おくるみの中にいる、ポヤポヤとした頼りない産毛を薄っすら生《は》やらかした子をのぞき込むと、夫は物問いたげな目を妻に向けてくる。そうされた早季が言葉を口にする前に、義母が脇から伝えていた。

「初めは女の子が良いの。男は弱くて大変だから」

助け舟でも出すように義父がそれに言い添える。

「おぅヨ、その通りヨ。おめえは憶えちゃしねぇだろうが、小せぇ頃ァ、しょっ中熱出しやがる。本所は医者と儒者の吹き溜まりだから不便は無かったが、俺ァたんびたんびにオメエをおぶって、まんざらヤブでもなさそうな奴ン所へ連れてったものだ。男は大きくなるまで病気やケガで親はハラハラさせられるし、医者だの薬だので銭食い虫よ。この先、男でも生まれてみやがれ、おめえだっておなしような面倒をかけられるのだ。ざまをみやがれ。けどもが、今の内は女の子で楽ができる。だからつくづく運が良いと思わなきゃいけねぇよ」

女児と知って落胆し、不満を漏らすかもしれぬ息子に、あらかじめクギを刺しておくつもりではあったらしい。けれども、その要は無いとばかりに夫は首を横に振った。

「いいや、不服なんざこれっぱかしも言うつもりはねぇ。早季、でかした、でかした、だ」

せがれの意外な言葉に父が応じた。

「驚ルったな。いつからそんなに人間が練れたのだ」

「浜の女連中に聞かされたのさ。亭主にとっちゃ他人事だが、女房の方は命がけ、悪くすりゃ赤ん坊共々命を失くす、ってね。それが両方とも無事なのをこの目で確かめられりゃ、めでてぇ限りだもの、でかしたでかしたと言うばかりだよ」

それを聞かされ、是芳はうれしそうに息子に命じた。

「抱いてみな」

促されながらも戸惑う息子に、義母は抱いた孫娘を近づけながら、それを支える手の当て方やら腕の曲げ加減を教えてやる。重さ一貫に満たぬグニャグニャと正体定まらぬ小さき生き物を渡された夫は、おっかなびっくりながらも、どうにかこうにか恐ろしさに耐え、そのうちに我が娘をそっと両の腕の中に収めていた。

抱かれた幼子は泣きも笑いもせぬまま、父であるはずの男の両目をまっすぐに見つめている。征克はそうされて困ったように一瞬目をそらせたように見えた。

なるほど、生まれたばかりでまだ一切のけがれとは無縁の者からああまでまじまじと見つめられれば、特段やましいことなぞしていなくとも、大人は何とはなしに居たたまれぬ気持にはなるのだろう。それでも、腕に伝わる重さと温もりで覚える愛おしさの方が勝ったのか、征克は娘の目を見つめ返し、そのうちに父母がしていたのをマネたように、目やら口やらを大きく開けたり閉じたりしながら相手の気をそらさぬようあやし始めていた。

久しぶりに大人四人そろっての夕飯を済ませれば、是芳は征克に向けて言った。

「名は未だ付けてねぇからな。おめえの役目だ」

「え……、ああ、そう言ゃそうだったか。けど、ちゃんが付けてくれたって良かったのだぜ。世ン中にゃ、何もテテ親ばかしじゃなく、ジイ様や近所の易者が付けることだってある。それに、俺よか学があるだろ。俺ァ論語はカラキシ駄目だったからな」

「字を多く知ってる知らぬじゃなしに、どんな子に育ってほしいか、そいつをちゃんと考ゲぇりゃ済む話だ。今は思い浮かばずとも、そのうちにスッと思いつくものだ」

命ぜられた夫は困り顔を見せながらも、翌朝、何やらしたためた物を披露した。

『多佳』と書かれたそれを見て、舅がさも満足そうにうなずけば、夫もうなずき返し、それですっかり安心したのだろうか、あっさりとそのまま海の方へとまた戻ってしまった。

再び大人三人、幼子一人に戻った所帯で、昼の支度に取りかかりながら、弥栄は少し顔を曇らせ、早季に言いかけた。

「あれは、ちゃんと考え抜いた末のものなのかしら……」

アレの指すモノが何か、早季にはすぐにピンとくる。

「はい、あれのことですね」

「そう、あれ。一応考えはしたけれど、そのうち面倒になってエイヤと付けてしまったのじゃないかしらって、そんな気がして……」

早季も実のところ同様のことを思っている。タカトリタカ、タカトリタカ、と何度か口の中で唱えてみれば、どうも、タカタカタカタカと、どこかしら荷車の立てる軋んだ音のようで、引っかかりを覚えてしまうのだ。そこで正直に、私もそのように思っておりました、と返しながら、早季は白く濁った米の研ぎ汁を注意深げにそろそろと流し捨てていた。

ちょいとのあいだ

いつものように浜で網の破れやほつれをかがっていれば、信之進がやって来るのが見えた。こちらがそのうち親になるだろうという話は、これまでずっと相手の耳には入れていない。まだ無事に生まれてもおらぬあいだにそんな話をすれば鬼が聞きつけるやも知れず、どんなシッペ返しをされるか分からない。そこで征克はゲンを担ぎ、生まれるまでは何も言わぬままにしておいたのだ。けれどももう確かな祝い事となって実を結んだからには、いよいよ信之進に聞かせ、自慢しても良い頃合いではある。そんなことを思っていれば、相手はこちらが浜へ戻るのを待っていたらしく、まずは自分の言いたいことを勝手に話し始めた。

「お戻りだったか。ずっと鶴首《かくしゅ》してましたよ。いや、セイさんの土産話を聞きたいところじゃあるが、入れ替わりのようで恐縮ながら、実は今度は私がチョイトしばらくいなくなる」

当の男が所帯持ちでもないならば、こちらが腑に落ちないのは当然だった。

「いなくなるっつったって、どこへいなくなるぇ」

そう質してみても相手はただ〝ええ、チョイト〟やら〝まぁ、チョイト〟ばかりを繰り返し、いっかな要領を得ない。ただ、その口ぶりから、何やら魂胆がありそうには思われた。

「信さん、いくら銭金に困ったからって、どっかで悪事を働く気じゃねぇだろな。土蔵破りなんてのァ、捕まりゃ釜ゆでだぜ」

「そんな肝ッ玉は持ち合わせちゃしない。悪さをしに行くわけじゃない」

「だったら正直に言うことだ」

「なら、方角だけ明かしますか。行くのは西の方」

「お先真っ暗、八方ふたがりのこの世をはかなんだってか……」

「違う違う、西方浄土じゃあなくて、いつかも言ったが、このままここで干鰯作りして一生終えるわけには行かない。で、チョイト先々に役立つようなことを習えたらと」

「職人か、あきんど修行か」

「何を習うかはまだ言わない。アブハチ取らずに終わるか知れないし」

「ずいぶんともったいぶるね。ま、何はどうあれ、ここへ戻りはするってことだ」

「きっとね。けど、ふた月み月はかかると思う。だから私のおらぬ間は精勤なさい」

「一人欠けりゃ精勤せずにゃ済まされぬ。お蔭で、こっちは家の者とまたしばらく会えなくなる。けど、信さんのいねぇ分だけこっちは実入りが増えるだろうから結構なことかも知れねぇ。んなら、気を付けて行ってらっしゃい、何を学ばれるかトンと分からねぇが」

手まわし良くすでに小荷物をまとめていた相手は、伝えたいことだけ伝えると、言葉の通りにさっさと浜から姿を消してしまった。

後から思い返せば、確かに先々のことはもうそろそろ算段せねばならぬ頃合いなのだろう。子持ちの身にさえなった自分がいつまでも浜で賃稼ぎの身のままではいられない。そう思い直すうちに、征克はしようと思っていた話をすっかり言い忘れたままだったのに気が付いた。

信之進がおらぬため、征克は里帰りがままならなくなっている。そうして浜で二人分の汗をかくうちに、ふた月ほどが経ってみれば、或る日ひょいと信之進が戻って来た。

「もう明かしてくれてもいいだろう。どの辺りへ行ってたね」

「彦根」

「シコネ……、箱根じゃなしにか……。で、何を習いに」

「茶の育て方をね」

「茶って……、あの、飲む茶かぇ……」

「左様、あの飲む茶。と申すのは、いつだったか、ふと気が付いた──ここは駿河だ。そう言や確か、芭蕉の句に『駿河路や　花たちばなに　茶の香り』ってのがあったな──って。そしたらパッとひらめいた──なにも思い悩むことはない、元々ここらは茶の育つ所だ。なら、きちんとした手ほどきさえ受ければ、誰だってやってやれぬ道理はない──ってね」

それは如何にも左様とは思われる。けれども、ならばこその疑問も湧いてくる。

「だとすりゃ、かえって話がおかしくはないか。とうの昔に駿河が茶所なら、ここで手ほどき受けりゃ済む話だと思うが」

「うん、私も一度はそう思った。けれど、江戸から落ちてきた余所者に易々と手とり足とり教えちゃくれまいと案じた。大事な作物なら、育て方は門外不出かもしれない。だったら、いっそ、ここと違うやり方を習うのも良いかと考えた。そこでまた思い出した。以前、知り合いから聞かされた話で、それによると、唐渡りの茶木を初めて植え育てたのが大津の辺りらしいってこと。そんな訳で近江、彦根は茶業が盛んなのだと教えられたことがある」

「……なるほど、それで彦根か。そう言や、あすこは井伊様だ。ならば、トクセン家と所縁《ゆかり》浅からじ」

「うん。雪の降る朝、桜田門でやられたあの井伊掃部守《いいかもんのかみ》様の治州。ならば瓦解で浪々の身となった元江戸士が教えを乞いに行っても、そうそう邪険にはせぬだろうと踏んだ」

「そいつは妙案だった。で、首尾は」

「習い聞いたことは一々これに」

言いながら相手は大福帳のような物を渡した。『近江極上茶秘伝』と信之進の手で大げさに題が付されたそれをパラパラめくれば、絵図まで添えて事細かにあれこれが記されている。

「ふーん……、『まずは秋土用もしくは立冬前、黒変したる茶ノ実、ネズミの嚙み傷ある物を除け　良く選りて後、良くほぐし　良く乾かし、俵に入れ……』か。で、信さん、茶木を立派に育て上げる自信はあるのか」

「自慢じゃないが、元々が大久保で花木を作り育て、暮らしの足しにしてきた私だ。まァ、近江と駿河じゃ、地味も照り降り加減も違うのだろうが、あれこれ工夫をすりゃ何とかなるだろう。それにそうしたことが好きなタチでね」

「さなくば遥々彦根くんだりまで参りはせぬ、物見遊山ではござらぬぞ、と言うことか」

「いや、それがその実、楽しい遊山になりましたのさ」

信之進が旅から戻ったなら、自分が一児の父となったことを教え、驚かせてやろうと思っていた。けれどもいつのまにか信之進の話は長々しい道中風景に移ってしまっている。

「まずは江州大津の湖《ウミ》の下べりをなぞるように足を伸ばして行った。膳所《ぜぜ》の宿で近江富士と呼ばれる秀麗な山があるから見てはどうだと言われて、その気になった。それは野洲《やす》って所にあって、ほんとの名は三上山《みかみやま》らしい。なに、駿河富士と比べりゃ盆栽ほどにも小さいが、姿は確かに整ってたから話にウソはありません。セイさんも行くことがあったら見ておいてご損はない」

信之進がそこで息を継げば、征克はそれを逃さない。

「わかった、そうまでおっしゃるなら、行けたら行こう。なァ、信さん、話は変わるが、俺にもとっときの話がある。聞いたらきっと驚け。俺ァついこないだオヤジになったぜ」

「へ……、何ですって、これァ驚いた、いや、それはめでたい。で、男、女……」

「娘で多佳と名付けた」

「女か。ならセイさん、祖父さんになるのも一層早いか知れない。あと十五、六年で縁付くだろうし」

「まだ生まれたばかしだぜ。話が早すぎる。ってことで、俺もあなたに聞かしてぇ話はして気が済んだから、またさっきの話に戻すが、茶の木を育てるって話だったね」

「やるね、いっしょに」

「やるしかねぇとァ俺も思う。ここでこのままじゃ立ち腐れだもの」

「よしっ。で、その野洲から辰巳の方角へ折れてズンズン行って、山一つ越えて着いた所が甲《こう》賀《か》、垂水《たるみ》。彦根の知り合いに書いてもらった添え状持って、会ったのは苗字帯刀許されたその地の大百姓。その御方の土地に、見たいと思ってた立派な茶園があって、そこでじっくり茶作りを学んだ次第。それを記したのが、さっきの帳面。となると、あとは、それに合いそうな土地探しだ」

「そいつが難題だ。茶の木が潮風吹く海辺で育つとも思われねぇし、信さん、心づもりの場所はあるのか」

待ってましたと言わんばかりに信之進は即答した。

「金谷原、牧之原」

「かなやはら……、まきのはら……」

「以前、金谷の宿で聞いてね。なんでもあそこから南へチョイト行くと、海へ向かって下がる手付かずの野ッ原が延びてるそうで。ほんとにそうなら陽当たりだけは良いはずだ」

信之進の話はそこで一応は済んでいた。


久しぶりに二人そろって浜での仕事をしていれば、そのうちに征克はまた家人の顔を見たくなっていた。家に持って帰る土産話は、いつもであれば、浜で起きたあれこれの他愛もない話になるところが、この時ばかりはそうもゆかない。信之進とは、もう一緒に茶を作ると約束してしまっている。それはちょうど以前、駿府移住の決心を皆に伝えた時のように、一家の行く末に深く関わることならば、明かさずに済まされるような話であるはずもない。

「今けえった」

まずは多佳のご機嫌を取るべく心ゆくまであやしてやれば、そのうちに征克は頃合いを見計らい、信之進から聞かされた企てを大人三人に向け話し始める。

案じた通り、金谷原という原ッパの名を聞かされた三人は、しばらく思案げに黙りこくってしまっている。早季に抱かれたまま眠る多佳の健やかそうな息の音までもが聞こえるほどに、小屋内は静かになってもいる。

それでもそのうちに是芳が口を開いた。

「俺ア、オメエに駿府行きを明かされた時とおなしさ。そう決めたのなら、何の異存も無ぇ」

つづいて弥栄が少し案じたような面持ちで尋ねてくる。

「ここで作ってる物くらいは育つ所なのかしら……」

「うーん……、まァ、素人の俺が何を請け合えるわけでもねぇのだが、こっから十里ほどの所なら地味はおなしようなものじゃあねぇのかしら。土やら木やらのことは、信さん……、ほれ、前から話してる、その瑞島信之進てぇ御人がずいぶんとその道に明るいから、案じる要はねぇとは思ってる」

「その御方は信の置ける人だと……」

「長くいっしょに仕事もしてるし、人となりは知ってる。名の字の通りだと思ってますよ」

征克が母親にそう言って説けば、早季は、眠りから覚めて少しぐずり始めた娘に、ただ黙って乳をふくませ始めた。

出遅れ再び

その日、男二人は渺茫《びょうぼう》たる金谷原を、ただあきれたように手庇《てびさし》で見渡していた。

「野ッ原って言うから、てっきり神田は佐久間町・秋葉ノ原みたようなものだとばかし思ってた。けど、あすこの火除け地とは大違い、だだっぴろいこと大海の如し……」

「雑木雑草が茂るばかりの無用の地面を、ここらの者は〝原〟と呼ぶようですな」

「どこまで続いてやがンのだろ……、まさか海までってことァ……」

「聞いたとこじゃ、遠いところで四里、五里あるとか」

「まさか、信さん、そいつァ与太だよ、まさかそれほど広くは……」

見切れぬほど遠くまで延びた斜面を見下ろし、裾の辺りの様子を探ろうとしても、乱雑に生い茂った樹々に邪魔をされ、ただ無闇と長く幅広なことだけが改めて分かるだけだった。丘でもあり山でもあるようなその荒れ野は、当然ながら上の方は傾きが厳しく急で、その険しい所に立って強風にあおられでもすれば、転げ落ちてただでは済まないだろう。

「私も荒蕪地《こうぶち》と聞いちゃあいたけれど、まさかこれほどとは……」

「こんなやせた所で、ああも生えるものかね……、まるで入れ込みの湯屋だ」

「クヌギ、コナラはカズラの取り付き加減からして古い物。たぶん、昔の人らが薪炭を採るのに植えたのだろう。そこへシイ、カシ、ツガ、マツ、コブシ、キフジ、ツバキ、馬酔木《あせび》なぞが入り込んで、ああなった。どれも根深だろうから、始末はけっこうな骨折りになる。更地にするには相当の手間ひまが要る」

信之進が冷静に説いて聞かせる一方、征克は自身に向けて腹を立てていた。——そんなとこで茶か。ここを茶畑に変えるってか。けど、そいつは良策と言ったのはこの俺だ。うちの者を説き伏せて移り来ちまったからにゃ、もう後戻りも叶わねぇ——。

切り倒したとて、およそ建具の材にはならず、焚き木ほどの用にしかならぬ雑樹の群れ。地面は小石を含んで固く、丈高の雑草にびっしりと覆われ、まるで人が足を踏み入れ、種まくことを拒んでいるように見えさえする。まずはそうしたあれこれの障りを全て取り除き、その後にやっと顔を見せるだろう固い土を、今度はスキ・クワで突いて掘り起こさなければならない。そうした末に種をき、何とか芽を出させ、おだてて茎にまで育て、さらに昼夜の面倒を見てしっかりとした木に仕上げ、そのうちにやっと枝先に生えてくれるだろう緑の葉を摘み取って、そこでやっと初めてなにがしかの銭を得ることになる。遠大と言えばあまりに気遠く、待ち遠くも思われる企てだ。それでも信之進は事もなげにまた言ってくる。

「でも、なんとかなりますさ。離れちゃいるが、ここと地続きの場所が、昔からの茶所だもの。

そこだって初めから茶の木のために全てがお膳立てされてたはずもない。なんでも初めは大変なものだ」

そう言って見上げる空を征克もつられて仰げば、先ほどまであった雲はどこかへ押し流され、今は光が差している。傾斜地ゆえに陽当たりの良いだけが取り柄なのは確からしい。


江戸士が駿府に移り住んでから一年以上が経っている。

役も禄も与えられぬまま、わずかな涙金でかつかつの暮らしを強いられてきた移住組の中には、そのうちに行方知れずとなる者のいる一方、何とか活路を見出そうとする者もいた。

窮して考え付くのは誰しも同じようなものになるのだろうか、金谷原へ下見に来てから数日が経った頃、征克と信之進が、少しでも取りかかりやすそうな場所を探そうと、荒れ野の奥深く、ちょうど傾斜がかなりゆるくなった辺りへ来てみれば、すでに入植したらしき者たちの姿が林越しに認められた。

翌日、征克と信之進は、多佳を背にした早季を伴い、元江戸士の一団がいる場所へと向かった。そうしてやって来たこちらの姿を認めた頭目とおぼしき一人が、まず質してくる。

「我らに何か御用か」

「はっ。伺いましたは、隣居の者としてのご挨拶と、お願い致したき儀がございまして」

「さぁ、何を頼まれようともなぁ……」

見ればわかるだろう、とでも言うように、相手はアゴの先で四方をなぞるように示した。

「ご賢察の如く、まさしくここのことにございまして」

「要領を得んっ。用件はっ」

後ろに居並ぶ内の一人が、いかにも気短かそうに目を吊り上げ、荒い言葉で求めてくる。

「ならば直入に。お願いと申しまするは、まず、御一同様がこれより拓かんとされる場所の四辺の境をお示し願い、そのうえでご割譲可能な余辺の土地がございますならば、そこをお頒《わ》け頂くわけには参らぬものかと」

「ここを頒けろと……」

「前ぶれなしに鼻を突っ込んで参って、ずいぶんと虫の良い話だのっ」

「そもそも何を手掛けるおつもりか」

短気な男とは違い、頭目らしきはさほど腹を立ててはいないようにも見える。

「葉茶を育ててみようかと」

「人間、窮して講ずる策は皆似たり寄ったりということか。我らも同様のことをもくろんで七月にここへ参った。ただ、それを勧めたは海舟、鉄舟の両先生。新政府と掛け合い、いくばくかの金を出させ、御二人も当座の金子を用立ててくれたのだ。まァ、両先生のことゆえ、大方、我らがそのうち弔い合戦でもやらかしかねぬとホラを吹き、今は守勢に回った薩長土州を脅したのだろうが」

あの口舌自在な勝安房守ならさもありなん、と思ううちにも、短気な男が割り込んでくる。

「と言うことだ。ソコモト様らとは大いに違い、こちらは言わば、上命による開墾、つまりは公に認められたる荒蕪地開拓だ」

「お言葉の通り、厚かましきお願いなのは重々承知。さはさりながら、御一同様方の計画と重なりましたは、駿府移住で今は八方塞がりの江戸士ならば、そのうちに思いつくようなことを、ただ身共らも考え付いたばかりのことと思われます。ならば、この先、他の者たちが同様のことをお願いに参っても同様に排されましょうか。果たしてそれは海舟、鉄舟両先生のお考えに沿ったものなのでございましょうか」

頭目らしき男は、征克の反駁《はんばく》を聞いて腕組みした。それで露わになった太い腕は、まるで昼夜素振り三昧の剣術家を思わすもので、しっかりと組まれた二本がそのうちにほどかれる。

「うぅむ……、左様に言われてしまえば、確かに難事に立ち向かう志ある者を除するは、両先生の意に反するだろう。ならば、仮に領けるとして、一体どの辺りを所望されるのか……」

「中条さんっ、そんな人好しでは困るっ。役立たずの土地でもこの辺りは傾きが緩いだけまだマシだ。くれてやるなら、手に負えぬ急斜面だっ」

「聞かれたか。只今の申し様はいささかきついが、当は得ておる。有り体に申さば、元よりバクチに等しき難事業。この開墾は望み無しとは言わぬものの、また同時に何の約束もされてはいない。もともと土地の百姓でさえ、あきらめた土地。ただ、それゆえ、我らが内々でどのように致そうが誰からも文句を言われぬだろう。まだ杭一本打ってはおらぬゆえ、ここよりずっと上がった急峻な辺りならば、誰からも文句は出ぬはず」

「それはまことにかたじけなきこと、いや、まことにお礼の申し様もございませぬ」


中条と呼ばれた男は、拾った枯れ枝を軍配代わりに荒れ地のそこかしこを示しながら、配下の者たちにあれこれ何かを指図し始めた。その顔を傍から見れば、コメカミ辺りに赤茶色の深い痕が認められる。それが面ズレなのは明らかで、ならば、剣には相当おぼえのある男らしいのが判ぜられる。


一応の了諾を得て、征克たちが戻ろうと身を返せば、いつのまにか辺りに集まって来たらしき者らと目が合った。いずれも野良着姿の男たちは、ススに汚れたような黒い顔をこちらに向け、余所者たちが何やら事を決めているのを厳しく難ずるような脂っこい目でにらみ付けている。間を置かずに、元江戸士たちに向けて怒声が投げつけられた。

「おうっ、ここで何してやがるっ、何決めてやがった」

「近ごろ妙だと思って今日ら来てみりゃ、思った通りだっ、許さねえぞっ」

「おうよっ。こけーら昔っから入り会いの草刈り場だ、どーするつもりだっ」

「勝手に入り込みやがって、やりてえよーにしっからかかれりゃ、こっちゃ、たまんねえっ」

「よそモンにイイよにヘラクタ荒らさりゃ、ソダ木も取れなくならっ」

「つまんねえ野ッぱらだって、落武者《オチンシャ》なんかに盗られてたまっか」

短気な男が言い返した。

「黙れ黙れ黙れっ、これは公に認められたる開墾だ、つまらん言いがかりは許さんぞっ」

「こっぺくせえっ」

「ソラこくなっ」

「なにがオオヤケだっ、土地のモン抜きで、そんなエーカラカンな話があっか」

相手の理屈も分からぬではない。金谷の宿で聞いたところでは、地元の者にとっては以前から入り会いの秣場《まぐさば》、薪場《まきば》、水場、草刈り場ではあったらしい。時節が変わろうが変わるまいが、地元の百姓がずっと二本差しに泣かされてきたとするならば、ここは大人しく引き下がるはずもない。

余所者への憎しみやら積年の恨みやらが今にも爆ぜそうになっていた。

こちらの側にも、相手から襲いかかられた時のため、刀の柄にそっと手を向かわす者もいて、いつ鯉口が切られてもおかしくないところまで来ている。その姿が火に油を注いだらしく、泥のこびり付いた農具を肩先に振り上げた男たちが〝こんクソっ〟、〝やんのかっ〟、〝かかって来いっ〟と挑めば、二本差しの方も〝なにをっ〟、〝生意気なっ〟、〝返り討ちだっ〟と重ねるように怒鳴って応じた。

ふと見れば、相手の男たちの後ろには、それぞれの女房らしきも集まって来ている。いずれも亭主が心配になってのことではあるらしい。そのうちの何人かは、早季と同様に胸の前にオンブひもを十文字にわたしている。なるほど乳飲み子を独り置いて来るわけにもゆかず、早季と同様に幼子を背に負うて来るしかなかったのだろう。

いずれの女の顔も当然ながら化粧《ツクロイ》とは無縁らしく、もちろん歯も黒く染めてはおらず、肌は亭主と同じく申し合わせたよう浅黒い。身に着けている物も、江戸の長屋住まいの女房連中よりもツギハギの多い粗末な物で、貧しい暮らしぶりが自ずと知れた。

双方今にも金物を激しく打ち合わせようというその刹那、突然、赤ん坊の泣きわめく声が辺りに響いた。初めは一つだけだったそれに、次々と別の声が重なり合えば、弾かれたように征克は弓手で脇差を握りしめ、前へ突き出すような動きをした。それを見た相手がいきり立ち、持ち道具を振りかぶれば、征克は小刀を鞘ごと帯から引き抜き、腰を落とし、地に両ひざをつくと、目の前にサヤに収まったままの脇差を横一文字に置き、深々と頭を下げた。

「只今泣きおりますするは手前の子。乳をせがめども、同様に腹を空かせる女にそれは叶えられませぬ。御上の力も当てにならぬなら、自らの手で口に糊する手立ては講ぜねばならず、そのため我らは当地の開墾を企てたる次第」

「なんだ、なんのこった、俺たちにゃ関わり無しだぞっ」

「お怒りごもっとも。が、しかし、今しばらくお聞き願いたい。男も女もまたその子らも腹を空かしておりますならば、その空いた腹をただ埋めたいという以外の了見は何も無く、この辺りをなんとか拓くことを以て、それを叶えたいと……」

「泣き落としってかっ」

「お怒りは重々承知。ただここはどうか罪なき乳飲み子らの哀れに免ぜられ、どうか、今はこのまま退いては頂けまいか。このままお収め頂くわけには参らぬか」

「ケッ。腹ッ減らしの赤ん坊が泣きゃ、他人のマグサ場荒らしてもイイってかっ。聞けねえ、聞けねえっ、そんな話ゃ、聞けるもんかっ」

「あーっ、うるっせー、てごっせえガキどもだ、うるせえぞッ、黙らせろっ」

「ちょーらかせっ、カカアども、ガキどもちょーらかしてヒナんのやめさせーっ」

「親も子も皆食うに窮しておるのは皆様方もご同様のこと。ならば、どうか、ここはっ」

征克が繰り返せば、盛んに泣く我が子をあやす早季の声がそれに重なった。

「泣くな、泣くな、おお、おお、よし、よし、泣いたら負けよ、ほれ、泣いたら負けよ」

土地の女たちのあやす声がそれに続いた。けれども当の赤ん坊どもは聞き分けがないらしく、かえって強情に泣き続けている。それを押しのけるようにして相手方が怒鳴った。

「食えねえのはオメエらだけじゃねえぞっ、食うや食わずはこっちも同じだっ」

「そうだーっ、ここらで米ができきっと思ってやがんかー」

「曲げて、こちらの窮状を汲んでは頂けまいか」

「へんっ。だったら、腹ァ切って見せてみょーっ」

「どうしたっ、やってみれ、この意気地無しっ」

「腹切って見せんのが二本差しじゃあねえのかーっ」

口々にきめつける一団の内から、それでも制する声が一つ上がった。

「もういいっ、ムリヤリやらしたってしょーがねえっ」

「そンじゃ収まンねぇやいっ」

「クソ侍の汚ねぇハラワタなんか見たってしょーがねえって俺は言ってんだッ。おめえらメシ食う前にそんなモン見てえのかっ」

気が付けば、泣きわめいていた赤ん坊たちが大人しくなっている。それにつられたように、目を吊り上げていた男たちの罵声も次第に収まりを見せはじめている。

いきり立った者たちを制した男は歳が行ったぶん、少しはものを言える立場にあるらしい。言葉は汚いものの、双方に無駄な血を流させまいとは努めているらしくも思われる。

「いいか、クソ侍っ。今日ンとこは退いてやら、有難く思えッ。けど、今日だけだ。このさき勝手放題やらかしゃ許さねえからな、そいつを忘れンなっ」

征克は這いつくばったまま、それでも面を上げながら相手を見て返した。

「まことにかたじけない、この通りでござる」

陽が傾き始めている。

土地の者たちは不承不承のようではあるものの、こちらに背を向け始めた。そうして帰りながらも、時折り忌々しげに音立てて唾やら痰やらを辺りに吐き捨て、あるいは勢い良くチンっとかんだ手鼻をまき散らしながら、ぶつぶつ文句を聞かせて去ってゆく。

引き上げる者らを見送り、ようやく立ち上がった征克を、短気な男がなじった。

「肥《こえ》たご担《かつ》ぎの百姓ばらに土下座とは何のつもりかっ。御身《おみ》のような腑抜けがおるから薩長土賊が江戸を跳梁跋扈《ちょうりょうばっこ》し、為に我らはこのようなっ」

「見苦しいぞっ、敗けは敗けだっ」

「し、しかし、中条さんっ」

「我らが今よりせんとしておるのは何だっ、百姓をすると決めたのではなかったのか。今さら士だと誇って何になる。農を営むと決めた者が、先達の百姓に頭を下げたとて、恥でも何でもない。それればかりか、ここの百姓にはずいぶんと泣いてもらうことになる。ならば、前もって断りでも入れておくのが筋であろう。それをこの御仁は思い切り良くしてみせ、この場を収めたのだぞ。猪上《いがみ》、おぬしにそれができたか」

「愚問だ、するわけがないっ」

「だろうさ。が、血を沸かせるだけを良しとするなら、ケンカの収まるはずもない」

猪上と呼ばれた男は、そっぽを向き、それでも言い返しはしなかった。

中条という名の男をあらためてよく見れば、上背のある、細面のシュッとした様子をしている。涼しげな切れ長の眼は、あの勝安房守の黒々しく丸い目とは大いに違ってはいるものの、それでもどこかしら剣客じみた凄味を醸している。それを例の面ズレと併せ考えれば、やはり腕に相当のおぼえがあるらしいのが判る。

　中条の率いる一団を金谷原に残し、征克たちはそこを後にした。

帰り道、征克はふと立ち止まり、振り返ると、早季に言いかけた。

「多佳の奴、まるで間でも計ったようにうまいこと泣いてくれたな」

早季は小鼻を少しふくらませ、いたずらっぽい笑みを浮かべた。

「気の毒でしたけど、こっそり後ろ手で……」

「え……、ケツをつねったってか……」

「親ならゆるしてもくれるかと」

「なるほど、確かに母親ならゆるしてくれるでしょう。にしても、他の子らも声合わして泣いてくれたのはずいぶんと不思議だった。あの女房連中が早季さんに従ったはずもないし」

「きっと、赤ん坊同士、通じ合う所があったのでしょう。言葉が話せないぶん、何かが分かり合えるのかも知れません」

「そんなことあるか、犬コロ同士がつられて鳴き合うのと同シようなものじゃあねぇのか」

「口が悪いな、セイさんは。犬の子に喩えられちゃ、人の子もまったくに形無しだ」

　笑い合う大人三人とは関わりなしのようにして、多佳は無理に泣かされ疲れでもしたのだろうか、今は母の背ですっかりと眠りこけ、まだ寝言なぞ言えるはずのない濡れた唇を時折りクチュクチュと微かに動かしている。

　翌朝、征克は信之進に今一度尋ねた。

「昨日のアレで地面の手当ては付いたわけじゃああるが、さて、そうなるとこの先、どうやってあすこを均《なら》してくか、信さんの心づもりを聞かしちゃくれまいか」

「あの場所はとりわけ険しい場所だから、正直申して易《やす》くは行かない。けど、ここから遠くないのが取り柄だ。ふもとの方だと通えない。だからここを根城に地道にやってく」

「つまり、これまで通りイモや豆を食ってしのぎながらってことだ。じゃあ、そうして通いでやったとして、それでもゆくゆくはもっと広げねぇと、あれじゃあ足りねぇと思うが」

「実は、ちょいと小ずるい手を考えてる。半年か一年経つうちにそれが叶うか知れない」

「小ずるい手……」

「うん。で、話は変わりますが、頼みがある。何日か泊まらせて頂いてるが、このままずっと居候さしちゃくれますまいか。セイさんの近くに掘っ建て小屋を建てて住むのも面倒だし」

　大岩村の百姓小屋を出て、今は金谷原に近い辺りに同様の粗屋を借りてはいる。狭いは狭いけれども、男一人増えても何の障りも覚えはしない。

「いや、信さん、頼むも何も、俺ぁハナからそのつもりだ」

「よかった。口は一つ増えるが、今やってるイモなぞの他にアワ・ヒエなぞも試しますし、子守りだって承る。けど、たまにチョイトいなくなる勝手も許しちゃくれまいか。なに、こないだ西を旅して味をしめてね、生きてるうちにあちこち行ってみたいと思ってる」

「ご随意にどうぞさ。やっておきてぇことを先延ばしするうちに、また世の中が引っくり返されでもすりゃ、悔いだけ残る。気の向いた時に北でも南でも好きな所へ旅すりゃ良い。その代わり、いる時ゃ、とことん当てにしてるぜ、あなたは花木のクロウトだからな」


わずかながらも土地を手に入れた男たちが道具を担いでせっせと金谷原へ通う日々が始まっていた。そうして二人で行くこともあれば、どちらか一方だけのこともあった。

或る時、信之進を残し、一人で行って戻った征克が真新しいオノを信之進に見せて言う。

「新品だぜ。訳を明かしゃ長くなるが、聞きてぇだろ」

「忙しいから今あとで、と言ったりすりゃ、きっとあなたは怒り出す」

「なら、お聞きなさい。いや、さすがに荒使いするから、鋸切《ノコ》がダメになった。で、たまたま寄り道したら、野鍛冶《のかじ》を一軒見つけてさ、目立てを頼んだら、うちはオノやカマを打つだけで、そんな器用なマネはせぬとぬかしゃあがる。それじゃ困ると食い下がったら、オノ、カマ、スキ、クワ、なんでも好きなのを持ってけ、だと」

「ふーん、それはずいぶんと鷹揚《おうよう》だ。ここは暖かいぶん、すれからしの江戸者とは違うのかな。けど、まさかロハじゃないだろ。そこまで深切《しんせつ》してたら商売にならない」

「引き換えに脇差をくれてやったのだ。信さんも行って、気に入ったのを取って来りゃ良い」

言葉の通り、征克は今はもうまったくの丸腰だった。

いくらタダでもらう訳にはゆかぬとしても、小刀まで手放してしまえば、いつかのような危うい場面で、芝居めかして土下座する折の小道具に困るだろう。あるいは、旅に出るような折、護身用の道中脇差を新たに買わねばならなくなる。ただ、小刀といえども刀に違いなく、無用な斬り合いの呼び水になることもまた否めない。そこまで深く考えてのことなのか、あるいはただ〝俺ァ物乞いじゃねぇからこいつを置いてくぜ〟とミエを切ってみせただけのことなのか、いずれにしても今の征克はきれいさっぱりの無腰。ただ、これから一番に大事な道具となるのは、折れも欠けも曲がりもするヤワな大小二刀なぞではなく、柄の長く太く、刃は厚く重くそのぶん頼り甲斐のある農具だけなのは確かだった。

半信半疑の信之進に向け、征克は請け合った。

「信さんの風体は言ってある。泥棒呼ばわりされるおそれはねぇから心配ご無用だ」

その子の母は

江戸に暮らしていた時分、何かの用向きでもって他町へ行けば、本所とは少しく異なるその様子を、早季は面白くながめたりもしたものだった。

その様な折、乳飲み子をおぶった若い女に向けて、近所の者らしき老女が何事かを諭すのを脇から聞いたことがある。おそらくは若い方が何か愚痴ったのを受けてのことだったのだろう。

――あたしだって昔から婆アじゃないもの、初めての子の時は、今のあんたのように腹を立てたりもしたものさ。けどそのうちに悟りもしたんだ。夜泣きに付ける薬は無し、赤ん坊は泣くのが商売だ、ってね。なに、いっときの辛抱だよ、十年も泣き通しに泣くわけじゃない。だから、だましだまし機嫌取るッきゃない。それが親の務めさね。相手が道理を分かるようになるのはまだまだ先だもの。辛抱するのが子を育てるってことなんだよ――。

今自分が一人の子の母となってみれば、あの時の若女房の泣きたい気持ちが良く分かる。赤ん坊に聞き分けを求めるのは無理な話ではあるのだろうけれど、それにしてもよく泣いてくれるもの、と情けない気持ちでいっぱいになる。けれども、幼子にしても二六時中いつもいつも泣くとは限らぬし、そうであってはこちらもたまらない。ただ、一番手を焼くのは、何といってもやはり夜泣き。それを知ってか知らずか、赤ん坊は夜の夜中によく泣いてくれる。お蔭でこちらはいつも寝足りぬため、何とはなしに朝昼ボンヤリしていることがままある。たった一つ救いに思われるのは、今暮らす所が、せせこましく建て込んだ本所の町でもないゆえに、隣近所への気兼ねだけはせずに済むことだった。

泣く子で思い出すのは、大人三人して金谷原へ出向いたあの折、多佳は泣きもせずスヤスヤと良く眠ってくれていた。それが、あのような思ってもみない危うい場面になり、こちらは急にひらめくところあって、せっかく始末良く眠っていた我が子の柔らかな尻をつねり、泣かしてしまっている。娘にはつくづく申し訳のないことではあったけれども、幸いにも、その奇策は思った通り功を奏し、争い事はそのうちに収まりもしてくれたのだ。

それを思い返すうちに、今あらためてずいぶんと不思議に思われるのは、夫婦互いにあらかじめ何を示し合わしたわけでもないのに、我が夫は、こちらからは離れた場所で、しかも背を向けていながら、急に泣き出した赤ん坊の声を我が子のものと分かったらしく、妻の妙案を悟りでもしたように機転を利かせ、いきり立った男たちに向けて切々と訴えてくれたこと。あの折、夫は言ったもの――只今泣きおりまするは手前の子。乳をせがめども、同様に腹を空かせる母親にそれは叶えられませぬ。御上の力も当てにならず、ならばこの地を拓くしかなく、どうか只今は罪なき乳飲み子の哀れに免ぜられ、このまま退いては頂けまいか――と。

あの口上を思い出すにつけ、我が夫も、以前と比べればずいぶんと変わったものと思わぬわけにはゆかなくなる。歳の差わずか一つならば、このように思うだけなら赦されようけれども、夫も近頃はずいぶんと大人になってくれたのでは、とも思われる。あの、上野の山で死のうと思い詰めて出て行った時の身勝手さを思えば、今はずいぶんとしっかりとものを考えてくれるようになったのではないのだろうか。仮にそうであるならば、遥々ここ駿府までやって来たのは、なるほど仕方なしの移住ではあったのだけれども、その辛苦に少しは見合うようなものも得られたらしい、と今はそう思われもする。

江戸士という金看板が外された当座の夫は〝ならばこれより先、我は何者ぞ〟と悩んだに違いない。それが焼津の浜で汗を流すうちに、昔日への執着が吹っ切れたらしく、ああしてあっさりと土の上に両手をつき、百姓たちに頭を下げられるほどになってくれている。

そんなことを思う内に、早季は幼い頃に祖母に連れられて行った先で習い覚えたことを思い出していた。行ったのは、江戸の西の果て、千駄萓《せんだがや》の辺り。一面麦畑の広がるその場所で、早季は生まれて初めて麦踏みというものを目にした。あんなことをして麦は傷まぬのかしらと祖母に訊けば、麦の根元はしっかりと地面に踏みつけ、根張りを良くする要があるのだと教える。そう聞かされて、まだ字を習わぬ早季は〝根張り〟を〝粘り〟と取り違えていたという笑い話までオマケに付く。けれども今思えば、当たらずといえども遠からず、夫のことを麦なぞに喩えるのは甚だ失礼ではあろうけれども、夫は踏まれることで粘りが出て来たとも思われる。そう言えば、我が夫のヒョロリとした、それでいて近ごろは陽を浴び続けて肌をコガネ色に変えたその様が、どことなく麦に似てなくもないようだ。

夫・征克が変わったのはそればかりではない。

以前は、たまに冗談口をききはするけれども、さほどに愛想の良い人間ではなかった。それが、子が生まれてからはずいぶんと変わったらしい。例えば、重い道具を担ぎ、男二人して金谷原へ出向き、一仕事おえて戻って来れば、さぞかし疲れているだろうのに、グズって泣いているわけでもない我が子の顔を見れば、我慢できぬのだろうか、ご機嫌取りをし始める。つまりは、かまってやりたくて仕方がないらしい。否、ひょっとすると娘にかまわれたいのではないのかしら、とさえ思えてくる。なぜなら、そうした折は決まって、妻なぞにはついぞ聞かせたことのないような甘ったれた口調でもって、まだ言葉の解せるはずもない娘に取り入ろうとでもするかのように、ひどく下手に出たものの言い方をしてみせるのだから。

それに加え、初めての子ゆえ、その成長がまたずいぶんと気にかかるらしい。犬やネコの子とは違うのだから、見る間に大きくなるはずもないのに、周りに赤ん坊のおらぬためか、母の弥栄をつかまえては、目方はこれで良いのか、軽過ぎはせぬか、乳は足りているのだろうか、としきりに尋ねる。あるいはまた、ポヤポヤとまばらに生えた産毛の頭を薄毛と心配してか、女はミドリの黒髪と言うのに先々これで大丈夫なのか、と案じたりもする。それを受けた姑は、赤ん坊というものは、ひとりひとり歩みの違うものだから心配には及ばぬ、とセガレをいつもやんわりと諭して笑っている。

そうするうちに、さすがに歳の功ある母の言う通りになり、何を案ずる要も無かったのを知ると、今度は多佳の頭を撫でながら、自分の心配性をタナに上げ、当の娘に文句を言ってみせる——これ、お多佳坊、おめえのお蔭で、ちゃんは一々が気が気じゃねぇぜ——と。

実際のところ、夫は、こちらより熱心に、何やかやと先回りしては気をもんでみせる。多佳が這い這いをし始めれば、——おぅ、火の始末はきちんとつけてあるか。カマドに行かれちゃ心配だ——。あるいは数尺の高みに物が置いてあれば、——お、危ねぇ危ねぇ、あんなモンが落ちて多佳に当たりでもしてみろ、てぇへんだ——。あるいはまた、こちらが縫い物の途中でその場を離れようとすれば、針やハサミが気になるらしく、——おう、便所《ハバカリ》なら俺が代わりにして来てやる。尖り物には気をつけろ。子供は何でも面白がって触りやがるからな——。言われてみればなるほどその時ばかりはこちらのウッカリに違いない。

もちろん、いくら子煩悩な男であっても、今最も気に懸けねばならぬのは、やはり一家先々の暮らしに違いなく、それは開墾の進み具合に他ならない。それゆえ、陽が昇ってから沈むまでのほとんどを男二人はあの荒れ野に過ごしている。

金谷原——元江戸士たちがなんとか血路を開かんと格闘することになった荒蕪地《こうぶち》。金谷町の切割《きりわり》峠から東へ南へと翼を広げた形になったそれの北を大まかに牧ノ原、南を金谷原と土地の者は呼んでいるらしい。

人を拒むような広大なその地の、ほんのひと欠けらの地面を、とりあえず自分たちは手に入れはした。けれども、二人の男は、そこに山と積まれたあれこれの障りを取り除き、茶の木を育て、付いた葉を穫り集め、それをもって生きるタツキとするのだと言う。何だか気の遠くなるようなその計り事を聞かされれば、なるほど成れば確かに素晴らしいことではあるのだろうけれど、成らざれば、そのあとは一体……、と早季は心密かに案ずるしかない。

それでも、非力な女が今しゃしゃり出て、何がどうなるわけでもないだろう。足手まといに終わるだけなら、こちらは家内のことだけに心傾け、いつか事が成った暁に男たちから求められれば、あの金谷原へ行って摘めるだけの茶葉を摘む覚悟はできている。

夫が心底頼みにしているらしき瑞島信之進という人。そのような人が、いつのまにか同じ屋根の下に寝起きするようになっている。

生まれたばかりの子も含めて高取の五人が水入らずで暮らす所へ、赤の他人が入り込むというのは、常ならばきっと好ましいことではないのだろう。けれどもその人は、元からこの家にいたようにも思わせてしまう不思議なところがあって、こちらはまったく邪魔とも薄気味悪いとも感じられなくなっている。また、なぜか気を遣わずに済む人のようにも思われて、いつのまにかこちらは気軽にものを頼んだりしている。そうして何かを頼まれれば要領良くその用を果たし、澄ました顔でいる。となれば、まるで付き合いの長い友人か、それとも互いに行き来を頻繁にし、勝手も知っている近しい親戚か何かのようにも思えてくる。

それでもやはり分からぬところがないでもない。それは、話すうちに何かの拍子で立ち入ったことを尋ねてしまったような折には〝ええ、ちょいと〟と言ってはぐらかしてしまうこと。そこからすれば、何か秘するところのある人なのかしら、とは疑われもする。

事実、共に暮らすようになってしばらくするうちに瑞島信之進という人は〝チョイトした用でもって、チョイト或る所へ、チョイト……〟といったような口ぶりで、一向に訳の分からぬことを言い残し、ひょいと数日、あるいは長い時は半月ひと月といなくなってしまうのだ。そこで、自分はそれとなく夫に水を向け、尋ねてみれば、夫の方はさらりと返して言う——なに、いつだったか遊山の味をおぼえたとかで、気まぐれに旅するは許してくれと言っていた。そういう御人だと思って気にするな。まァ、そのうち戻ってくるさ——と。

そのように言われれば、確かに遊山は楽しいものなのだろうと、早季はあの江戸から駿府へ移る折の片道の旅を思い出していた。あの折は、親子四人、初めての道中がひどくうれしく楽しく、鬼や蛇の棲むらしい箱根の向こうへと、半ばワクワクしながら歩を進めたもの。

それにつけても、何がどうあれ、同居する瑞島信之進がまるで風来坊のようにしてフラリと出て行ってから、もう半月ほどが経とうとしている。

第三章　結　実

奮戦

　金谷原には大きな岩こそないものの、足駄を裏から突く石ころは無数に散らばっている。あるいは、箱根越えの折に見たような倒木が通せんぼするわけではないけれども、朽ち木はそこかしこに横たわり、ならば拓くに相当の労を強いられることになっていた。

　そうしたあれこれの邪魔物と格闘すれば、敵はそればかりではない。夏が来て、海原のように広がり茂った雑草が蒸されれば、草いきれで頭はボォっとし、めまいさえ覚えさせられてしまう。中には雑草のくせに生意気にトゲを持つものもあって、うっかり触れれば痛い目にあう。あるいは刺しこそせぬものの、茎のにじませる汁でもって肌をかぶれさせたりもする。身の丈ほどにも伸びたそれらを苦労して刈り取っても、後には憎々しいほど太い根が残り、押そうが引こうが抜けもしない。そのしつこさに負けじとムキになれば、噴かせた汗に濡れた野良着は、頭上の陽にあぶられるうちに乾いて白い粉をふく。

　それでもふた月み月と根気良く始末をし続ければ、だんだんと土だけの場所が広がっていった。そこで、土くれをてのひらにすくってみれば湿り気は乏しく、すぐに指の股からサラサラとこぼれ落ちる。征克の見知っている土と言えば、掘っくり返された普請場で見る赤くしっとりとした江戸の土。それと比べれば、ここのものはずいぶんと違って見える。なるほど、これでは稲やら麦やらの育つはずもなく、そうなればこの金谷原は、ただ焚き付けに使うソダ木を採るばかりの土地なのだと、あらためて得心が行く。ただそうは言っても、大久保村で長いこと花木を育て、家計の足しにしてきた信之進が〝ここを茶畑にしてみせる〟と言う限りは、土を相手に何をしたわけでもないこちらはそれを信じ、今は従うしかない。

もちろん、当の信之進も共に足繁くここへ出向き、いっしょに汗流して地面を整えて来てはいる。それを一方でしながらも、時折は焼津辺りへまた一人で行っているらしく、幾日かいなくなった末に戻って来れば、土産に干魚をくれる。その上に銭まで入れようとすれば、それには及ばぬとこちらは断り、拒まれた方はそれを先々の用にと貯めているらしい。

そんな男は、しがらみのない身上ゆえに、以前こちらに言っていた通りに、またふらりと何処かへ行ってしまっている。いずれ戻りはするのだろうからと思いながら、ひとり黙々と作業をするうちに、征克はふと、開墾方の様子を見に行こうかと思い始めた。ここを傾けてもらえまいかと頼みに行った日からはずいぶんと経っている。あちらは今どれほど進んでいるのだろうと思えば、同じことをもくろむこちらとしては大いに気になりもする。

型通りの挨拶を交わし、あれこれの話をするうちに、隊長の中条は長嘆息した。

「……いずれにせよ、クシの歯が欠けるようとはまさにこのこと。きちんと詫びを入れ、許しを得たのちに去る者のおる一方、夜逃げ同然に家人ともども忽然と姿を消す者もいる。そうした者らを合わせれば、初めの頃より三割ほども減ったろうか……」

「それはさぞかしご心労の絶えぬことと存じます」

「ただ、よくよく考えればそれも致し方なし。この地の開墾は罪をあがなう苦役でもなく、もちろん隊員らも科人《とがにん》なぞではない。となれば、見張り役人にあらざるこちらが、何を禁ぜらりょうはずもなく、元より去った者たちを責めるつもりも全くない。そうなれば、今はただ残ってくれた者たちをうまく差配し、初心を貫いた末に、一同が安堵してここに暮らせるよう計らうこと、我が責務はその一事に尽きると、今はそのように観念しておるのだ」

聞くうちに征克は、隊長の傍らで黙ってうなずく男に向け、何度か目をやっていたらしい。それに気付いたのか、中条は急に話を転じた。

「ああ、そう言えば、話があとさきになるが、減る一方、少しは補われてもいる。江戸から沼津に移った彰義隊が遅れて加わり、その八十戸が参入したこともあって、当初曖昧なところもあった千何百町歩のこの開墾も、今は駿河府中藩正式の藩命によるものとなったのだ」

ならば、傍らの男は彰義隊と関わりのある者なのだろうかと思ううちにも、また征克は当の男を見つめてしまっている。男の顔は将棋のコマのように角ばり、黒く太いマユとモミアゲがあるためか、要らぬ節介ながら、薩州者と間違えられそうにも思われる。

「何かご不審か」

いささか礼を欠いたように征克がチラチラ見るのを、当の男は当然ながら不快に思ったらしく、刺すように問うてくる。そんな相手に、もし詰襟《つめえり》のダルマ服、ダン袋の陣股引《じんももひき》を着けさせれば、と思った途端、征克は思いきって尋ねていた。

「見誤りでございましたならば何卒のご容赦を願いますが、もしや上野の戦の折、何処ぞでお遭い致したようなことは……」

「なに……、あ……、いや、さて、戦ならば死に物狂いゆえ、こちらにはトンと憶えが……」

「これはまことに失礼申し上げました。ただ、あの戦に山すそより合力をもくろみながら、狙い撃ちに怖じて足が止まり、その折、上から退かれる彰義隊の方々から、無駄死するなと諭されれ、そのお蔭で武州奥へ逃げ落ち、こんにちまで命を繋ぐことができましたゆえ、その折、厳しくお諌《いさ》めくだすった御方の顔にどこかしら似ておられる、とそう思われまして」

相手の目の中に、何か思い当たる所がありでもするような火が小さく灯って見えた。

「うぅむ……、確かにそのことはあった……、ならば、その折の……」

「恥じ入るばかりです。戦うをあきらめ、敵に一太刀とて浴びせぬままに終わりましたなら、それは敗走とも呼べませず、山上で落命された方々のことを思えば、ただただ……」

「申されるな。我らとて敵に圧され退いたは同じ。命惜しみしたことに変わりはない。我らとは違い、山上に残った者は倒れ、さなくば生け捕られ、クソ小便垂れ流しの土牢《つちろう》に押し込められた末に、薩長土賊に首をはねられたと聞いている。上野の戦に散った者たちのことを思えば、おめおめと生きて還った我ら彰義隊の生き残りも、ただ恥ずるばかり」

ささいなことを確かめたために、相手の古傷に塩をすり込むことに終わってしまったのを征克は後悔するしかない。その一方、よくも江戸から遠く離れたこの場所で命の恩人と再会できたものと、あらためて広い世に起きる巡り合わせの不思議を思わずにはいられなくなる。

「彰義隊の方々は、沼津を離れられた後、ここには既に長く……」

相手のどちらに向けてのものなのか曖昧なその問いに、沼津からの男が答えた。

「もう三、四か月も経つかな……。が、情けないことに、沼津組も中条さんの隊とご同様のこととあいなった」

「つまり、すでに辞めて去られる方々が……」

「割り当てを受けた当初は意気盛ん。それが、勝手放題に茂った森を、来る日も来る日も伐り倒すうちに、終わりの見えぬ仕事に精魂尽き果ててしまったのだろう。伐れば伐ったで、またそれを縄で縛って牛馬の如く背に引き、底の方まで始末に行かねばならぬ。身の細る以上に気を病む者もいて、乱気乱心の末に、太枝に荒縄をかけ、憎い樹にあてつけのようにして首を吊る者も現れた。あの上野の戦ではそこそこ意地を見せた者たちも、荒れ地との戦では、そのうちに一人抜け二人欠けして、脱落者あとを絶たず、今はだいぶ減ってしまった」

「左様でしたか……、またつまらぬことをお尋ね致し……」

「江戸を去る折は『復讐後日』を合い言葉にしたものの、いつのまにかそれも掛け声倒れに終わったようだ。ならばと申すのではないが、残った者皆、今は報復戦の代わりにここできっと生き抜いてやろうと、それだけを心に強く念じている。今は何が取れるでもないこの荒れ地に何かを作り、それをもって生き延びることで、いつか薩長土賊を見返してやろうと、今はそれを心に刻み直し、何とかまたオノを握り、飽かず振り上げては振り下ろす毎日」

「お話、謹んで伺いました。思いは同じと申しましたなら、甚だ僭越なことがら、そのことをもってしか、旧幕臣の意地は見せられぬと、今あらためて覚悟致した次第にございます」

やり取りを聞き終えた中条が言った。

「時世が変わると申すは斯様なことかと改めて身にしみて分かる。無禄の穴埋めに公債證書を与えられはしたものの、左様な目腐れ金は使い果たし、或る者は町で酒におぼれ、或る者は身を持ち崩したまま駿府を去り、そうはならじとここへ開拓に参った者もまた同様に一人二人と闇の中へ消えてゆく。思えば、戊辰の役の後、一体どれほどの人間が時代の波に飲まれ、沖へ沖へとさらわれてしまったことかと、そのように考えずにはおられぬのだ」

中条たちのもとを後にした征克の足は、心なしか重くなっている。

道すがら振り返り、あらためて開墾方の土地を眺めてみれば、広いぶんだけ開拓は確かにはかどってはおらぬようにも見える。密生していた雑樹が伐られ、風通しの良くなった所があれば、反面、まだそれが濃い影を作る森が残り、醜いツギハギのように見えなくもない。

いなくなってから半月、信之進が戻って来ていた。

「長の無沙汰をまずは赦されたい。任せきりにしといて訊くのもなんだが、その後どうです」

「お蔭様で遅々として進まずでござるよ」

「皮肉を言うものだ。さて、じゃあ、訊かれる前に明かします。ちょいと江戸へ行ってた」

「ほぉ……。で、どうだった、ずいぶんと変わっちまったろ」

「江戸を追われる前に〝東京〟と名を変えられたのはご存知の通り。けど、もちろんそんな田舎臭い呼び名は気に入らぬから、皆してわざと〝トーケー〟と呼んでる」

「軍鶏《しゃも》っトリの蹴《け》り合い賭博《とばく》みたようだ」

「ハハハ。で、ことほど左様に何もかも気に入らぬから面従腹背。さて、そうなると薩長士賊も腹を立て、酔えば腹いせに町人をスッパ抜きで無礼打ちにする。州許《くにもと》と勘違いして同様の人殺しを江戸でやらかすから、ますます江戸者からは憎み嫌われる」

「さもありなんだ」

「吉原のお女郎衆も、上野戦争の折に言ってましたよ『情夫《イロ》に持つなら彰義隊、イモとタコなら薩長ッポ』ってね。遊ぶにしても、金に物言わしょうとして花街《かがい》のしきたりをぶっ壊す。早い話が鼻ツマミ者だ」

「そんな手合いに粋不粋《イキブイキ》を説いて聞かせりゃこっちが野暮《やぼ》だ。一々言わなきゃ分かンねぇような田舎武弁《ぶべん》の吹き溜まりになっちまったってか。江戸が東京で、ご本家・京の都が西京じゃ、何が何だか分からねぇ。大体、都てぇものは京に一つ限りだから有難テェのだ。東京なんぞとァ呼ばれたくも無し、そんな妙チキリンな小みっともねぇ呼び名は、けえしっちめぇ。第一、上方の皆様も収まるめぇよ。天朝様が住まわれるべき都は京と千代に決まってる。江戸は奈良、伊勢、出雲からも遠過ぎら。もういっそのこと天朝様も野蛮な薩長土賊とは手をお切りンなって、京の都にお戻りなさるが一番《イッチ》ご賢明。京の皆様方もさぞかし寂しがっておられるヨ。なにも、にっくきトクセン家代々の居城にムリヤリ住まわされることァござんせんのサ。それに、江戸の町は黒船の持ち込んだコロリでもって腹下しの死人が山ほど出て川に浮かび、お焼き場もテンテコ舞いしたのだ。この世にたった御一人の尊き天朝様にゃ、伏見の水がご安心。江戸のけがれた水をお召し上がりになっちゃあイケねぇイケねぇ」

「いや実に正鵠を射た清々しき御高説、この瑞島信之進、思わず引き込まれ、大いに感服致した。けど、セイさん、今トーケーでそれを言ったら、即刻、打ち首間違いなしだ」

「結構なお裁きでゲスな。ンなら、ずっと駿府に連宿《イッヅケ》するのが利口ってか。ああ、そうだ、居続けると言やァ、信さんお留守の間にさ……」

ついこないだ開墾方の様子を見に行った折にした、中条とのやり取りを伝えてみれば、にわかに信之進の目が輝いた。

「それだっ、そいつを待ってた。私が前にした、土地をいっぺんに広げる話、あれですよっ」

「あれ……、ああ、ちょいと小ずるい手だとか言ってたね」

「今からでも一緒に行っちゃくれまいか。わざわざ機を逸することはないっ」


中条たち開墾方の者数名を前に、信之進は、常とは違うずいぶんとかしこまった様子で話し始めた。

「過日、傍らにおりまする高取征克と共にこの地の一部ご割譲を乞うべく参上致しました折、土地の百姓らに取り囲まれ、ご挨拶を仕損じましたゆえ、改めまして瑞島信之進、ここに身上明かし述べたく存じます。出は城西遥かの大久保村、四組ある鉄砲組百人隊二十五騎組。家役ゆえ、御奉公の末は持ち道具を存分に用い、戦の場に命散らすを本懐と心得ておりましたが、小禄ゆえ一家日々の暮らし容易ならず、御役に就くは弟に譲り、ひとり商用花木の育成にいそしむうちに、あの薩長土賊の江戸侵犯。畜敵の手に落ちし江戸に親兄弟はやむなく残し、この身ひとつ駿府へ移住。しばらく焼津浜で賃仕事に就く間、この高取征克と知り合い、当地の開墾をもくろむに至りました次第にございます」


相手が如何にも武人らしい武人なだけに、こちらも元はそれなりのモノノフと思わせたかったらしい。そうなれば口が裂けても、ドンッと爆ぜる鉄砲火薬が怖くてたまらず、好きなツツジを育て、性分に合うような穏やかな生き方をして参りました、とは言えるはずもない。

「左様でござったか。あらためて金谷開墾方、新番組隊長・中条景明と申す者。以前は幕府剣術指南をつかまつった」

「同じく開墾方副隊長・大草高重。鉄砲隊でいらしったか。身共は以前、馬術指南を」

信之進は、征克にひょいと顔を向けて小さな咳払いを聞かせると、ここから先の話は自分一人が、と伝えるように一つうなずいてみせ、そのまま話を勝手に進めにかかった。

「現下のご窮状、すでにこの高取征克より詳細うかがっております。多くの隊員諸士をまとめ上げ、開墾を進めねばならぬ御役ゆえのご心労、いかばかりかと。ただ、斯様《かよう》に申すをお許し頂けますならば、ここを去られた隊員の投げ出された地面は、たとえて申さば、それは、百姓が耕作をあきらめ棄てた〝手余地《てあまりち》〟の如きもの。ならばこれを放置すれば、せっかく只今開拓途上にあるものが、また雑木雑草に蚕食されるだけに終わるものと案じられ、ならばそれは是非にも避けねばならぬと思われますが、お考え、如何でございましょうか」

「左様に問われたとて、さはさりながら、と返すしかない。現有員数では手が回らぬゆえ、脱落者の放棄地はそのままに捨て置く以外致し方なし、と考えるが……」

「ならば、身共らが貰い受けることはできましょうか。たまたま当該の地は、当方にやや寄った急崖地ゆえ、沼津からいらした彰義隊の方々が後を継ぐには質も劣るゆえ、ふさわしからぬとも思われます」

「仮にその案を容れ、譲ったにしても、後々、やはり手に余るとまた放り出されては、こちらは大いに困る」

「いえ、左様なご懸念はご無用かと。ひとたび約束に及びましたなら、仮に重き病に倒れたとて、這ってでもこの金谷原へ通い、懸命に拓く覚悟は出来ております」

「二言は無い、と」

「はっ。たとい〝元〟の付く者ではあっても」

「元……、か……。うむ、ならば承知。お譲り致そう」

そうして見せる相手の笑みの中には、どこかしら苦いものが混じっている。元武士ではあっても武士に違いないならば二言は無い、とした信之進の頓智は面白いながらも、以前の我が身と今のそれとを比べてみれば、自ずと苦く笑うしかないらしい。元剣術指南、元馬術指南、元鉄砲組、いずれも聞こえの良いものではあっても、ここでは無用の肩書きでしかない。


交渉成って戻る折、信之進が、ふと、何かを思い出したように言ってきた。

「ああ、そうだ。前に食ってかかった、あの猪上《いがみ》という御人の顔が見えなんだ」

「そう言や、そうか。ひょっとすると何処かへ消えた組の一人か知れない」

「血の気が多そうだったから、それがアダになったのかな。土相手の仕事は辛抱気長にやるしかない。大方の百姓が無口で我慢強いのは、代々それを受け継いだ習い性だ」

「そう言われると、俺ァ、ちょいと案ぜられる。どちらかと言えば、あの男に近い」

「気弱なことを言っちゃいけない。あなたの短気や愚かさは私が補う」

「愚かは余計だ。けど、そう言ってくれりゃ安心だ。まァ、何にしても、あちらはスンナリ諒《りょう》してくれた。信さんの口上手にゃ感心したぜ」

「勝算はありましたさ。気の毒じゃあるけれど、大勢いればいるだけ、開墾方は早晩ああしたことになるとは薄々思ってた。そこへ話を持ち込めば、イヤとは言わないだろうとね」

「空き地てぇものは、誰かが上手く使うにシクはねぇってことか。たとえて言ゃあ、金谷原の勝安房だぜ、信さんは」

「カツ・アワ……」

「いや、何でもねぇ。小ずるい手と言うよか、人助けだった、とそう言いたかったのだ」


確かに持ち駒は一気に増えている。けれども新たに得た場所は飛び地でもあるため、便利なはずもない。その上、脱落者が中途半端に投げ出した地面には、伐り払った物が放っぽり出されたままにあり、わたり七、八寸はあろうかと思われる切り株にも足を取られて、よくつまずかされる。当然、その下からは太い根がタコの足のように四方八方に伸び、はびこり残ってもいる。そうした邪魔物を躍起になって取り除いていれば、征克の耳には、あの交渉の折に聞かされた言葉が切れ切れになってよみがえりもする。——終わりの見えぬ仕事に精魂尽き果て

——、——牛馬の如く背に引き、それを遠くまで捨てに——、——気を病む者もいて、乱気乱心の末に——、——刈っても刈っても終わりのない草刈りに——、——つくづくここの開拓が容易でないのを思い知らされ——。

　物を思いながら大汗かく征克に、信之進があっけらかんとした口調で言ってきた。

「どうしました、シュンとして。確かにありがた迷惑の置き土産だけど、これを始末したら、ちょいと先が見えてくる。なに、ここまで下ごしらえしてくれたと思えば文句も言えない」

「ものは考え様ってか」

「左様。その後もすることは山ほどあるが、今は先々の良いことを思って踏ん張るしかない」

「良いこと……」

「うん。例えばこうさ。茶の木というのは、秋の終わりに真っ白な花を咲かす。真ん中には金糸に似たシベがあって、満開になればロウ梅そっくり。どうだ、当座の励みにならないか」

「どうせ江州辺りで仕込んだ話だろ」

「確かに請け売り。けど、そんな花が一面に咲いた茶畑の絵を思い描けば、よしっ、ここは緊褌《きんこん》一番、子や孫のために奮闘しようって気にもなるでしょ」

「孫の話は早過ぎる。多佳坊はまだ二つにもなっちゃしねンですぜ。あいつが子を産んで、その子が知恵づいて俺に感謝するのはまだまだ先の話だよ」

「なら、今から十何年かヒマがある。いっそ頑張りなさい」

「まったく、口じゃ信さんにかなわねぇ」

小さきもの、日に日に

這っていた子が、或る日おっかなびっくりのようにして立ち上がり、そのうちに両手を高く掲げ、空の上に欲しいものがありでもするように背伸びまでしてみせれば、母親は、たといそれが手に届かぬ高望みであっても、ただうれしいばかりで、まさかそれをあきらめさせようとはするはずもなく、もっと精いっぱい爪先立ちして手を伸ばしてごらん、と励ますに決まっている。そんな小さき者の健気な姿に、かえって母の方も励まされ、我が子の成長のためにいっそう心を砕くようになる。

男二人が毎日懸命に働く所へ中食《ちゆうじき》代わりの蒸かしイモを持って行けば、初めのうちはあまたあった邪魔物もだんだんと減り、今はだいぶ見通しが良くなって来てもいる。ならば、この先、多佳がだんだんと大きくなり、それにかかる手数が減る頃には、きっと自分もここへ伴われ、茶木の面倒を見させられることになるのかもしれない。それはもちろん望むところで、そうなってくれなければ母子ともに大いに困るのだ。

夫の話では、弁の立つ信之進が開墾方と談じ合い、地面をうまく譲り受けて広げたという。

そう聞かされれば、確かにそうしたことに長けてもいるのかしらとは思われもする。けれども気まぐれのようにして〝ええ、ちょいと〟とか〝まァ、ちょいと〟といって訳を明かさぬままヒョイと何処かへ行ってしまったりするのは相変わらずのことでもある。そんな人がまた旅から戻り、今は大福帳のような物を盛んに繰りながら夫に説いている。

「えーと、どこだったっけか……、ああ、ここか。『畝幅《うねはば》一間《けん》、株間《かぶま》一尺の一条植えを守り、一反《たん》に苗木千八百ほど、畝は陽のたっぷりと射すこと、また、根深な無駄草を不断に抜き去り始末する、これらを常に心がけ……』と。それにあとはどこだったかな……」

漏れ聞こえるその話の中に、畝幅とか株間とか一条植えと言うような言葉が混じっていることからすれば、どうやらそのうちに畑と呼べるような物が姿を現すらしい。

以前は江戸士だったにわか百姓に苦労は尽きない。スキ、クワを振るうちに手のマメは破けて柄は血に染まり、斜面に体を支えて踏ん張るワラジ足にできたマメも同様につぶれて、履き物には赤黒いシミを残している。それでも幅二寸に裂いたサラシ布を傷の辺りにクルクル巻くと、二人の男は飽かず畑に向かい、倦むことなくこれまで働いてきている。

夕飯を済ませた征克と信之進に、義父の是芳が何やら企み事のありそうな顔を向けた。

「実ァな、こないだ濁り酒を手に入れたのだ。試してみねぇか。毒にゃならねぇと思う」

「ちゃんは毒見したのかぇ」

「訊かれずともさ。信之進さんも召し上がるだろ」

「私はいける口でもないので、ほんのお印だけ頂戴します」

渡された湯飲み茶わんに、どろりとしたそれが注がれた。

父が黙ったまま見つめていれば、息子は恐る恐るひとなめする。そのうちにも安心したらしく、征克は残りをグイとあおった。

「うん。悪かねぇ、後を引くほどだ」

その言葉を口切りに始まった酒盛りを、姑と嫁は〝まだ茶の葉が穫れたわけでもないのに〟と口には出さぬものの、さも不満げな顔で離れた所からしばらく見ていた。

半刻も経てば、是芳はかなり出来上がったものらしく、少々ロレツが怪しくなっている。

「なァ、信之進さん。あなたの御名はイイね。うん、実にイイ名だ。父君が良ぉく考ゲぇなすったのだろう。なら、その字の表す通り、信ずるところへ向けて前へ前へと、このバカ野郎の征克もついでに引っぱってって頂きたいものです。うん、瑞島信之進か、実に良い名だ」

「左様に良い名ですか、チョイト照れますな」

「照れる要はない。なあ、征克、俺ァな、おめえにも良い名を付けたとァ思っているのだ」

「自画自賛だぜ」

「誰もオメエが大した男だとァ言っちゃしねぇ。字ヅラのことだけ言っている。なァ、そんなオメエでも思い切りよく士身分を捨てて、江戸から駿府へ〝征った〟のだ。となりゃ、あとは難敵相手に〝克つ〟しかねぇだろう。だったら名前倒れにならぬよう精々気張るのだ」

「分かった分かった、ちゃんの言う通り歯ぎしりしながら踏ん張ってるさ。だから、もうそろそろ休むとしようぜ。久しぶりに御神酒は充分頂いた。お蔭さまで良く寝れそうだ」

征克の言葉を容れて、他の男二人も床に就けば、弥栄は早季に向けて言ってくる。

「前祝いでもないのに。大体、ほんとにお茶が穫れるまであとどれくらいかかるのかしら」

「信之進さんの話では、蒔いてから四、五年とか……」

そこで義母がタメ息つけば、嫁はなだめにかかった。

「ですけれど、これも信之進さんに依れば、この国の絹とお茶が異人にずいぶんと気に入られてるらしくて、そこに目を付けた御上が大いにそれを作らして、ヨコハマから船に積んで売り付ける企みだとか。うまくすれば、かけた苦労もそれで一度に報われるのでは、と」

「ヨコハマ……、ああ、公方様が夷狄《いてき》のために開いてやった、あの相州の港。なら、征克が行っていた焼津みたようなな浜かしら」

それには答えようもなく、嫁は曖昧にコックリだけすると、話の向きを変えて尋ねた。

「あ、そうでした、お義母さまにお尋ねしたいことが一つ。茶の木のあとにするのも妙な話ですけれども、人の子は生まれて四年も経つと、どのようになっておりましょうか」

「うーん……、どうだったかしら、もう昔のことじゃああるし、よくおぼえては……、でも、確か二つにもなれば物を言いもし、三つになればしきりと〝何、何〟と親に尋ねもしたような気がする。征克も四つの頃にはもう庭を達者に駆け回りもしていたような……」

多佳とて今は危なっかしいながらもヨチヨチ歩きはしてみせる。そのさまを見た時の夫の喜び様はなかった。――おっ、ほんとに歩ッてやがる。驚ルったな、え、多佳坊め、どこ行きやがる、まるで行くとこあって行くみてぇだ。這えば立て、立てば歩めの親心とァよく言ったものだ、へへへ――。

姑の思い出した話の通りなら、きっとそのうち我が娘も外を出歩いては何か珍奇な物を見つけ〝なに、なに……〟と尋ねたりもするのだろうか、さらにそのあと、もしも結構なお転婆に育ちでもしていたなら、ひょっとすると男の子のように他の子らと競走《カケクラ》をしたりもするのかしら、と母の思いはどんどん膨らんでゆく。けれどもそのうちに〝男の子〟〝や〟他の子〟という言葉に早季は引っかかりを覚えた。今暮らしているのは繁華な江戸の下町・本所とは大いに違い、同い年の子なぞ隣近所にいはしない。ならば仲良く何かを競い合ったりする相手もおらず、そうなれば娘の多佳はきっとそれをずいぶんと寂しがり、せめて妹や弟がいてくれたらと願うに違いない。

あの荒れ地が何かをもたらしてくれるのはまだまだ先のことだろう。それでも今は駿府に移り住んだ初めの頃のような心細さはない。とりあえず今は飢えを案ずる要はなくなっている。それに、瑞島信之進という人も食客では全くなく、かえって折につけ、夫に気付かれぬよう木賃と称してはコッソリと銭を入れてくれたりもする。ならば、仮に多佳の下にもう一つ小さな口が増えたとしても何とかやっていけるのかしら、と早季はボンヤリ思いはじめた。

荒れ野を拓かば

明治の御世《みよ》となってから丸三年が過ぎている。その日、常のように信之進は帳面をパラパラ繰りながら征克に読み聞かせていた。

「……で、秋土用、つまり立冬の前半月辺りの頃『黒く変じたる茶の実取りてよく干し、爆ぜし後はこれを俵に入れ保ち置く。鼠害《そがい》によくよく気を付け、差し渡し二尺の穴に肥やしを入れ、その上に茶の実を蒔く』とある。ああ、それと、ここに今さらながらうれしいことが書いてある。『茶ノ木の育成には暖気に富む辰巳《たつみ》向き、戌亥《いぬい》の風の来ぬ地を選むべし』ですと」

「なら、つくづく良かった。ここはヤセちゃあいるが、その二つだけは満たしてる」

近江で指南された通りに茶の実を蒔いてからふた月ほど経った四月の初め、広大な金谷原にある、征克たちのその一画に、わずか一寸ほどではあるけれども、色鮮やかな緑の芽が一面に愛らしい姿を見せていた。先々の希望となるその新芽を有難がってひざまずき、話かけでもするようにしてのぞき込んでいれば、開墾方副隊長の大草高重がやって来た。

「おお、遅ればせながらここも芽吹いたか、いや、良かった、まさしく同慶の至り。だのに今日は水を差すようなことを知らせに参ったを、まずは赦されたい」

「何かよろしくないことでも出来致《しゅったい》しましたか」

「大井川の件は知っておられよう。渡船が許され、橋も架けられることとなり、あおりを食った島田、金谷《かなや》の川越人足《かわごしにんそく》が一度に失職、とそこまでは聞いてもおられよう」

「皆陸《おか》に上がるしかなく、宿場の辺りに移り住み、新たに職を探さねばならなくなったとまでは聞いておりますが……」

「その策として、一戸あたり十両からの銭を与え、金谷開墾に当たらせると決めたらしいのだ。が、もちろん、ここいらの地味からして米麦ができるはずもなく、そうなれば、いきおい手掛けるのは我らと同じく……」

「茶……」

確かに悪い知らせだった。それでもわざわざ一報をもたらしてくれたことを謝して大草を見送れば、つい今さっきこちらを喜ばせてくれたばかりの緑の新芽が、あたかも風に吹き消されようとするロウソクの芯にも見えてくる。

「また悶着ってか……」

「下手すれば三つ巴《どもえ》……」

「いや、それァどうあってもご堪忍だ、やっと形のついて来た場所で、得物振るってのケンカなんぞするわけにゃいかねぇ、せっかく生えてくれた新芽を踏ンづぶされちゃかなわねぇ」

大草副隊長から聞かされた話の通り、それからひと月ほどのあいだに川越人足の一団およそ百戸の入植が始まっていた。ただ、幸いなことに、元人足たちに割り当てられたのは、あの胸苦しくなるほど勾配のきつい日坂《にっさか》、萩間、棚草のような南部の秣場《まぐさば》で、こちらの土地からはずっと隔たりを置いている。

まずはそれにホッとし、これまで通りに茶木の面倒だけに心傾けていれば、半年ほど経った頃、初めは指一節ぶんしかなかった青い芽も、十月半ばの今は五寸ほどにも育ってくれている。夏の初めに山から時季外れの冷気などが流れて来なかったこと、それに晴天続きではありながらも猛暑ではなかったのが幸いしたらしい。

そんな秋も終わりに近づく頃、征克と信之進は、その後の川越人足の様子を聞くために開墾方のもとを訪れていた。

「まずは懸念されたような争い事も起きず、幸いなことであったと思われます」

「いや、その実、そうでもなかったのだ。大事には至らなかったものの、我らは境を長く接してもおり、そのため小競り合いは何度か起きもしたのだ。加えて、人足らは土地の百姓ともぶつかり合ったらしく、下手をすればそれがこちらに飛び火して三つ巴の争いになりかねなかった。それでも幸いなことに、人足の側には丸尾文六という世話役がおってな、お互い頭目同士の話ができたゆえ、今はなんとか収まりを見せている」

中条の話を大草が受けた。

「皮肉なことながら、こちらもすぐに抜刀に及ぶような血の気の多い者がすでに脱落していたのが幸いしたらしい。それがまた相手方も同様らしく、六月に開拓を始めてより、み月よ月と経つうちに、かなりの数の者が農具を放っぽり出して支度金を持ったまま何処ぞへ消えたらしいのだ。今ごろは大方、金谷、島田の宿場町で酒色に溺れておるのだろう。大勢してここを拓こうとすれば、いずれそうした者たちが現れるのはいずこも同じのようだ」

「そのような話を丸尾と言う世話役から聞かされ、士も士にあらざる者も共に同じ弱い人間なのだと、あらためて知らされる思いであった」

出向いた甲斐あって、まずはこのさき争い事の起きる恐れのないのが確かめられた。それでも新たに開拓に加わった川越人足の内に多くの脱落者が出たと聞かされれば、あらためてこの地を拓くのが容易でないのが分かる。

思えば、川越人足なぞという他州にはない珍妙な仕事が生まれたのは、大井川を江戸城の大堀に見立て、わざわざ渡るに不便なものとしたのがその縁起。人の肩に担がれてしか渡れぬ川に変えられたがゆえに、ここいらの荒くれ者はその職に就けたということになる。その中には、旅人の利便をはかってくれた実直な者がおれば、その一方、客の弱みに付け込んで川中でわざと立ち往生してみせ、法外な渡し料を吹っかけるヤクザな者もいたらしい。あるいは大金持ちは割増を払って神輿のような蓮台に乗り、大名気分で渡河を楽しんだという。

けれども、そんなこんなも、今は大水に押し流されたボロ橋のように消えてなくなり、あっさりと昔話に変えられてしまっている。下帯一丁素裸同然の姿で客を背負うたままザブザブと川に入り、その稼ぎでもって女房子供を養えた男たちも、時代の大波を受けて川岸へ打ち上げられれば、泥土にまみれる不得手な百姓仕事を選ばねばならなくなっている。けれども人というものはそう上手くは変われるはずもなく、時節が変わってもオノレは変わりそびれ、勝手の違う仕事に自身の不器用が災いして身を亡ぼしてしまう者も少なくないらしい。

ぶつかり合ったこともないゆえ、征克はそんな大井川の男たちを恨み憎がるはずもない。

「なあ、信さん。よくよく考ゲぇりゃ、川越人足も気の毒と言や、気の毒か知れねぇ」

「うん。こちらと似たような境涯だ。けど、何はともあれ、もう誰かに取り囲まれて脅されることもなさそうだ。悪くすりゃ、セイさん、今度は大井川の男たちを前に土下座してみせにゃならなかったところだ。その要が無いとなれば、あなたも今はずいぶんとご安心だ」

土下座という言葉で思い出し、指折り数えれば、あれからすでに三年ほどが経っている。

「もう多佳も乳飲み子じゃあねぇしな、ああまで景気良く泣いて俺を助けちゃくれねぇだろう。となると、今度悶着が起きたりすりゃ、多佳の代わりに信さんのケツをつねって大泣きさすしかねぇと、そう思ってた。ならば、これであなたも大いにホッとなすったでしょ」

また春が巡り来ている。初めは一寸ばかりの芽が一尺ほどの茎に育ち、さらに五寸ばかり丈を増した上に、細いながらも四枝、五枝を持つ固い木になり、互いに枝を交えている。

「こんな具合に混み合った所は、春秋の彼岸にせっせと枝分けをしなけりゃいけないらしい。移し植える場所に前もって肥やしをしておけば、そこでまた二枝、四枝と勝手に増えて行くという話だから有難いじゃありませんか。そこまで漕ぎつければ上出来だ」

「ほぉ、勝手に増えるってか、ンならネズミが子を産むようだ。ってことは、これで本調子になりゃ、そのうち茶畑らしくなってくね」

「いや、そうならなくちゃ困るのだ。なにも垣根を作ってるわけじゃあない。忘れちゃ困る。私らが作らんとしているのは茶園。そこの主なら、もっとしっかりして頂きたいものだ」

ちゃん

征克がいつものように畑へ向かおうとすれば、弥栄が後ろからそっと告げてくる。

「早季が、近ごろ、どうも……、だから、ひょっとすると……」

「え……」

「そうなってくれれば、私らだけじゃなしに、多佳もずいぶんと喜ぶだろうけれど」

「……ってことァ、つまり、その……」

言いながら息子が片手を胸元から下腹へ向けて弓形に膨らますようゆっくり下ろせば、母はあっさりうなずいてみせた。

「だものだから、畑の方は今どうなのかしらと思って……。贅沢は言えないけれども、二つとも上手く行ってくれたらって、そう思って……」

「うんっ、おっかさん、あともう少しだ、がっかりさせねぇようにする」

「まァ、こうしたことはハッキリとは言えないのだけれど、そのころまでにお茶の葉が穫れるようにでもなってくれてたらと、そう思ってね。大変だろうけど」

先を行っていた信之進に追いつけば、相手は、何か起きでもしたかと訊いてくる。けれども、それがまだ不確かなことならば、征克はただ、大したことではないとだけ返していた。

畑に着き、ひとわたり辺りを見回ってみれば、今は何とか〝茶葉〟と呼べるような物が、育ての親の手によって摘まれる時を待っているようにも見える。

「よほどのことが起きなけりゃ、あとひと月経たぬうちに摘み取りってことになる」

言い切ってみせる信之進の傍らで、征克は、つい今さっき母からほのめかされた話を思い返した。

「なら、これでやっと皆に顔向けできる」

「あとはこの期に及んでお天道様や雨風がイジワルせぬよう祈るばかりだ。それさえなけりゃ、夏の初めは茶摘みで忙しい思いをさせられる。セイさんも心しておいてくれ」

乾ききった生気のない茶の実を蒔いたばかりの頃は、これで本当に芽吹いてくれるのかと疑われもした。それがそのうち自らの力で芽を吹かせ、一寸二寸と伸びてみせる。丈が高くなるにつれ茎も固くなり、細いながらもやはりそれは木に他ならぬ物になっていった。

新茶を摘むのは爽やかな初夏。ならば、あのやり切れぬほどの湿気や熱気、チリチリと肌を射す陽に悩まされる時季ではない。清々しい乾いた五月の風のもとで行なえるその作業に、征克は早々と心躍らせた。すると、また母の言葉が耳によみがえりもする。――早季がひょっとすると……、畑はどうなのかしら……、多佳も喜ぶだろうし……、大変だろうけど——。

夜、床に就けば、やはり茶摘みへの期待のためか、征克は寝入るまでにだいぶヒマが要った。そうするうちにも、家内事に始末をつけた早季が傍らに横になり、疲れのせいか、あるいはそれとも母のほのめかしたようなことによるものなのか、あっけなくそのまま寝息を立て始めた。それを聞きながら征克は思う。——やっと今年は孝行のマネが出来るってことだ。それに、もう一つ口が増えたとしても、茶が上手く穫れりゃ、暮らしも今よりきっと——。

日を追うごとに茶の葉は順調に育ってゆく。

天気は全く荒れず、畑の上を撫で流れる風は、まさしく薫風と呼ぶにふさわしい穏やかなものになっている。そうなれば、じきに一家総出で初めての茶摘みをすることになるだろう。その日がいつになるか、どれほどの員数、手数、日数が要るのか、どのような道具をそろえるのか、そうしたこと一切は信之進が割り出した上で、皆に指図するだろう。近江で習ったことは、もうすっかり信之進の頭の中に入っているはず。となれば、きっと明日明後日の内にも信之進は皆を集め、茶摘みの手はずを伝えるに違いない。そんなことを考えるうちに、飛び地にある茶園を見に行っていた信之進がこちらに向かって駆けて来るのが見えた。

「セイさんっ、大変だ、来てくれっ」

手荒く腕をつかまれ、そのまま引っ張られてゆけば、辺りの茶の木を検《あらた》めるよう信之進は命じてくる。それに従った途端に、征克の顔が怒りや落胆や恐怖を混ぜた色に変わった。

見れば、茶葉一枚一枚が、まるで絽《ろ》か紗《しゃ》のようにスカスカに透けている。そんな姿にさせた張本人は今もせっせと悪事をし続けており、その食む音が聞こえて来そうにも思われる。

半寸にも満たない、赤黒ダンダラの柄がいかにも毒々しい毛虫が群れていた。

「信さんッ、どうする、いちいち取るのかっ」

うじゃうじゃと群れなして葉にたかるその様を見れば、そうしたところで間に合わないのは分かってもいる。

「こいつらの親は蛾だ。好きなように飛び回って、好きな所で好きなように卵を産み付ける。それが何処《どこ》〳〵と分かれば苦労はない」

「……ってことァ……、茶畑全部……」

「それは考えたくもない。やられた所がこの飛び地だけで、他が助かってくれてりゃ、とりあえずここいらだけあきらめて済まさられるかな、とは思うのだが……」

「それで済むのかっ、大丈夫なのかっ、だったら腹決めて、ここいらだけ全部伐り倒すかすりゃ、他所には飛び火しねぇってことかっ」

「悪いが、セイさん、今も言ったが、こいつらの親が何処をどう飛んで卵を産み付けるのも勝手なのだ。表を見て無事に思えた葉っぱでも、裏を返してみたら卵がびっしりってこともある。

そいつらがもう毛虫に育ってたら……、いや、それは考えたくもないことだが」

「涙も出ねぇとァこのことか。せっかく今年ゃ何とか家の者を喜ばしてやれると、俺ァ、つい今の今まで……」

言い終えぬうちに征克は辺りの茶の葉を乱暴にむしり始め、投げ捨てたそれを毛虫ごと踏みつけ始めた。

「すまない、セイさん。こんなもんが湧いて出るとは、江州でも習わなかった」

わびる要もないと言うようにして、征克は黙ったまま頭を二、三度横に振ってみせた。自分にしても目は節穴だったに違いない。チョウチョやトンボが飛ぶ畑なら、蛾だっているに決まっている。ならば、作業をし終えた夕方辺りに、それがヒラヒラ飛び回っていたかもしれないのだ。けれども一々そんな虫けらなぞを気に留めはしない。おそらくはそんなマヌケなこちらの裏をかき、毛虫どもの親は畑の茶木に密かに卵を産み付けて行ったのだろう。そうされてまんまと孵《かえ》ったちっぽけなつまらぬ毛虫どもが、あともう一歩で摘めたはずの新茶を食い物にし、こちらが当てにしていた先々の暮らしを台無しにしてくれている。


その晩、征克が家の者たちに事の次第を明かし、今年はあきらめてくれ、と詫びれば、脇から信之進が割り込んだ。

「いや、私の落ち度です。誰に教えられなくとも、虫には目は光らしておくべきだった」

是芳がそれを受けた。

「いいや、信之進さん、それァ違うよ。虫のやらかすことなんぞ、人知の及ばぬところだ。人間様の張った網をかいくぐって悪さをしでかすのがケモノや虫けらの常だろう」

「いいえ、お言葉ながら、甲賀くんだりまで学びに行っときながら、このテイタラクです。茶葉があれほどに育ってくれてたのを思えば、悔しいより先に申し訳なさが先に立ちます」

「そこまで御自身を責めるなら、一つお教えしよう。征克もよく聞いておけ。確か、上州だったか下野だったか、とにかくあっちの方の地口みてぇなのがある」

「じぐち……」

「ああ。『桃クリ三年カキ八年ウメは酸い酸い十三年ユズの馬鹿ヤロ十八年』だったかな。つまりは、あれこれの実が生るのにかかる年月の語呂合わせさ。何かの種蒔いて芽ぇ出さして実ィつけさすまでにゃ、どんな物でもきっと何年かずいぶんと辛抱しなきゃなんねぇらしい。だとすりゃ、今年がダメで一年二年延びたって大騒ぎすることもねぇはずだ」

「梅とユズは初耳だ。お言葉じゃああるが、穫りてぇのはただの葉っぱだ、実じゃねぇぜ」

「だから何だ。葉っぱだからとタカをくくるのが気に入らねぇ。扶持米食って生きてた俺たちゃ、土で何かを育てる苦労を知らねぇ。けど、信之進さんはツツジやサツキを作っていなすったから、その辺のことァ分かってるはずだ。ンなら、万事ガマン比べさ。俺ァなにも急《せ》いちゃしねぇよ。あすこの地面から何も穫れずにいたこれまでだって、どうにかこうにか皆して生きて来れたのだ。また一年経ちゃあ、また四月五月が来て、新しい葉も生えてくれる」

「わかりました。ならば、もう詫び言も申しません。代わりにお願いが一つある。まずは明日朝早く、三人して、あれの枝先を伐り払って始末したい。それには研ぎの利いた刃物で願います。切り口が粗いとまた別の災いの素になりますから」


つい一日二日前に夢見た茶摘みとは全く違う作業が始まっていた。

無事に穫れていたなら、幾ばくかの銭に化けてくれてもいただろう物を、ただ伐って集めて燃やすということになれば、ためらいも手伝ってか、征克の手の動きはノロくなっている。

「信さん。ここまでするにゃ、ずいぶんと歳月が要ったのに、取ッ払う時ゃ造作もねぇってとこが、なんともやり切れねぇ……」

「まったくだ。けど、今年をあきらめ、次に賭けるなら、今は心を鬼にしてやるしかないよ」

男三人が黙々とそれをし続ければ、日暮れ前には、かなりの茶の木が丸坊主にされている。枝の先半尺ほどを無残に断たれ、まるでザンギリ頭のようにやけにサッパリとした茶の木の様子は、見ればこちらがうすら寒さを覚える。それでももちろん初夏ならば寒いはずもない。だのに、是芳が作業の合い間合い間に何度か弱々しいシワブキの音を聞かせていた。

「ちゃん。やけに咳き込むじゃねぇか」

「ああ、何だろなァ、夜風のせいか」

「風なんざ吹いちゃしねぇぜ。それにまだ宵でもねぇ。毒虫の毛でも吸い込んだかな。だったら、明日は休んどくれ。なに、もう助は無用だ。残りはいくらもねぇし、あとは俺一人でも足る仕事だ」

畑から戻りしな、信之進があらたまった顔で言ってきた。

「セイさん。さっき〝明日は俺一人で足る〟と言ってたが、その言葉に甘えさせてくれ。残りの仕事はお任せし、私はチョイト、江戸、じゃあなかった、トーケーへ行きたいのだが」

「ああ、それァ構わねぇが……」

「訳はある。毛虫の話さ。江戸もずいぶんと変わったろうが、私みたように花木や鉢物を手掛けてた小禄士の生き残りがまだいると思うのだ。それと、本職の植木職人も尋ね回って、ああした毒虫の湧かぬ工夫を教えてもらい、来年の備えにしようかと思ってる」

「なるほど、それァ良い。早いに越したことはない。畑のことはあなたが軍師だ。頼むよ」


翌朝早く、言葉の通りに信之進は江戸へと向かっていた。

その季節、朝起きて外に出れば、常なら清々しいはずのところ、前日に毛虫共々に焼いた茶葉のニオイが辺りには煙たく残ってもいる。東へ向かう信之進の肩には振り分け荷物があり、その中には早季のこさえた塩ムスビと蒸かしイモが入っていた。

信之進を見送り、征克が独り畑へ行けば、青葉と枝先とを失った茶の木々が、痛々しい姿をさらしている。仮にその様子を鳥となって空から眺めでもしたならば、きっと剣山《けんざん》を並べ置いたように見えもしただろう。

前日にし残した辺りの始末は、征克一人でもあっけないほど簡単に済んでいた。あとは、見た目には無事らしく見える他の場所を順に巡り、憎い毛虫どもに取り付かれておらぬかを確めるだけとなる。よもやもういまい、いてくれるなよ、とは思いながらも、この目で見ぬうちは安心できるはずもない。仮に見つけたなら迷わず取って殺し、ケシ粒ほどの卵も見つかったなら、これもためらいなく茶葉ごと取り去って焼き殺すしかない。


畑から戻った征克に、弥栄が浮かぬ顔で告げた。

「どうもタチが悪いらしくて、今日は一ンちじゅう……」

咳の様子を教えられ、征克は寝ている是芳の枕元で尋ねた。

「ちゃん。どうしたぇ、やけにつらそうだ。ずいぶんとコンコンし続けだが、急にこうなったのか……」

「いや、急でもねぇ、前々からちょくちょくさ。慣れたものよ。案じるには及ばねぇ」

「だったらなぜ前々から言わねぇのだ」

「そう聞かされても困るだろうと思ったのさ。それともなにか、痛テぇの辛レぇのとこぼしでもすりゃ、おめえはスッと医者に化けたかぇ。キツネ・タヌキじゃあンめぇし、えへへへへ」

案ずるセガレをからかい、強がって笑ってみせれば、それが災いしたらしく咳はいっそうひどくなり、それまでのコンコンが今はゴンゴンに変わっている。

背をさすってやろうとして病人の半身を起こしにかかれば、センべ布団の縁から折り畳んだ紙がのぞき見えた。いぶかって征克がつまみ出せば、病人は照れたように言い訳めいたことを聞かせてくる。

「なんだ、そんなもんが出て来やがったか……、いや、茶葉が穫れたら披露しようと思ってたのだ。辞世じゃねぇから勘違ゲぇするな」

読んでみれば、みそひと文字の心得なぞ無い征克にも、言わんとしているところはおぼろげながら分かりもする。


『注ぎたる　労苦結びて　青き茶葉　雨風日照り　なれは知らずや』

『三つ玉の　茶の実御紋に　似ゆるとも　過ぎし日思ひて　涙な落ちそ』


父親は咳をこらえながら小言めかしてまた言ってくる。

「おめえも妙な物を見つけやがる。畑が虫どもにああされちまった今となりゃ、そんな歌、かえって嫌味に聞こえるだろ。なに、前にも言った通り、まだまだ来年も来りゃ再来年も来る。急《せ》くことァねぇ、急くことァ……。それに俺だってまだまだくたばりゃしねぇ……」

あせることはないと強く諭すように言えば、それまでこらえていたらしき咳が、前より一層ひどくなってぶり返している。

「ちゃんや、チョイト待ツくれ、良いな、そのままだ、そのまま、そのまま」

いくらの間も置かずに土びんと湯呑み茶わんを持って戻れば、父は疲れたのだろうか、また横になっている。体の片側を下にし、ちょうど枕屛風のように立てた薄い背をこちらに向けている父に、息子は相手の顔の見えぬままに言いかけた。

「咳の煎じ薬でもありゃ良いのだが、今は白湯で我慢だ。おっかさんが梅肉をつぶしたのと刻んだネギを入れてくれたから、飲みゃあスッとするだろう。俺ァ町の薬種屋へ行ってくる」

あれほどひどかった咳が今は聞こえない。それに、今のようなことを言えば、常ならきっと〝薬なぞ要らねぇ。それよか、どうだ、俺の駄和歌《コシオレ》は。俺ァおめえと違って学があるのだ、ざまをみやがれ〟とでも憎まれ口を聞かせるはずの父が、今はさも聞き分け良く大人しく眠っている。それがかえって息子には気に入らない。

「どうしたぇ、ちゃん……、寝たのか……」

軽くゆすってのぞき込めば、はだけた襟元からのぞけるアバラの胸はふくらみもせず、へこみもせず、鼻からも口からも息が漏れていない。

「ちゃんッ、どうしたッ、えッ、ちゃんッ、ちゃんやッ、寝てるなら寝てると言えっ、なぜ答えねぇ、長っちゃべりが体にさわったか、和歌なぞ見つけたのが気に入らなかったか、だったら、謝るぜ、謝るから、目ぇ開けて口をきけっ、ちゃん、ちゃんや、ちゃんっ」

我が親をきつく叱りつければ、その声に弥栄と早季が呼び寄せられ、同じように問いかける。けれども是芳は息もせぬままひどく静かに眠り続けていた。

士身分を捨て駿府に移り、百姓をすると告げれば〝何の異存もねぇ〟と言ってくれた父。泥土に手を汚し、イモやら豆やらを育てながらも、江戸の御家人らしく、髷《まげ》はしっかりと三角銀杏に結い通していた父。よく舌をかまぬものだと感心するほどの早口でもって、何かにつけ憎まれ口をきいていた父。そんな父・是芳があっけなく旅立ってしまっている。

行年五十四ならば、ひどく早死したとは言えぬのだろう。けれども、長生きしたともまた言えはしない。そうなれば息子としては後悔するしかない。――ちゃん。すまねぇ。これじゃ、ちゃんの生涯《ショーゲー》、良いこと無しじゃねぇか。それもこれも俺のせいだ。不名誉なことやヘマばかしやらかす俺がいけねぇ、一から十までバカなセガレがいけねぇのだ――。

心の内の詫び言を仮に口に出して言ってみたところで、もう相手は叱ってはくれない。生きていたなら、きっとこうも返したろう――何を気取って言いやがる。おめえのようなヒョーロク玉に台無しにされるほど、俺の生涯はお安くねぇぜ。これで上々の仕上がりよ――と。

今も江戸に暮らしていたならば、きっと少しは呼ぶべき親類縁者もいたはずだった。そのため、弔いはひどく質素で寂しいものになってしまっている。

如何にヤセギスだった父でも、丈三尺の座棺に納めれば、遺骸は重くもあり、征克ひとりが背負っての野辺送りは無理となる。信之進はあいにくと江戸へ行って、今はいない。仕方なく開墾方の所へ助を頼みに行けば、わざわざ中条自らが隊員二名を従え、来てくれた。

金谷原の地面に開けられた大穴に、棺ごと半分沈められる物言わぬ父。その上に土が盛られ、半切りの大きな土マンジュウが出来上がれば、つましいその墳墓に向かって、残された家人がまず手を合わせ、つづいて中条が深々とコウベを垂れて手を合わせた。

「心よりお悔み申し上げる。虫害の災難もあったゆえ、倍も気を落とされたろう。我が方もかなりやられた。憎い虫どもだ」

「このたびは斯様なまでのご助力をたまわり、まことにかたじけなく存じます。お蔭様にて滞りなく父を弔うが叶いました」

「礼なぞ無用。元より相身互い。ご存知か、あの勝安房守殿も、いっときは一家を伴い駿府・鷹匠町に移り住まわれ、御自身は江戸へ繁く通って薩長土州と交渉事をしておられたが、そのあいだ、ゆかり無きこの地で留守居をされた御母堂を亡くしておられる。月並みな慰めを申すようだが、命の長さは天の定めと今はあきらめ、残された者は前へ前へと歩を進ませるしかあるまいと思われる」

聞かされて征克は、ああ、あの勝安房守が、と何年か前のあの日のことを思い出していた。

オメエも行け、俺も行く、と言っていたことにウソはなかった上に、安房守自身も駿府で親を亡くす目に遭っているのを教えられれば、中条の慰藉《いしゃ》がいっそう胸にしみる。

「只今のお励まし、高取征克、深く肝に銘じ、覚悟新たに致した次第です」

夫の気づかい

士の家ならばどこも同じなのではあろうけれど、男は何かを指図する時以外、女相手に滅多に口なぞききはしない。けれどもそのような士であるはずの夫が大事な大小二刀を手放し、粗衣の帯に爺端折《ジンジバシヨリ》、豆絞りの手拭いで頬かむりをし、足にはワラ草履を履いた形《ナリ》で荒れ地と数年格闘するうちに、姿形ばかりか内側の方もずいぶんと百姓・町人に近づいてきたらしく、たまには何かを命ずるわけでもないようなことを、女のこちらに言うようにもなってきている。もちろん、それは女同士がするような他愛もない世間話のはずもない。それでも以前は考えられなかったようなことを、近ごろは言ってきたりもするのだ。

家の者それぞれがその日の業《わざ》を為《な》し終えて、床に就けば、月の無い夜ならばこその闇に辺りは厚く包まれている。その暗がりの中、傍らに休むこちらに向けて、夫は言った。

「気にする要はねぇヨ。勘違ゲぇは誰にもある。それに畑がまだあんなふうじゃな……」

「すみません……、てっきりそのうちツワリでも、と……」

「だから詫びる要はねぇと言ってる。子を産むのは命がけの大仕事だとァ、俺だって心得てるさ。親仁に逝かれて、そのうえオメエに逝かれでもしてみろ、いやいやそんなのァ縁起でもねぇ、考ゲぇたくもねぇことだ。俺ァな、早季、せめて……」

ひと息置いたそのあとにどのような言葉が出るのかと思いながら、それでもただ黙って後の言葉を待っていれば、夫は続けた。

「俺ァ、せめて、あン時、畑で穫れた茶を淹れ、そいつを親仁の末期の水にできたらと思ったさ。けどもが、まったく神も仏もありゃしねぇ、いたにしてもずいぶんと薄情じゃねぇか、それっぱかしのシミたれた親孝行もさしちゃくれねぇのだもの。けど、神仏を恨むは逆恨みヨ。つまるところ、俺ァ、畑に目が行き届かなかったばかしじゃあねぇ、家の者にも目が行ってなかったのだと気が付いた。だから今はオメエのことにも目を向けてるつもりだ」

「有難うございます」

「なら、間違っても、ちゃんをマネたように痛テぇの辛レぇのを我慢しちゃならねぇぜ。油断せずと大事にしろ。体がイッチ大切だ。このごろ身にしみてそいつが良く分かる。俺もせいぜい気をつけるさ。人間、生きてりゃ毎年が厄年みてぇなものだもの」

昼日中、面と向かえば言うはずもないような優しげなことを、顔を隠してくれる闇夜が後押しでもしたのだろうか、夫はずいぶんとこちらをいたわるようなことを言ってくれている。

もちろん夫にしてみても、今のような折、突然妻に先立たれでもすれば途方に暮れるしかないだろう。戊辰の役後の数年にわたる艱難《かんなん》でもって、十八、九の頃よりはずいぶんと強くなったはずの夫ではあっても、そのようなことになれば、身も心もくじけてしまうに違いない。ならば、なるほどこちらは無理をせずと、次の子のことはすっかり運や天に任せ、これまで通りにすべきことをしてゆけば良いのだろう、とそう思ううちに、夫はこちらがまだ眠ってはおらぬと踏んだらしく、また話しかけてくる。

「なァ、多佳もこの頃ァしっかりものが言えるようになってきた。ンなら、あと二、三年して、もし下に子ができたとしても、そいつの面倒だって見れるようになってるか知れねぇな」

こちらの身を案じながらも、できればそのうち一人くらいは産んでくれ、というのがやはり本音のところらしい。ただ、それが薄々分かったにせよ、こちらは別に鼻白みもしない。士だろうが何だろうが、男親は男児を望むのだろうし、そのことは脇に置くとして、夫が引き合いに出した多佳にしても、きっとずいぶんと寂しい思いをしているのは確かなこと。もし、弟妹がいたなら多佳にとってもさぞかし良いだろうとは早季自身前々から思ってもいる。

夫は言いたいことを言うとそれで安心したらしく、気が付けばイビキをかいていた。

そんなことのあった晩から幾日か経った頃、信之進が帰って来た。

征克から是芳のことを聞かされた男は、供香のための物ひとそろいを持ってそのまま墓へと向かい、また戻って再び丁重な悔やみを言うと、東京で仕入れた話を聞かせ始めた。

「……で、こう言やまた言い訳に聞こえるだろうが、私が手掛けたツツジやサツキはチョウチョやハエを呼び寄せはしたけど、毛虫はたからなかった。で、トーケーの植木屋であの虫の話をしたら、そいつはツバキやサザンカにたかる毛虫と同じだと言われて」

「ツバキ……」

「うん。その人は、以前、酔狂で茶の木を生け垣に使った屋敷へ手入れに呼ばれて、若枝にくっ付いてた綿クズらしきを取ろうとしたら、そいつが三尺も飛んで逃げたと言ってた。他にも、見た目は蜻蛉《かげろう》そっくりの薄羽のきれいな虫で悪さをするのもいるらしい。つまりは、茶を好く虫は存外多いのだと。で、それを防ぐには冬の間の剪定が大事とかで、余分な枝は思い切りよく切り捨て、風通しを良くしてやるのが肝要の由。あとは、出たばかりの新芽に取りつく小虫もいて、こいつは小まめに見つけ出し、つまみ取ってくしかないって話だ」

「ってことァ、虫ケラとの戦いってことか」

「あとはダニとかカビだ。病に罹って弱ってきたら、あきらめて根っこから引き抜くか、いっそのこと燃やしちまうしかないそうで、放っときゃ他のにもうつるから用心しろと」

「聞いてみなけりゃ分からぬことだらけだ」

「蜜が出るわけじゃなし、甘い実の生るわけでもないから油断した。渋い茶葉でも、取り付く奴は取っ付いて食い荒らす。タデ食う虫も何とやらで、人間様の思い通りには行かない」

一通りの講釈が済むと、信之進は図面のような物を広げて言う。

「ただ、二六時中、虫の見張りはできぬ相談だ。そこで、そいつを他の者に肩代わりさせる」

「人は雇えねぇのは知ってるだろ」

「いや、人にさせようというのじゃあないよ」

言いながら男は広げた紙の一カ所を指で円くなぞってみせた。

「この辺りに天水池をこさえて、カワズを用心棒にする。ヒキガエルなら鼻が利くらしくて十町先からでも水の匂いを嗅ぎつけてやって来るらしい。ついでにフナやメダカも住まわせりゃ、ボウフラ退治にもなる。あとは、テント虫にメメズ、クモ、カマキリを畑に放つ」

少し離れた所でそんなやり取りを聞きながら、早季は思い出した。嫁いで間無しの頃、深川の掘割が大雨であふれ、ぬかるんだ地面にドジョウや一尺近くもある長ったらしいメメズがのたうち回り、気味の悪い思いをさせられたことがあった。けれども、ああしたモノが何かの役に立つ生き物とは、あのころは毛ほども思いはしなかったのだ。

「テント虫やアマガエルあたりは可愛くも思えるが、あとの奴らは苦手だ」

「苦手も何も、ワラにすがる思いで今は試すしかない。善は急げ。まずは池の穴掘りだ」

男二人の交わすそんなやり取りが、洗い濯《すす》いで乾かした物を畳んでいた弥栄には切れ切れに聞こえたらしく、そのうちに早季の所へ来ると、怪訝な面持ちでそっと愚痴を言う。

「チョウチョだのフナだのカエルだのと、二十半ばの人たちが何を考えてるのかしら。信之進さんも江戸へ何しに行ったのだか……」

　そんな弥栄の不審をよそに、穴掘り道具を担いだ男二人は畑の方へと向かっている。一応は何しに行くかを盗み聞きでもって承知している早季は、それでもいそいそとした男たちの、どこかしら楽しげにも見えるその様子に、いたずらを企てる童子のそれを重ね見ていた。

乱戦

　広さ三坪ほどの池を掘り上げ、その深さ一尺ほどの水溜りにカワズやら何やらが住みつくようになってから十カ月ほどが経っている。前の年に丸坊主にされた茶の枝も、今はまたあの明るい緑の葉を付けてくれてもいる。あの非道な毛虫とて、葉こそ食い荒らしはしたものの、茶の木そのものを芯までダメにはしなかったらしい。そのことにまず安堵しながら、その日、征克が葉の育ち具合を見て回れば、飛び地の方から戻ってくる信之進の姿が目に入った。それが近づくとともに、顔には険しいものが浮かんでいるのがハッキリと認められた。

「どうしたぇ、信さん、何かあったか」

「またわいてる。前ほどじゃあないが」

「取っ付いてるってか」

「池のカエルや虫どもには荷が勝ち過ぎたらしい。あいつらが広い畑のあちこちへ出張ってって、そっくり退治するのは無理だったようだ」

　半ばまで聞いたところで征克は駆け出していた。

話にウソはなかった。いてはならぬモノたちの姿がまたそこにはある。

けれども、前の年、見る者の背筋を寒くさせたほどにウジャウジャとはたかっていない。それでも念を入れて辺りを見回ってゆけば、そこかしこに見つかるのもまた確かだった。

「これならつまみ取って何とかなるか」

「素手じゃ刺される」

「ンなら、菜箸《さいばし》取ってくらっ」

「鎌はここに二丁ある。伐《き》る方が早い」

「そいつァご勘弁だ。俺ァもう可哀そうで茶の木の首は伐れねぇ。残せるモノは残してやりてぇのだ。信さんだってそう思うだろ」

竹箸を取って戻った征克が信之進にも一膳渡せば、二人しての毛虫退治が始まっている。

箸先でつまみ取ってはワラジ足で踏み付けて殺し、半刻ほどのあいだそれをし続けるうちに、何故か信之進が手を止めてしまっている。それを怪しみ、相手の顔を見れば、どうも遠くの空を眺めてるらしくも思われる。

「何見てる、手がお留守だぜ」

「セイさん、ご覧な」

眼の良い信之進が指さす方に、鳥の群れらしきが煙のようになってこちらへ向かってくるのがボンヤリ見えた。それがそのうちに、奥の茶園に飛び込むようにして舞い降り始める。

「ちっきしょーッ、今度は鳥どもかっ、寄ってたかって人の茶畑を食い物にしやがって、弓でもありゃ射殺してやりてぇっ」

突如現れた鳥の一群は、男二人をからかいでもするように、遠くの方でツピイツ、チチチ、ツピイツ、チチチと盛んに鳴き立てている。だのに、信之進は笑みさえ浮かべて眺めている。

「射殺すなんてとんでもない。援軍来たれりだ」

「援軍……」

「シジュウカラだよ。そのうち奥の方から順々にこっちまで食いに来てくれるか知れない。邪魔しちゃならぬから、一旦退こう」

大きさはスズメほどだろうか。

元より鳥なぞに思いの行かぬ征克には、江戸でそれを目にした憶えがない。ドブの臭う下町住まいの貧乏御家人が見知った鳥といえば、カラス、トンビにスズメほどのもの。あとは、夏の初めに鼻づらを横切られてハッとさせられるツバメあたりだろう。ああ、それと江戸の外れに庭飼いのコケコッコがいやがったな、と征克は思い出す程度だった。

「タカかトンビに追われでもして逃げて来たか、それとも目鼻を利かしてここの毛虫に狙いをつけて飛んで来たか、なんにしても有難い天佑神助だ。セイさん、あれに任して、戻ろう」

当の小鳥は人をあまり恐れぬらしい。いつの間にやらそばまでやって来た一羽を見れば、半エリのような黒の帯を首に結び、それが白い腹まで伸びている。つむりは髪を生やしたように黒く、頬っぺたは白粉を塗った田舎娘のように愛らしい。青い羽に黄と緑が混じっているところは、やはりスズメとは大いに違って華がある。

そんな鳥がせっせと小さな頭を振り振りしてエサを探し出してはついばんでいる。体に似合わず大食らいなのか、今はあのツピイツ、チチチさえも聞かせぬままに、休みなく枝の中に頭を突っ込んでは捕まえた虫をただ丸飲みしているようでもある。

可愛いナリして気味《キビ》の悪りぃ毛虫がお好みとはゲテモノ食いだぜ、とは思いながらも、征克は信之進にうながされるまま、虫の始末は小鳥どもに任せ、その場を後にしていた。


翌早朝、男二人は待ち切れぬようにしてシジュウカラの仕事の首尾を確かめに畑へと向かった。喜べるのか、ガッカリさせられるのかは、その目で見ぬうちは分からない。

前の日に行った場所へ着いてみれば、小鳥たちの姿はすでになく、辺りは静まり返っている。それに少しく不安を覚えながらも、手分けして恐る恐る辺りの茶の葉を見回ってゆけば、そのうちに離れた所から互いは笑顔を見せ合っていた。

「信さん、今日は祝いだ。まだ所々《トコロッパチ》いやがったが、一匹二匹ってとこだ」

「うんっ、こっちも大丈夫そうだ。油断禁物じゃああるが、今日くらいは祝いたい」

その晩、夕飯を済ますと、信之進はホロ酔いの征克を前に、初めてすることになる茶摘みの段取りについて説き始めた。

「……いいですか、読みますよ。ここに『五、六枚生え伸びたる新茶は元の一、二枚を残すが肝要。摘み始めて十日の内に終わらすべし』とある。で、摘み取ったらすぐに蒸し器にかけて仕上げなけりゃならない」

「蒸し器とはどのような物です」

弥栄と早季とが息を合わせたようにして脇から尋ねた。

「私がどこかで探してきます。なに、カヤか竹編みのザルカゴで、指し渡し二尺もあれば足りるはずだ。そいつを釜に乗せてじっくり蒸し、青臭さが飛んだら引き上げて、新しいムシロに広げ、ウチワであおいでしっかり冷ます。仕上げは手で揉んでヨリをかけるわけだが、これも私がどこかで心得のあるバアさんでも探して連れてきます。その手業を見習って身に付けりゃ、次からは内々でこなせましょ。まぁ、万事お任せを」

「わかってるよ。元よりあなたに全てお任せしてる。だから皆を親船に乗せたつもりで瑞島信之進殿もどうぞしてご安心なさい」

「おいおいセイさん、乗った方が安心するのだろ。船頭も安心しろとは、初めて聞いた」

毛虫のいなくなった茶畑で、初めての茶摘みが今、一家総出で進められている。

常日頃、家内事にしか使わぬ手を、これまでしたことのない茶摘みに使うというのは、弥栄と早季にとってはずいぶんと勝手が違うだろうのに、傍目に見れば二人の様子はどこかしら楽しげで、気晴らしになっているようでもあり、黙々と倦まず作業をし続けている。

そうして銘々が茶葉で満たしたカゴを空け、また満たしては空けを繰り返すうちに、いよいよ摘み取られた物を仕上げる段に入っていた。

数日前、信之進が説いた通りに蒸しの作業にかかってみれば、辺りはもうもうたる湯気と茶葉の香りに充たされ始める。心躍らすようなその熱気に包まれながら、征克は思い返していた。そこまで漕ぎつけるまでに要した年月がまず頭に浮かぶ。その月日のそこかしこにあれこれの出来事が散らばっている。鰯ケ島で信之進から茶畑の案を聞かされた時のこと。初めて目にした金谷原の荒れ果てた風景。手足にこさえたマメを破りながらの開墾。娘が生まれた喜びの後には、父・是芳が茶摘みを目にすることなく逝くという悲しみが待っていた。

あれこれを思いたどってゆけば、頬の辺りがしっとりと湿っている。それが蒸し器の盛んに立てる湯気の結ぶ露でないのは、征克自身よく分かってもいる。もし父親が征克の今の顔を見でもすれば、きっとこうも言ってからかったろう――何だぇ、やぶ入りで里帰りした丁稚小僧じゃあンめぇし、茶が穫れたくれぇで、大の男がメソメソしやがるものだ――と。

初めての子・多佳を寄ってたかって抱いた時のように、おっかなびっくり何とか新茶を無事に仕上げてみれば、しばらくのあいだは何を案ずる要もないノンビリした日が続いていた。

その日、征克は小さな包みを小脇に抱えて町へと向かった。逓信省《ていしんしょう》の分局にそれを持ち込んでみれば、係の者は宛て名に不備がある故そのままでは預かれぬと言ってくる。

「正しく書けと言われても困る。なに、送る相手はただの宮司だ。板橋宿におなし名の神社が百も二百もあるわけじゃなし、先様の名はこうしてちゃあんと書いてある。だったら、届かぬ理屈はねぇと思うが、どうだ。いやさ、届けに行きなすった配達夫が相手に向かって〝こちら様が左様ですか〟と訊きゃあ、それで足りる。違ったなら、また別を当たりゃ良いだろ」

だんだんと荒い口調になってゆく江戸者らしき男と押し問答を続けてもつまらぬと思ったのか、黒布の腕覆いを付けた係の男は、征克の押し付けた物を不承不承のようにして終いには預かった。重さ二斤ほどの中身には、親しい間柄ゆえの簡単な書状が付けてある。

『無沙汰と申さば　かほどの無沙汰もこれ無く　高取征克　只々恥じ入るばかり
駿府へ移り来しより幾年ものあいだ手こずるに至りしいきさつは　いつの日か
貴宮をおとなう折の土産話と致したく　今はしばしの御諒承を願うものなり
同梱の物は　漸う今夏摘み取りに至りし当園謹製の茶葉　目方およそ二斤
ご所望の切り干し大根にあらざるは　何卒ご容赦のほど願うものなり　草々』

行きに抱えていた小包はまったく重い物でもなかったのに、帰りの征克はずいぶんと心軽くなっている。多分にそれは長年果たせなかった邦重との約束が、今日すこしは果たせたことによるものらしい。思えば、あの殺伐無残な戊辰の年、ただ迷惑をかけるばかりだった友への謝礼として、それはあまりにささやか過ぎはするのだけれども、中身は、苦労して育てた末にやっと穫れた茶の葉で、摘むばかりでなしに自らの手で蒸し、撚《よ》って仕上げた物でもある。それを、友のもとへ送ることが今日やっと叶っている。何日かして、それを邦重が開封すれば、きっと緑の茶の香はあせぬまま、あのシンとしてひんやりした清らかな社殿の内に漂うに違いない。そんな様子を思い描けば、征克の心はいっそう晴れやかになりもした。

いつかは贈りたいと思っていた物を送り終えれば、まずは無事に届いてくれよと願い、そのうちにスッとそれを忘れたまま働くうちに、気が付けば、ひと月ほどが経っている。

日ごろ、郵便配達夫が征克の所へ何かを届けに来ることなぞ滅多にない。それがその日は、いかめしい護身用の短銃を腰に吊るした黒服の男がやって来る。手渡された物は少し厚みがあって、書状だけにしてはほんの少しだけ重くも感じられた。

開けてみれば、絵馬がある。こちらに辛抱と不屈を促すつもりなのか、神社のクセに達磨大師が描かれている。紙札の『萬事無難　穀菜満作』の手跡からすれば邦重の作なのは明らかだ。苦笑しながら、折り畳まれた書状に目をやれば、それは友のものとは違う、女手の、しかも麗筆と呼ぶに足る文字の連なりだった。
読めば、届いた茶は香り素晴らしく、この上なく美味で、よくぞここまで、と誉め上げてくれている。けれども読み進めるうちに征克は息を止めた。

『頂戴致しました御品　夫婦して味わうこと叶わば　如何ほどに宜しかったろうと悔やまれてなりませぬ　み月ほど前　常の如く何か書き物でも致しおるものと思い近づけば　座したまま逝っておりました　あまりに急なこと故いまだ信ずること能いませず　されど人の逝くはきっといつもそのようにしてなのだと己に言い聞かせ　寡婦として残された日々を父母と共に……』

何の前ぶれも無く、にわかに未亡人にされてしまった手紙の主は、結びの言葉として、礼状のはずだったものが訃報になってしまったことを丁重に何度も詫びている。
読み終えた征克は口を真一文字に固く結び、身の内から湧き出てくるものを一心にこらえようとしていた。それでも抗い虚しく、両の目は何かがこぼれるのを許してしまっている。続いて嗚咽まで漏れそうになるのを、征克は口に腕を強く押し当てて殺しながら、心の中で邦重の妻に言いかけていた。――何を詫びる要がありますね、いけねぇのは俺だ。さんざっぱら迷惑かけて世話になっときながら、あれっぱかしの茶ッ葉が穫れるまで長の無沙汰をしちまって、挙げ句の果てに、邦重が逝ったと知らずに、浮かれてあんな物を送り付けちまった。俺ァ大マヌケだ。すまなくてすまなくて仕方がねぇ。ほんとにほんとに申し訳がっ——。

泣きじゃくりながら思い出すのは、上野戦争を前に酒を酌み交わした夜のことだった。

若さに任せて遊び歩いた日々を、それでも邦重は〝まんざら無益な愚行でもなかった〟と断言した。それにうなずきながらも、やはりバカな行ないだったと征克は心の中では思ってもいた。それが今になってみれば、やはり邦重の言う通りだったのが身にしみて分かる。あの時でさえ、共に所帯を持っていたからには、できるはずのない愚かな行ない。それが邦重を亡くしてしまった今となっては、共に思い返して笑い合うことすら叶わない。つまりは、あの愚行は、まるでこの世にたった一つの宝物のように輝く思い出に変わってしまっている。

いつもと変わりなしに男二人はその日も畑にいた。

「セイさん。この二、三日、どうも意気が上がらぬように見えるが……」

不意を突かれ、すぐにと返せず、それでもそのうちに征克は、先日届いた手紙に書かれていたことを手短に明かした。

「……そうだったのか……、気の合う友が……、それはお気の毒だった」

「病とは無縁の男と思ってた。だのに断りなしに逝っちまいやがって。こっちは上野戦争の時から迷惑かけ通しだったから、ちとァ礼を、と思って茶を送ったら、これだものな」

「元気の出ぬのも道理だ」

「やんちゃ盛りの頃ァ、親に隠れて悪い遊びもしてね。交尾《ツル》んでバカやってくれる奴は、その邦重って男だけだった」

　親しい友があっけなく逝ったという話を聞かされた信之進は、黙ったまま、ただこっくりだけしながら聞いてくれている。

「信さん知っての通り、俺ァ、選り好みのキツイ、言ってみりゃ偏屈な男だ。となりゃ、友と呼べる者はひどく少ない。生まれ育った江戸も捨て、この身も今は駿府の茶百姓。だからと言っちゃあずいぶんと失礼にはなろうけれども、信さん、竹馬の友も亡くした今の俺にゃ、心許せる御方は唯一人、あなただけだぜ」

　それを受けて返すまで、相手はずいぶんと暇取っている。見様によっては、それはまるで秘め事を明かすか明かすまいか、ためらいでもしているように思われもする。

「……セイさん。江戸じゃ、芸者・遊女のことを遠回しに〝それ者《しゃ》〟と呼んだろ」

「ああ。俺の女房は柳橋のソレ者上がりだとか何だとか自慢した。けど、それが……」

「その、ソレ者と同じ伝で言わしてもらや、私みたような男は〝あれ者〟かなって」

「アレシャ……って……、つまり……、アレかぇ……、レコが……」

　言いながら征克は小指を立て、すぐにまた引っ込めると、今度は代わりに親指を立てた。

「レコってことだ」

少し頬を染めながらも相手はうなずいている。

「葉茶の作り方を習いに彦根へ行ったのも、一つにはそれがあってね。以前、江戸詰めでいらしてた折に親しくなった人があちらに……」

「つまり、その御方もアレ者ってことか……。あれあれ、だね」

「混ぜっ返しちゃいけない。真面目に話してる。が、セイさんも既に気付いてたと思うが、どうです」

「うん。焼津で知り合って、江戸にいた頃の話をした辺りで、薄々気付いたかな。鉄砲・火薬は怖くて嫌だが、鉄砲隊士や火消しやトビの者は男らしくて好きだとか」

「左様なこと言いましたか。けど、なにも私はセイさんに懸想《けそう》したわけじゃあない。あなたとはずいぶんと気が合うと、ただそう思うだけだ。二人してこの金谷原を拓いてくのがずいぶんと楽しい。そんな人が大事な友を亡くされ、あとに残ったのはこの私だけだと言われでもすりゃ、そりゃうれしいさ。私なんぞでいいんですか、と念を押したいところだ」

「イイも悪いもねぇ。邦重が死んだと知らされて、ずっと気が抜けちまった。けど、この畑で信さんと働いてりゃ、じきに失せた力も戻って来るさ。ソレ者もアレ者もあるものか」

待ちわびしもの

七年ほどの間を置いて、その痛みはまたやって来ている。ひょっとすると前より少しは楽かしらとも思えるのは、初めてだった時の恐ろしさが、二度目の今はないからかも知れない。ただそうではあっても腹は好き勝手に膨らみ、身の重さもズンズン増して、立ち居ばかりか、ただ横になるのにさえ厄介を覚えるのは、前の時と全くに変わりがない。

前の時と同様、周りの者からは大事を取らされ、産気づいた早季がいよいよその時を迎え、あの、喜ばしいような痛み苦しみを耐え抜けば、娘の多佳には七つ下の弟ができていた。

陽真《はるまさ》と名付けられたその子を、多佳はまるで気に入りの人形ででもあるかのように、さも大事そうに負んぶし、こまめにヨダレを拭ってやり、時には、手のふさがった母や祖母に代わってムツキを替えてやったりもする。そんな我が娘の様子を見ながら夫は言った。

「多佳坊の奴め、まるでテメエが産みでもしたように面倒見てるじゃねぇか。けど、見てて良いものだな、同胞《はらから》てぇのは。俺ァその辺の情を知らねぇもの」

夫と同様に一人っ子だった妻はうなずいてみせる。自分にも、もし弟妹がいたならば、ずいぶんと楽しくもあり心強くもあったろうとは思われる。ことに、母を亡くし、続いて唯一頼りの父にも逝かれた折は、まるでつらいこの世にたった一人残されたような心細い思いをさせられたのだ。

二人目の子の誕生を喜ぶのは、これまで寂しい思いをさせられてきた多佳ひとりではない。今度の授かりものが待望の男児ならば、夫と姑の喜びようは当然、前の時に勝っている。

赤ん坊というものが、我が身の内に幾月か住み暮らした生き物ならば、いつのまにか自身の大事な中身のように思われもする。それが終いに外へと引きずり出されれば、こちらは虚ろな容れ物に変えられたも同じこと。疲れ果てたこちらの耳にまず聞こえたのは、生まれたばかりの子が思い切り立てる元気の良い泣き声と、取り上げてくれた女の口から〝男〟とハッキリ告げられて大喜びする夫と姑の声だった。——デカシタ、ヨクヤッタ——。

もちろんそれを恨めしく思うのでは全くないのだけれども、やはり女児を産んだ時とはずいぶんと違うようにも思われる。それはそれでうなずけもする。家を継ぐということ、絶えることなく家を、そして家名を継ぎ続けるということが何よりも大事なことならば、自分がしたことはまさしく〝でかした、でかした〟と喜ばれ褒められるべきことのはず。そして事実、夫は隠さぬままにそれを口に出して言いもし、早季自らも、ひどく晴れがましい気持ちになりもしたのだ。

ただ、その一方、やはり一人の母として、生まれた子が男か女かということよりも、無事にこの世に生まれ出てくれたことの方が遥かに有難く尊く思われる。その一事だけで御の字のはず。つまりは、今、姉の背に負われ、いかにも仕合せそうに寝休んでるのが男児か女児か、弟なのか妹なのかは全くに関わりないことになる。

少しぐずり始めた陽真の機嫌を取ろうとする多佳の姿を見て、征克がうれしそうに言った。

「お多佳坊め、自分があやされたのを憶えてるはずもなかろうのに、あやし方が堂に入ってるぜ。どこぞの誰かにされたように、負うた子の尻をコッソリつねったりはしねぇようだ」

夫のからかいに、妻は間髪入れずに言い返す。

「ひと聞きの悪いことを。あの場のあれは助太刀です。忘れたと言っても聞こえません」

「それァ悪うござんした、あの折は悪知恵働かしてよくぞお助けくだすった」

待望の男児・陽真

或る日、征克はセガレをヒザにのせ、相手の小さ過ぎるてのひらの上に、サヤに収まったままの茶の実をポンと置いた。丸が三つ、三方から鉢合わせしたような不思議な形をした茶の実。それをキュッと握ると、五指に隠され見えなくなったのが面白いのか、陽真はただひたすら開いては結び、結んでは開いてを繰り返している。父子ともにそれを見て笑い合いながらも、そのうちに父親の方だけは何故かしんみりしたような顔つきになっていた。きっと征克は、亡き父・是芳が戯れに詠んだ歌を思い出し、ここにはおらぬ相手に向け、心の内で話しかけているのかも知れない——ずいぶんと遅ればせになっちまったが、こいつが跡取り息子の陽真だ。三つ葉アオイの御紋も知らねぇくせに、ほれ、こうして三つ玉の茶の実を持たしゃ喜びやがる。なぁ、ちゃんや、そっちからこの小せぇ坊主が見えるかぇ——と。

そのようにして小さいうちは初めての男の子を甘やかしていながら、それが長ずるにつれ、夫は何か思う所あってのことなのか、多佳の時とは対し方をだいぶ変えて行った。

陽真が何かしら他愛のない悪さでもすれば、それが如何に幼子のするようなものであっても、夫は結構な勢いで叱りつける。それが少々度を越せば、今度は言うより早くパシリと平手を飛ばしたりもする。勿論、ゲンコではないものの、やはり叩かれた方は大いに泣いて身をちぢめ、それを少し離れた所から姑と二人して見たような折は、互いに顔をしかめたもの。

するると、それに気付いたのか、問われもせぬまま夫は訳をこちらに明かしてみせた。

「したくてしてるわけじゃあねぇのだ。陽真が高取の家と茶園を継ぐ男なら、今から性根玉をしっかりさして、事の是非もわきまえる者に育てる要がある。人間、甘やかしゃ、甘ったれた考ゲェのロク玉でもねぇ奴に育つだけなのは、俺ぁテメエのことだから身にしみてよく知ってる。若ケェ頃の俺みたような軽はずみな野郎にはなってほしくねぇ。だから叩くのだ」

そう言われてしまえば、なるほどとこちらはうなずくしかない。確かに若い頃の夫はまさしくそのようだったのだろう。

そんな父の変わり様を、多佳は子供ながらに嗅ぎ取りでもしたのか、弟が後できっと叱られるようなことをしそうになれば、先回りしてそれを阻み、後難を未然に防いでおいたりする。初めの内こそ、そんな姉の思いやりが分からず、駄々をこねるだけだった弟の方も、三つ四つと育つうちには、ずいぶんと聞き分けが良くなりもしていった。そんな姉弟の姿を傍から見る早季は、以前、夫が言っていた言葉を思い出す。――多佳もこの頃ァしっかりしてきたから、そのうち下に子ができたりしても、そいつの面倒だって見れるようになる――。

まさかあの時の夫が、今の多佳の成長ぶりを予見してあのように言ったはずもない。それはただ、もう一人子がいても良くはないだろうか、ほどの気持ちで言っただけと思われる。ならば、多佳は親の予想を軽々と飛び越え、ずいぶんと聡く賢い娘に育ってくれたらしい。

もうイタズラめいたこともしなくなった陽真が五つになった頃、或る時、同居する信之進が早季に向けてあらたまったような顔で言って来たことがある。

「早季さん。私はこれから御子息をただ〝ヨーシン〟と乱暴に呼びますが、気を悪くなさらぬように」

「はァ……、それはまったくに結構ですが、何かございましたか……」

「いえね、昨日、セイさん改まった顔してこう言った『今から陽真にゃ俺のことは〝ちゃん〟とは呼ばさず〝おとうさん〟と呼ばすことにした。学校とやらで強いてるらしい妙な新語で気に入らねぇのだが、世間じゃそれを使うようになってるらしい。まァ、チャンよか敬意があって良いか知れぬ。ということで、信さんもアイツのことは呼び捨ての、そうだなァ……〝はるまさ〟じゃなしに〝ヨーシン〟〝とでも呼んじゃあくれまいか』って」

一瞬、早季は夫の意図を不審に思いながらも、物心付いてからの息子に夫が厳しく当たって来たことに照らせば、そのようなことにもなろうかと、そのうちに了解していた。

「そのようでしたら、どうぞしてそう呼んでやってくださいまし。跡取り息子ゆえ、甘やかすのはもう止しにしたいのでしょう。〝ヨーシン〟でしたね、ええ、いにしえの武将のようで、かえって良いか知れません。当人もそう呼ばれれば、シャンっともするでしょうし」

「なるほど、古武士ですか。言われてみりゃ、シンゲン、ケンシン、いずれも左様ですな。源義経だってゲンギケイの方が勇ましく響く」

緑葉繁れる

今度の茶摘みは、何度目のものになるのだろう。ついこないだ正月を寿《ことほ》いだと思う内に、いつのまにかあともう少しでまた五月が巡り来ようとしている。

縫い物をしながら早季は、ふと思い始める。あの初めての喜ばしい茶摘みの後、いくらも経たぬうちに夫は無二の親友の死を知らされた。けれども、そのあと、息子・陽真をさずかり、当の子は或る日、這い這いをし始め、次には立ち上がってみせ、今度は覚束ないながらも歩き出していた。乳離れせぬあいだの、あの訳の分からぬムニャムニャ言葉も、足の運びに合わせるようにだんだんと上手くもなり、今は親子で話もできる。そうしたもろもろのことが、何度か茶摘みをする間に起きている。流れる時が何かをもたらすのだろうか、それとも何かが起きるにつれて時が流れるのだろうか、それを思う内に針持つ手が止まっている。

春が過ぎ、夏と呼んで良いような四月も末の頃となれば、畑は一面緑の海に変わる。それが五月になれば、茶木の枝は密に繁った葉で重そうにさえ見え、そよ風がそれを吹き撫でれば、降り注ぐ陽にチラチラと緑の光が揺れ動く。そんな様子を目にすれば、茶畑百姓なら誰しも、ああ、もう間無しに茶摘みか、と思い始める。茶を摘むべき頃合いを知るには、緑の葉を一枚ちぎって鼻先に寄せれば、それで足りる。香る加減で自ずとそれが知れるのだ。

その年の摘み取りも、いつもの年と同様に、晴れて乾いたその日が選ばれた。

腰の高さにこんもり繁った茶葉の森を見下ろし、大入道ならぬ身の丈五尺ほどの十数人が一枚一枚ていねいに、それでも速やかに摘んでゆく。賃雇いの女たちに混じり、弥栄と早季も黙々と今それをしている。梅雨入りまでの半月ほどは一心にそれをせねばならない。そうして早朝に摘み始め、折々戻ってカゴを空け、目方を量ってみれば、一貫を優に超えている。

何度かそれを繰り返し、一番茶を穫り終えれば、あとは茶畑に肥やしを施し、二番茶の芽がそろって出るよう刈り込んでゆく。さらに五十日ほど経った六月末から七月頭の頃には、今度は二番茶の摘み取りがまた始まる。梅雨のさ中のそれは、一番茶の時とは勝手が違ってくる。晴れ間を狙ってするのはもちろんではあるけれども、雨を厭うてばかりはいられない。

二番茶を穫り終えて迎える夏の盛り。七月終わりから八月初めの頃には、頭の上遥かに燃える陽の下で雑草取りや害虫の始末に追われることになる。日照りのひどい年は小まめな水やりも欠かせない。

いずれにしろ、育てる間は折々休めはするけれども、刈る段になってそれは許されない。とは言え、そうして急《せ》かされはするものの、茶を摘む作業は何度やっても心が浮き立つ。きっとそうした刈り取りの気分は、米でも麦でも同じには違いないのだろうけれど。

そんな茶摘みが一段落した頃、夫は妻に向け、申し渡すように言ってきた。

「早季。前々から頼もうと思ってたことがある」

「はい。どのようなことでしょう」

「うん。あれだ。学校なんぞというものが出来て久しいが、多佳の読み書きはオメエが教セェてやってくれ」

「つまり、通わす要はないと……」

「手習い師匠はオメエで足りる。他人が聞きゃあ親バカに聞こえるだろうが、多佳坊はそんじょそこらの子と違ってずいぶんと利発だ。イロハを教セェりゃ、そのあと、何かを知りたくなりゃ、テメエで本でも探して読んで済ますだろう」

確かに学校なるものはだいぶ前に出来ている。けれども、百姓の家では大事な手が取られると言って、通わさぬ者がほとんどだ。こちらは子供の手を当てにせねばならぬほどきつい稼業ではないけれども、やはり雨の日風の日、遠くまで歩いて通わせるのは忍びない。それに、夫同様に親バカながらも、多佳はなるほど母親の目から見ても利口者と思われる。

「承知しました」

「うん。きっとそうしツくれ。六つになった子を十把一絡《じっぱひとから》げに学校なんぞへ無理にと通わすなぞは、毛唐《けとう》の国の仕組みをマネて、上手く民を操ろうてぇ魂胆が透けて見える。薩長田舎ッポ政府の吹くピイヒャラ笛に、大事な子供を踊らせることァねぇ。それに……」

「はい……」

「それに、オメエは俺よか学がある。俺が教セぇりゃ、多佳坊が学びそくねるか知れねぇ」

　征克の命に従い、翌日から義母と二人して代わる代わる手が空いた折に平仮名、カタカナを教え始めていた。娘は筆を運ぶ手指の動きも良く、大人同士の交わす上等な言葉も、耳に留めるとその語義を尋ね、次にはその書き方を問うてきたりもする。そうなれば、なるほど夫の言うように、そのうちに知りたいことは自身で学びもするだろうとは思われもした。


　八月の終わり、日によっては秋を思わす涼風が吹き、刷毛で刷いたような雲が空に浮かぶ。その頃になれば、畑にはまた肥やしを施し、そうされてまた育った秋番茶の収穫を、九月末から十月初めにかけてすることになる。

　それを済ませれば、茶百姓にとってはもう全く急く要のない畑仕舞《はたけじま》いが残るばかり。肥やしを施し、余分な枝の剪定をし、冬に備えて茶の木の根元にワラを敷き詰めてやればそれで終いとなる。

　初めのうちこそ、信之進の指図を受けてたどたどしく行なっていったような諸々の作業も、今では皆の頭と体に刻み込まれたようで、その時期その時期が来れば、心はそれを思い出し、自ずと手足が勝手に動くようにもなっている。

　そうして今年も秋の番茶を穫り終えれば、ツバキかロウ梅を思わす淡い黄色の茶の花が、見る者たちの目を楽しませてくれる。

開墾したての頃に比べれば、飛び地も加わってずいぶんと広さを増した茶畑。その丘の上に立ってぐるりを見渡せば、あの精々のところ薪を採る用にしかならなかった入り会いの秣場《まぐさば》が、よくぞここまでなったもの、とあらためて思わぬわけにはゆかなくなる。

多佳の不満

読み書きなぞは学校に頼らずとも、我が子には教えられると言い張った夫。そのような訳式《わけしき》の他にも、人の子を集めて、一体そこで何を教え吹き込むのかと疑い危ぶみもしたらしい。けれども、高取家の二番目の子が男児と知っている役場の者は、その子が学齢に達すると、しつこくやって来ては〝親の務めだ、義務なのだ〟と半ば脅し口調で夫を説き始める。それでかえって夫が頑なになれば、今度はやんわりと〝なに、読み書きばかりではないのだ、他にも算術だの何だの、農を営むにも役立つ諸々のことも習えるのだ〟と諭しにかかる。

そう言われてみれば、今では茶園もずいぶんと大きくなり、それを先々うまく営んでゆくには銭勘定も必要になるのだろう。ソロバン弾いて帳面付けするなぞアキンドのすることと見下したのは士ならではの考え方で、今はそうも言ってはいられない。それに、師弟となるための束脩《そくしゅう》の銭や品物を贈らねばならぬわけでもなし、月謝を納める要もないならば、下の子に限っては許してもみようかと、一徹者の夫も最後は折れ、相手の勧めを容れていた。

そのような夫と違い、妻の方は心の内では初めから結構なこととも思っていた。

ただ、それでも案じられることが一つある。それは、陽真が学校という他人同士の集まり、つまりは、見知らぬ級友なるものに馴染め、うまくやってゆけるかどうかということ。

それまで陽真にとって友達と言えば、七つも離れた姉の多佳か、開墾方にいる同じ年回りの子供だけ。それとても、たまにあちらへ行って少しじゃれ合う程度にとどまっている。

また、それとは別に、息子は父親とは大いに違ってどこかしら優しげで穏やかで、物を思うきらいがあって、空行く鳥、枝にさえずる小鳥を見ては、飼ってやりたいと言ったりもする。仮に陽真が本所に生まれていたなら、きっとそこらのイヌの子・ネコの子を抱いて帰っては同様のことを訴え、親を困らせたに違いない。

さらに心配なのは、これまで息子が話し相手としてきたのはもっぱらに祖母、母、姉であって、そうなるとどうしても江戸の女言葉が身に染みついている。それがまったく改められぬまま、地元の子らと交わっても、やけに柔らかなその言葉をバカにされ、それが元になって仲間外れにされかねない。

やがて、母の心配はその通りになっていた。

尋常小学校なるものに通って間なしに、陽真は顔や手足に浅い傷を残して戻ることが多くなっている。それを見とがめて訊いてみても、子供とは言え、やはりそれなりに男の矜持を保ちたいのか、ちょっと転んだ、すべった、尻モチついた、木登りの枝が折れて落っこちた、と返して済ませようとする。それでもそのうちにいよいよ見え透いた言い訳が底をついた或る日、こちらが強い口調で質してみれば、陽真は、そうした傷が級友に小突かれ、張られ、足掛けされてできたものだ、と仕方なしに明かしていた。

うつむいたままの我が子を見るうちに、ふと、早季の頭の中に、ちょうどあの十何年か前、地元の男らに取り囲まれて難儀した時のように、妙案がひらめいた。

「陽真。だったら、どうだろう、オトッサンの口ぶりをマネて学校で試しに使ったら」

改まった場であればきちんとした物言いのできる夫も、内々の時は、お世辞にも品の良い話し方はしない。如何にも下町らしい伝法なその口ぶりは、無学不文な者のそれと選ぶ所がない。

仮に陽真がそうした荒い言葉を使えば、甘く見られることもなくなるのではないか。

つづいて早季が、その師匠役を信之進に頼めば、相手はすんなりと応じてみせた。

「それは良い考えだ。セイさんもまだ士ッ気が抜けぬから、セガレ相手にベタベタとは話さぬし、となれば私が適役なのはまさしくその通り。あの人の下品な口ぶりは、十何年か一緒にやってて良く知ってます。ヨーシンに口マネさしておぼえさすくらい造作も無い」

ふた月ほど経つうちに、学校から戻る陽真の顔や手足からは打ち傷、擦り傷、青アザが明らかに減ってきている。そこから判ずれば、母の案じた一計は、思い通りに功を奏したものらしい。きっとついこないだまで大人しかった高取陽真も、今は、悪さを仕掛けて来る相手に向かって、テメエ・コノヤロ・コンチキショー・ふざけやがって・張ッ倒スゾ・蹴倒スゾ・死にてぇか、を連発し、その豹変ぶりに驚きひるんだ相手は、次第次第に陽真を容易ならざる者として認めていったに違いない。

これまで同様、茶園のことにかかりきりの征克は、そうした小さな事には気付かぬままにいたらしく、学校へ通い始めた頃の苦難を乗り越え、八級・七級の学業を無事に済ませ、今は二年目に入った息子のことを、夫は、ただすんなりとそうなったものと思っているように見える。その証しに、陽真のことよりも多佳の方を案じたように、或る日、夫は尋ねてきた。

「どうだえ、近ごろ多佳は……。陽真が通ってるのにあたしは行かしてくれなかったなぞと文句を言っちゃしねぇかしら。ちゃんを恨んじゃしねぇだろか」

しつけ糸を引き抜きながら妻は返した。

「いえ、そのようなことは一言も」

「ほんとか。弟が本なぞ読んでるのを脇から見りゃ、姉の方は面白くねぇと思うのだが」

「ああ、そう言えば、本のことで思い出したことが……」

「なんだ、本がどうした。シャクにさわって、弟の読んでるヤツを引っちゃぶきでもしたか」

「いえ。学校の本が高直《こうじき》で。地理、読本、算術、それが上下に分かれて、おのおの十銭」

「そりゃ高ケぇ。けど、だったらなんで俺に言わねぇ」

「いえ、そしたら多佳が妙案を思いついて、学校に備え置きのがあるなら書き写してやるからと陽真に命じて、借り受けさせて」

「へぇ、そいつァ良い。ロハなら何より安い」

「その上、書き写す間に、自分も読んで中身を会得したようで、今は学校から戻った陽真に多佳が教えてやってるくらいです」

「そうか。さすが俺の娘だ。一聞きゃ十を知るオツムの良さは、俺の血を引いたのだろう」

都合の良い所だけはトンビのように脇からさらってしまう夫が小憎らしいながらも、それがかえっておかしく、妻の口からは抑えようとしていた含み笑いがうっかり漏れてしまった。

「なんだ、何がおかしい」

笑う妻に夫がキッとなれば、早季はとっさに言い繕《つくろ》う。

「いいえ、別の話をつい思い出してしまって……」

「なんだ、ついでに聞かせろ」

「はい。実はこないだ、多佳がタメ息なぞついてたものですから……」

「子供のくせにタメ息つくってか。タメ息つきてぇのは親の方だ。で、何を嘆いてやがった」

「ええ、いつのまにか生意気を言うようにもなったようで」

「おめえの話は枕が長すぎる。何がどうした」

「で、訳を尋ねましたら、『私の名は苗字が高取だからタカトリタカで流れがよろしくない。それにひきかえ、おっかさんは〝タカトリサキ〟で、スッと流れてよろしい。嫁ぐ前の名だって〝守川《もりかわ》〟だから、どちらを取っても響きが良くって、うらやましい。だのにどうして私の名は〝タカ〟としたのか』というような不満口を……」

「何をくだらねぇことを言いやがる。こっちゃあ、佳《よ》きこと多かれ、と願って付けてやったのだ。てめえの親仁がネジリ鉢巻きで一晩考えてやった折角の名を、当の娘が気に入らねぇと文句をつけるとァ世も末よ。これも明治御新制がもたらしたる悪風か。そんなにヤなら、とっとと嫁へ行きやがれ、行って苗字を変えりゃ良い。ハナサカだろうがウラシマだろうがアシガラヤマだろうが、好きな苗字に変えやがれてぇのだ」

「なら、そのようにおっしゃって頂ければ」

「バカを言いやがれ、冗談じゃねいっ。名前の付け方がどうのこうのと、そんなつまらねぇことをまともに採り合って娘ッ子相手に異見《いけん》するほど、こちとら様は落ちぶれちゃしねぇ。元はこれでも江戸士だ。日本橋辺りの商家の主じゃあンめえし、テテ親のコケンにかかわらァ。良いな、俺がそう言ってたと、おめえの口からキッパリ言って聞かせるのだ」

「はいはい」

「返事は一つにしとくが良いぜ」

「はいは……、あ、いけない……、ハイ、では承知いたしました」

夫婦して笑い合うことなぞ二年に一度というところだろう。それでもその時だけは、あわて言い直す早季の様子がおかしかったのか、征克は思わず用心が解けでもしたようにプッと吹き出し、つられた早季も小さく笑った。けれども妻が笑った訳はそれだけではない。夫は如何にも男のコケンやら父親の威厳やらにかこつけて、娘に直に物申すのを拒んだけれども、その実、年ごとに我が娘がだんだんと大人の女に近づいて行くのに戸惑い、まっすぐ向き合うのをためらっているのでは、とも疑われるため。

多佳が小さい頃はあれほど多佳坊・お多佳坊と、ベタベタとは言わぬまでも、ずいぶんと可愛がりもしたのに、今は互いの間に他人めいた遠慮が少しずつ生まれたらしく、互いが互いを何とはなしに苦手に思っているようにも見える。それに引きかえ、こちらはやはり女同士というこどもあってか、話をするのに何の障りも覚えはしない。そこのところが、何処かしら女親のこちらの方が男親よりずいぶんと優位に立ってもいるようで、少し得意に思われもする。さらには、若い頃は粋がって悪所へ遊びに通ったらしいながらも、その実、なべて女と言うものに対しては及び腰で不器用なところを見せる夫が、どことなく可愛げのある人間のようにも思われて、それが知らぬうちに笑いとなって出てしまったのかも知れない。

巣立ち

すでに明治の御世《みよ》となってから二十年ほどが経っている。それほどの時が経てば、金谷原・牧之原の茶業もしっかりと根が張り、栄え始めている。どこの茶畑も茶摘みを迎えれば、初めの頃より広くなったぶんだけ、今はずいぶんと忙しくもなり、家に幼子が何人かいれば大わらわとなる。それでも今は、茶摘みの間だけ子守り女を雇うほどの余裕はできてもいる。

そうして他所から連れて来られた十二、三の子守娘なぞは背の子をあやしながら、手まり唄のようなものを子守唄代わりに口ずさんでいた。『一にゃタチバナ、二にゃカキツバタ』で始まり、『九つ小桜、十で殿さま　アオイの御紋』で終わる唄の文句を耳にすれば、征克には自ずと駿河府中藩のあった頃が思い出される。もちろん、他愛のない唄ならば、歌詞はただの語呂合わせに過ぎない。明治生まれのあの娘たちにとっては、徳川のアオイの御紋なぞ見たこともない御印で、何の関わりもないだろう。そんな子守娘たちにとって、今仰ぐべきは十六弁菊花の御紋。あの花がこの花に取って代わるまでは、ずいぶんといろいろなことが起きもした。けれども、それも今は昔、とあらためて思わずにはいられない。なにはともあれ、今は摘み取った自園の茶葉を売り、それで一家の暮らしが成り立ってくれてもいるのだから。

いつものように、また気まぐれに旅に出ては、また戻って来る信之進が、半月ぶりかで帰って来ている。そうなれば、征克はまた土産話を聞かされることになった。

「さすがにもう江戸の名残はすっかりと消えてしまったようだ。人がそっくり西国の人らと入れ替わったはずもないなら、元から住んでた者の心がクルリと変わったようだ」

「ほぉ、そんなに変わったかぇ……」

「いや、セイさん、変わるも変わらぬもないさ。近々、憲法とやらが下し置かれるとかで、それが何なのかも知らずに、皆して有難い有難いと大喜びで浮かれてたもの。今はもう公方様のことはきれいさっぱり忘れ、いっぱしの都人気取りで〝東京にゃ宮城がある、天朝様のお膝元だ〟と鼻高々。つくづく江戸者の無思慮・無節操がイヤになる」

「ンなら、もう仮住まいの江戸から京の都へお戻りなさる天朝様の賑々しい大行列は、拝したくても夢マボロシになっちまったってか。薩長賊もずいぶんと罪作りなことをしたものだ」

「うん。でも、今セイさんがそれを東京で言いでもすりゃ……」

「どうせ打ち首だろ」

「いや、今ごろは斬首はせずと、根太板落としの仕掛けでもって縛りッ首にするらしい」

「ねだいたおとし……、なんだぇ、そいつァ」

「こんな具合に首に縄掛けといて、もうイイかい、もうイイヨってことになると、落とし戸式に床がドンっと開く。それでセイさんはぶらりん、ぶらりん、軒端の吊るし柿に」

「首ァ付いたままですかい。有難テぇものだ。さすが文明だね、渡来の南蛮式だろ」


ひとしきり聞かされた征克は、いつものように信之進の留守の間に起きたことをお返しに話した。けれども、そのうちの一つが征克にとってはひどく苦々しいものになってしまう。それでも愚痴を聞かせられる相手が目の前にいるならと、あえて征克は大ざっぱに伝えた。

話し終えれば、信之進は征克の苦渋には構わず、あれこれ突っつき始める。

「じゃあ、その、なれそめやら何やらを、もっと詳しく願えますか」

求められるままに明かしたりすれば、かえって自分のやらかしたヘマにあらためて向き合わされることになってしまう。それはどうにも不愉快なことに違いない。けれども、教えぬうちは、こうした話が好きな信之進はきっと手を変え、また根掘り葉掘り訊いてくるに決まっている。そこで仕方なしに征克は打ち明けはじめる。

「町へ使いに行かしたことがあったのさ。ここの土地のことでお尋ねがあったのだ。ほれ、開墾方の放棄した飛び地を譲り受けたり、後で、あっちのあれとこっちのそれとを交換したり、互いに広げたり縮んだりしたのが、役人の目からすりゃ、疑わしく思えたらしい。それで、持ち主や境界の判る地券を見せろだの、地税が変わるだのとぬかしやがって、届け改めと手続き事が出来ちまって、シチ面倒くせぇから、役場へあれを代わりに行かしたのさ」

「早季さんじゃなしに多佳ちゃんか……。で……」

「で、偉そうに人を呼び付けといて、田舎役場のくせにコッパ役人どもが小生意気にタライ回しにしやがったらしい。けどもが、そいつだけ邪険にせずと深切に応対してくれたのだと」

「ふーん……、聞かされりゃ、まんざら悪くもない話だ」

「あなたは他人だから、そうゆうことをゆう。が、こっちにしてみりゃ、ああ、あン時多佳を行かさずと俺が行きゃ良かった、と悔やむしかない。これほど不愉快なことはないのだ」

「後の祭りだ」

「重ねてヤなことを言う。まだ別れさす手はあるか知れねぇのに、それを、後の祭りとァ早計過ぎる」

「別に、たちの悪い女ッたらしにかどわかされたわけでもないだろ」

「そんな野郎なら今すぐ役場へ行って叩ッ斬るっ」

実のところ、征克がやらかした失敗はもう一つある。それは数年前のこと。多佳がタカトリタカという名を気に入っておらぬらしいと妻から聞かされ、ならばトットと嫁へ行きやがれと伝えておけ、と命じたことがあった。あの時のあのことが遠因であるならば、元をただせばこちらが種をまいたことになる。まさかそれを真に受けて多佳は、と思えば、悔やんでも悔やみきれず、そのうちに今度は、こちらの言ったことをそのまま多佳に伝えた早季が悪いと、その責めの半分を妻になすり付けた。

「叩ッ斬るたって、顔を見たことは……」

「あるさ」

ウソはなかった。ひと月ほど前、無理してヒマをこさえ、用もないのに役場をのぞきに行ったことがある。何気ないふうを装い、当の憎き男の席を確かめ、遠目に見れば、如何にも真面目そうで、そのぶん融通の利かぬような、堅い勤めの者らしくは見えもした。

そのうちに他の役人に不審がられ、とっさに便所を借りたいと言ってゴマかし、いざ行って白い陶器のアサガオに向かって仁王立ちしてみれば、何も出て来ない。元々尿意を覚えてのことでないならそれも当然で、仕方なく男の持ち道具をすごすごと下帯の内へ戻し隠し、その日は、にっくき男の姿形を確かめただけで、多佳の父はそそくさと帰って来たのだ。

男の勤め先が、仮に東京の大きな役所であったなら、きっと〝官員さん〟とでも呼ばれもするのだろうけれど、元より田舎ならばさほどのものでもない。それでもナリはずいぶんと都会じみていて、西洋襦袢《シャーツ》の袖口からのぞく手首、襦袢襟《カラー》から突き出た首は、日がな一日部屋の内で帳簿付けだの何だのをするばかりの役目を映したようにずいぶんと生ッ白く、指も女のようにほっそりして見えた。なんだ、頼りねぇヤサ男なんぞ目っけやがって、と文句をつけることも充分できそうではある。けれどもその一方、その仕事で月々きちんと給料とやらがもらえるのなら、お天道様や雨風まかせの茶百姓とは違い、安心と言えば安心ではあるのだろう。そうなると、当の男の見た目がヤワだということの他に、今のところ気の利いた難クセがつけられない。

　相手の男を見たことがあると聞かされた信之進は、いつ何処でどうやって、とは質さず、その代わりに、ちょうど横丁の隠居を気取ったような口ぶりで諭し始めた。

「多佳ちゃんもあと四、五年で中年増《ちゅうどしま》、ぼやぼやしてたら三十に手が届いて大年増《おおどしま》と呼ばれて文句は言えない。それを考えりゃ、親の手を煩わさずと、自分で良い人を見つけて縁付こうなぞとは見上げたものだ。世の中にゃ、男望みが高過ぎて行き遅れるのもいるわけで、それを思えば立派な心がけだ、いっそ褒めておやんなさい」

「褒めるだとっ。軽々しく言うものだっ。所詮あなたはっ」

「左様、赤の他人だ。けど、だからこそ目は曇らずと、物事を突き放して言えもする。セイさんだって、娘はいつか親の手を離れるものと、ほんとは前々からうすうす観念してたろ」

　一々理を追って説く信之進を憎々しく思いながらも、征克は言い返さなかった。

　父親がモヤモヤした気持ちをかかえたまま、娘のことを放ったらかしにするうちに、当人同士は互いを思う気持ちをますます強め、きっと夫婦になると心に固く決めたらしい。それでも駆け落ちというような仕儀に及べば、親の心や体面を傷付けるとは分かってもいたらしく、そうなれば、やはり高取の側の頑なな父親を説伏することしかあとには残されていない。

ついには意を固め乗り込んで来た相手は、いきなり征克の面前に両手をつき、簡潔明瞭な型通りの口上を聞かせ始めた。その日その時を期して必ず来ると、まるで果たし合いの日時のようなものをあらかじめ知らされていながらも、いざ相手がやって来れば父親は大いに慌てふためき、何を言われても上の空で耳に入らない。それでもそのうちに〝許すつもりなぞ毛頭ねぇ。けえってくれっ〟と言うおそれは多分にある。それを感じ取ったらしき多佳は、先手を打ったように脇から相手の男の助太刀をした。

「おとっさんッ、今、芹根《せりね》が申した通りです、どうぞして私らが夫婦になるをお許しくださいまし。おとっさんもおぼえてらっしゃるでしょ。お許し頂ければ、それで私の名もすっかりと変わります。おとっさんのお言葉に従いましたお蔭様によりまして、それが叶うことになりますなら、まったく、どのように感謝しても感謝しきれるものではございません。あのことは、娘の分際を忘れたずいぶんと生意気な不満口でございましたゆえ、あらためて今こうしてお詫び申し上げます。ですからなにとぞ私らが夫婦となるをお許しくださいまし」

イヤミな引導にも聞こえるような娘のよどみない願い入れに、父は素っ気なく返していた。

「好きにしろ。俺ァ知らねぇ」

娘がその優しさやら深切心やらにほだされ、亭主と決めた男の名は芹根敬伍《せりねけいご》。その名を征克は心の中であざわらった。――セリだかナズナだか知らねぇが、そんな苗字からすりゃ、大方、先祖は七草粥に入れるようなつまらねぇ水草でも採ってたのだろ。江戸士のこちとら様と比べりゃ、ずいぶんと家格が落ちるぜ。多佳もつまらねぇ男を目っけやがった。利口な女でもとんだヘマをやらかすものだ。まったく、セリネ・タカとでも名を変えりゃ、如何ほど響きが良くなるてぇのだ、おもしろくもくねぇ——。

もう九分通りそう変わってしまうに違いない娘の新しい名を、父はまたアラさがしをするようにモゴモゴと唱え始める。すると、また別のアラが見つかった。——へんっ。セリネ・タカだと。字ヅラを見ずに聞いたなら〝競り値高〟だ。まるで株屋か相場師のウワ言みたようじゃねぇか。けッ。なにがセリネダカだ、品の無ぇッ——。

祝言の日はひと月後

捨て台詞のようにして許しを与えた日から一日一日と経つうちに、それでも征克の心には世間並みの父親らしく、なんとはなしに寿《ことほ》ぎたい気持ちが徐々に芽生えたらしくはある。

仮に、今も江戸に暮らしていたならば、きっと、つてを頼んで鳶《とび》の者でも数人雇い、こうした場にふさわしい木遣《きや》りか何かを唄わせ、嫁ぐ娘を祝うところだろう。けれどもそれが田舎で叶わぬなら、自前でやるしかない。邦重と遊び歩いていた若い頃、町で何かの祝儀事に出くわしたような折、耳に聞こえたあの木遣り唄。邦重が生きていれば、ここへ呼び寄せ、うろおぼえのそれを二人して唄い聞かせることもできたか知れない。けれども、もうそれも叶わなくなってしまっている。仕方なしに征克は他の男二人に助を求めることにした。

頼まれた信之進は顔を曇らせた。

「セイさん。私は出が内藤新宿だ。下町トビ衆の木遣り唄なぞ知らぬし、そんな男に無理にと教え込んで唄わしても、粋やイナセとはほど遠い。それでもか」

「ああ、高取征克たっての願いだ。知らぬ唄だと言やァ、陽真だっておなシさ。俺一人じゃワビシイだけで、祝い唄にゃならねぇもの。それに俺ァ、あっちの家の野暮天どもに江戸の粋を見せつけてやりてぇのだ。だから、どうでも二人にゃ唄わせる。唄わなきゃ蹴倒す」

「いくつになっても乱暴な男だ、イヤになる」


陽真の声はさすがに今は大人のものに近くなっている。三人そろって顔を赤くし、無理して声を張り上げれば、トビの親方棟梁《カシラ》の率いるイナセな男衆が出す、あの脳天を突き抜けるような高い声は無理としても、そこそこ似たものはデッチ上げられるかもしれない。

「良しかぇ、御二方。なんとか工夫して声音を二色に変えながら唄うのだ。俺のと合わしゃ六人で唄ってるように聞こえるだろう」

「バカ言っちゃいけない。ベロもノドも一つっきりだ。そんな化け物に生まれちゃしない」

「なら仕方ねぇ、一人前で手を打つさ。ついでにご安心召されよ。お教えしたのは正調とは言えぬ代物だろうが、なに構うものか、あっちはどうせ田舎者だ、本筋の江戸の木遣りなぞ知るはずもなし。だから少々調子っぱずれでも気にせずと堂々と胸張って唄うのだ」

「なんだ。なんやかや注文つける割にはイイ加減だ。それで祝い唄になるのかね。いや、そもそもセイさん、あなたほんとに祝う気があるのか」

「そりゃ初めは俺も、大事な娘をかすめ盗られてハラワタ煮えくり返ったわさ。が、事ここに至っちまや仕方もねぇ、城を枕に討ち死によ。こうなりゃ自棄《ヤケ》のヤンパチ手水鉢《ちょうずばち》だ。祝えと言うなら祝ってもやろうさ、うん、まんざら祝ってやりたくねぇこともねぇのだし、ンなら、ほんとンとこはイヤじゃああるのだが、つまりは、ずいぶんと渋々じゃあるのだが、精々祝うフリだけでもしてやろうかと、今はそう了見し直さぬこともねぇようなのだ」

「何を言ってるのかサッパリだ」

祝いは質素なものになっていた。州《クニ》によっては身上つぶすほど派手にする所もあるらしい。けれども、両家ともひどく豊かな内証でもないならば、祝いの場はおのずと地味なものになる。それでも精いっぱい晴れの日を盛り立てようと、二つの家は努めもした。まだ酒の飲めぬ陽真や、芹根の側の幼い者には桜湯が用意され、なぜか大人たちに振る舞われる祝杯にも、塩漬けの八重桜が浮かんでいる。妙な物だと思いながら征克が口を持って行けば、春の花の色と香りが、いかにも祝いの物らしく思われて、征克は上機嫌でゲコの信之進に勧めた。

「なに、信さん、飲まずとも、なめて嗅ぐだけでいい。結構な祝いの気分になれるぜ」

土地の習いに従った型通りのことが済まされると、頃合いを見計らって征克は、かねて用意のものを披露しようと前口上を述べはじめる。けれども、心なしか少し震えているようでもあった。——えー、ここいらへんで祝い……、祝い唄を……、ほんとは外で……、表で唄いとうございましたが、そうも参りま……、お座敷内で……、失礼……、お耳汚しに——。

そうして男三人、澄みきった空を見上げたつもりでアゴの先を天井へ向け、声張り上げて唄いだす。

〽えんっ、ええ〜ぇ、えええ〜ッ、やあーれよお〜ぉ〜ッ、今日はァ〜、めでぇたぁ〜

その唄が手拍子や合いの手の要らぬものであるのはすぐ分かったらしく、芹根の側はシンと静かに聴き入ったままにある。それを見て気を良くし、得意げに声張り上げながらも、さして長くもない木遣り唄はそのうちに結びの文句になっていた。

〽敬伍ぉ〜、多佳とぉ〜盃《サカズキ》交わしゃ〜あ
　晴れてメオトよぉ〜、良ぉいィイやなァ〜

無事に唄い終えた征克の口の端は自慢げに吊り上がり、まるで〝ざまをみやがれ、これが正真正銘、江戸の粋てぇものだ〟とでも言っているように見える。ただ、その一方で、〝ああ、終わっちまったか……。ンなら、もう多佳にしてやれることァ、もう何も残っちゃしねぇってことか……〟と心内で嘆いているように見えもする。

祝いの儀がすべて済み、只今この時からもう他家の嫁になってしまう娘をチラと見て、征克は湿っぽい気分になっていた。——まったく、いつのまにあんなに大きくなりやがった。もう余所の男の女房ってか。知らぬ間にしっかり育ちやがったものだぜ。そのうち子を産みでもすりゃ、もうあの頃の多佳坊、お多佳坊とぁマルッキシ違う者になっちまうってか——。

抱けばこちらが怖くなるほど柔らかで頼りなげだった生まれ立ての子。それがそのうちにしっかりとするにつれ、ヨチヨチ歩きをし始め、しゃんと立ってみせたのがついこないだのことのようで、そんな思い出の中の我が娘がひどく懐かしく、おもしろく、おかしく、忘れがたく、さみしく、悲しく、だのにうれしく、喜ばしく、手放しがたく、できるものなら引き留めたく、それでも娘の先々を思えばそれも叶わず、とそうしたあれこれ互いにぶつかり合う雑多な思いがウズを巻き始めると、案の定、多佳の父は鼻の奥がムズ痒くなりでもしたようで、傍らにいる連れ合いをヒジで軽く小突くと、しおらしく涙まじりに頼んでいた。

「おぅ、持ってるなら、くれ」

早季が麻ノ葉模様の紙入れから懐紙を幾枚か取り出して渡せば、夫はまず下マブタに押し当て、あふれこぼれた物を吸わせてとどめ、つづいてチンと小さく鼻をかんだ。

同じ親でも男と女とでは、これほどまでに違うものかと、あの折の早季はそう思うしかなかった。――おっかさん。あのね、実はあたし、前に使いに行かされた御役場で――。

母親にとってはうれしいばかりの話を聞かされ、早季はそれをいつ夫の耳に入れようかと思案しはじめた。そうして相手の機嫌がさして悪そうにも見えぬ時を見計らい、それとなく告げてみれば、にわかに夫は口を〝へ〟の字に曲げ、小鼻をヒクヒクさせ、マユ根に醜いシワを寄せたもの。〝どうなさいました〟と尋ねてみれば〝どうしたもこうしたもねいっ〟と言い捨て、夫は履きつぶしの冷や飯草履を突っかけると、用なぞ無いはずの茶園へ向かってしまう。その後ろ姿は如何にもプンプンしているようで、その大人げなさにこちらはあきれてしまった。

同じ中身の話を聞かされても、こちらは〝ああ、それは良かった〟と言ってやれたところを、あちらは大いに心乱し、腹を立てるばかり。もちろん、いつかは迎えるはずの事であるのは分かってもいたはずだのに、夫にとってそれは不愉快そのものだったらしく、以来、機嫌はずっと悪いまま。

けれどもそうするうちにもやけに速やかに日は過ぎ、祝言の日が目の先にまで迫り、その末に当の日を迎え、それがつい先ほど、あっけないほどに滞りなく済んでしまっている。寿ぎ終えて戻ってみれば、家の内からたった一人減っただけなのに、やけにスースーしたようにも思われて、母親のこちらもようやく、娘を嫁がせることが喜ばしい一方、また他方では寂しいことでもあるのを教えられてしまっている。

そうなってみると、我が夫の込み入った心情も分かるような気がして、ならば少しは慰め、いたわってやらねばという気にはなりもする。そこで、こちらは式を終えて少々疲れてはいたのだけれども、戻って休む間無しに、夫のために風呂をわかしにかかった。

江戸の昔は、内湯は火事の元になるゆえ厳禁。そこで湯屋へ行くしかなかったけれども、ここは田舎家でもあり、時代も違う。中古で手に入れたゴエモン風呂に初めて入る時は戸惑いもした。湯につかる折、足で踏みながら底に沈める下足板《ゲス》が、湯から上がる折には右左にぶつかりカンカン音を立てる。そうなると、釜肌に小さなヒビも入り、湯も漏《ム》るようになり、だましだまし使ううちにいよいよとなれば、職人を呼んでブリキと錫《すず》の鋳掛《いかけ》でもってツギハギを当てることになる。ただ、そんなお粗末な物ながらも一応は〝内風呂〟ではある。

湯から上がった夫は、浴衣姿であぐらをかくと、傍らに座る妻にポツリと言った。

「ほんとに行っちまいやがったな……」

しみじみとそう言われ、仮に〝そのようですね〟と返せば、冷たく聞こえてしまうだろう。そこで妻がただ〝はい〟と言ってコックリだけしてみせれば、夫は勝手に続けた。

「前に信さんに言われたことがあってな……」

「どのようなことをです……」

「娘もいつかは手を離れるものとは薄々覚悟してたろ、ってさ。そン時ゃ、ンなことはあるものかと思ったが、なるほど多佳が十シッパチにもなった頃ァ、そんなことも思ったかもしれねぇ。けど、まさかそいつがコンニチただいま今日ホンジツになるとは、これっぽかしも思わねぇもの……、心の用意もできちゃしねぇもの……」

いつになくしおれたふうに言う夫に、どう返して良いか分からぬままでいれば、少しの間をあけ、また夫は言ってくる。

「ま、いいさ……、もう済んじまったことヨ。だから……、俺ァ……、俺ァもう寝る。飯は要らねぇ。あすこで出された物を、祝いの場だからと無理して食ったら、今頃ンなっても腹がこなれねぇのだ。よくよく考ゲぇりゃ、はなからノドなぞ通らなかったのにサ」

告げた通り、夫は夕飯をとらぬまま早々と床に就いた。仮にまだ娘の嫁いだことに悶々としているなら、易々と寝られるものでもないだろうと思っていれば、意外にも、そのうちに穏やかそうな寝息を聞かせている。それに驚きながらも、そのうちに早季には合点が行った。弔い事には慣れた夫でも、祝儀の場に連なるのは初めてのこと。それに加え、止せば良いのに、相手方に江戸の粋を見せてやるのだと見栄を張り、慣れぬ木遣り唄の披露にまで及んでいる。そうしたあれこれの疲れが、湯につかって抜けもし、抜けたら抜けたで、今度は抜け殻のようになってしまったものらしい。

この日一日を振り返る早季の耳には、つい数刻前に聞かされた男三人の唄声がよみがえってくる。きっと三人してこっそり茶園の奥なぞで稽古したに違いない。元より違う三色の声音が、息を合わせながらもほんの少しずれてしまい、ずれながらもまた重なり合いして生まれる波やらうねりやらが巧まざる響きとなって、あの折は厳粛な気分を醸してもいた。

元はと言えば、娘を嫁に行かさざるを得なかった男の思いついた、まるで腹いせのような余興。それが今となっては、如何にも祝いの場にふさわしい演目になっていたのが不思議に思われる。それをなんとかやり遂げ、その果てに疲れを倍にもさせてしまった夫は今、もう全てを水に流しでもしたように、何もかもすっかりと忘れた如く、深く深く寝入っている。

そんな夫と違い、妻の方はなぜか目が冴えてしまったようで、これまでのあれこれが思い出され、床に入ってもなかなか寝付かれない。みそめた人のことを多佳が初めてこちらの耳に入れた折、母として〝良くやった、でかした、でかした〟と心の内で言いもした。町住まいでもないならば、男女の仲を取り持つ世話焼きなぞ隣近所にいるはずもなく、そうなれば、ひょっとすると嫁がぬままになるやも知れぬと案じていたところ、そうならずに済みそうだと分かってホッとしたからではあるのだろう。けれどもそれ以上に、世話好きな他人の手を介したり親同士が勝手に決めるというような旧い習いには従わず、女自らが人を好きになり、その相手を信じられもするから夫婦になりたい、と決めたのが、ただただうれしかったのだ。

思い返せば、公方様の世が壊されて以来、ずいぶんと憂き目・つらい目を見させられはした。けれど、多佳のような婚姻が許されるのも明治の御世ならばこそのこと、とは思われる。

あの、がんじがらめの堅苦しい世にあって、それでも幸いにして自分はまんざら好かぬでもない人と夫婦になれはしている。確かに、祝言の場で初めて相手の面体を知るというようなことになりはしたけれども、それでも父が胸を叩いてみせたからには大丈夫だろうと心を決めての嫁入りだった。そうしたことがあの頃は当たり前で、いざ嫁いでみれば大ハズレということも多かったろう。それに照らせば、多佳が面倒臭がりの父の代わりに町へ使いに行かされたがために、ゆくゆくは夫となる男と出会えたのは天の恵みと言うしかない。人間、何が幸いするか分からない。そんなこんなが、遂には今日このようにして立派に実を結んでいる。世の中、何が吉と出て、何が凶と出るかは分からない。そうは言っても、かわいそうなことに夫にとってはじゅうぶん凶と出たらしい。小さい頃はあれほどまでに可愛がった娘が大きくなり、遂にはよその男の妻となってしまったのだから。

そのうちに早季は息子のことに思いを巡らせ始めた。――なら、陽真はどのような娘をどのようにして見つけ、己が妻とするのだろう。姉の多佳にならいでもしたように、或る日、或る所でたまたま鉢合わせのようにして出会い、どちらからともなく言葉を交わし、互いを深く知り合いして、その末に——とそこまで思いを膨らませた早季は、つい今さっき滑稽にさえ思われた夫の落胆ぶりが、その実、いつかは自分とても味わわねばならぬものであるのに気付かされた。そうして心の内に立つさざ波のようなものを覚えながら、男親と女親がそれぞれ息子と娘にかける思いの強さは、ちょうどタスキ掛けにでもしたように向きを違えているのかもしれないと思いはじめた。

娘が嫁に行ってから半月、ひと月、み月、半年、一年、二年と経ってゆけば、そのうちに一人欠けたところを補って余りあるようなものがもたらされた。多佳が無事に初めての子を産んだのだ。高取の家にとっては外孫ながらも、紛《まご》う方《かた》なき初孫。それがこの世に生まれ出て来てくれている。

吉報がもたらされた折、征克はまた慌てふためいた。——何だとっ、ほんとか、ンなら今すぐ行ってツラを拝まにゃ済まねぇとこだのに、ちきしょうめ、早カゴも雇えねぇならそれもできねぇってかっ——。

つい二、三年前、多佳に思い男ができたと知らされた折はあれほど不機嫌になったのに、孫の誕生を知らされた征克は現金にも小躍りし、以前の恨みをその場で帳消しにしたらしい。その上で、駕籠もなければ人力車もない田舎暮らしの方を、今は地団駄踏んで悔しがる。

知らせから幾日か経った頃、多佳は生まれたばかりの娘の顔を見せに里帰りしていた。

母になり立ての我が娘を、父は他の者を押しのけて自ら出迎えた。

「多佳。よくやったな、でかしたぜ。おめえは知らねぇだろうから教セぇてやるが、初めは女の方がずいぶんと良いのだ。弱エぇ男と違って女の子は丈夫な上に、つまらねぇヤンチャをやらかして骨を折ったりしねぇから、親はハラハラさせられずに済む」

二十年以上も前、焼津の浜から戻り、生まれたばかりの多佳に会わされた折、父・是芳から言われたことをそのまま得意げに請け売りする夫を横に見て、妻はおかしくて仕方がない。

愛らしい孫娘の顔を父母に見せ、一晩だけ泊まると、多佳は如何にも嫁いだ女らしく他人行儀な挨拶を残し、そのまま嫁ぎ先へと戻ってしまっていた。

「なんだ、あっさりけえりやがって……、愛想のねぇ……」

「でも、明志《あかし》の顔は拝めましたね」

「アカシか。芹根明志ってか。珍しい名を付けやがったものだ。字ヅラだけなら男の名のようだ。あの亭主《テーシ》が付けたのかな。とすりゃ、多佳の奴、今度は娘の名のことで苦情は入れなかったのか」

「そのようですね。ご不満ですか」

「いや、そうでもねぇ。字は悪くねぇとァ思うのさ。明るい志だものな。それに……」

「それに……」

「うん。それに、俺ァ思うのさ。俺ァ、ここで穫れた茶を親仁の末期の水代わりに飲ませられなんだをずいぶんと悔やんだが、よくよく思い返してみりゃ、孫娘の多佳を抱かしてやれはしたのだから、それでご勘弁かなと、だんだんそう思うようになったのさ。けどもが、それが今そっくりこの身に返って来たとなりゃ、何の文句もありゃしねぇ。バチが当たる。使いに行かされた先で男を見そめ、そいつと一緒になると聞かされた時にゃ、ずいぶんと腹を立てもしたが、ああして孫を抱かしてくれりゃ上出来よ。なァ、おめえもそう思うだろ」

しみじみしたような顔で夫は妻をうながしている。征克がそうして悟ったようなことを言えるようになるまでは、心はだいぶ右へ左へと揺れ動いてきたに違いない。喩えればそれはきっと、指先にのせたヤジロベエのように定まらなかったのだろう。けれどもそれは次第次第に揺れ幅を縮め、初孫がこの世に生まれ出たことで、今はスッと収まったものらしい。

「ええ、確かにずいぶんと報われた気がします」

終章　再生

昨日の敵は

異国と初めてする大イクサ。それが、案じられたほどに長引くことなく、おまけに小さな損害だけでこちらが勝って終わったとなれば、どれほど祝っても祝い足りない気がする。ただ、戦のさ中、農家は牝馬《ひんば》を徴発され、物価高騰により金肥《きんぴ》を買うにもひどく難儀したらしい。それでも日本が勝ったとなれば、最後はずいぶんと報われた気持ちになれもしたろう。

四月十七日、清国との間に講和条約が結ばれ、それによって日本の領土は広がり、賠償金もたんまり獲れるらしく、良いこと尽くめに戦は終わっている。

征克と信之進がこれほどまでに晴々とした気分になれるのは、自分たちの畑で初めて売り物になるような茶葉が穫れた時以来かもしれない。

その年は珍しく好天に恵まれ、農家は豊作に終わっている。天の恵みは米麦に限らず茶葉の畑にももたらされていた。その上さらに帝国大勝利となれば、先々の暮らしは明るく輝いて見えもし、それまでの憂いは、轟く祝砲の音と共に遠く遥かに吹き飛ばされもする。

その日、浮かれ気分にトンと背中を突かれ、常ならば用のない限り行くことのない町へと、男二人は繰り出していた。

通りの店々は祝いのホオズキ提灯を赤々と灯らせ、道行く者は老幼の別なく『帝国大勝利』と手書きで記した紙の小旗を腰に差している。すでに朝酒か昼酒で出来上がってしまっているらしき男たちは辺りはばからぬ高歌放吟におよび、それに負けじと町の子供らが、唱歌の授業で習ったばかりのものを声張り上げて唄い聞かせる。

〽打ちて懲らせや清国を　清は御国の仇《てき》なるぞ　東洋平和の仇なるぞ
〽あな喜ばし戦い勝ちぬ　百々千々の敵は皆……
……攻め滅ぼしぬ　心地良やこの勝ち戦

学校なぞとは無縁の征克と信之進は、子供らの声に合わせて唄うことはできもしない。それでも、割りバシで小鉢の縁を叩き、調子だけは合わせている。

「なァ、信さん。こう言うのもシャクだが、薩長もなかなかやるようになりやがったな。あの大国に勝ったとなりゃ、世界中が腰抜かしたろ。驚きモモの木サンショの木よ」

「太閤秀吉もなしえなかった大事業を薩長がなしたとなれば、さすがのセイさんも褒めざるをえないってところか」

「ほんとは褒めたかねぇが、今度ばかりは褒めてやンなきゃなンめぇよ。ちきしょうめ」

「戊辰の怨みは、いっとき脇に置きますか。まァ、確かに薩長も、以前は奸賊と呼んで蔑みイジメた会津を赦し、今は会津者でも偉い軍人に採り立てもするとか。なら、もうそろそろ薩長賊を憎みつづけるのも大人げないか知れない」

「まァ、そうなるかな……。駿河の茶も異国へどしどし船で運ばれ売られてると聞かされりゃ、なんだか知らねぇが、この頃ァ、薩長のすることもチィトは良い所もあるのか知れぬ、とそう思うようになってきたぜ、ちきしょうめ」

何かを言うたびに一応は〝ちきしょうめ〟を忘れず付けながらも、戊辰から三十年近くも経っていれば、もはや新政府とも呼べぬほど貫禄の付いた薩長への恨みもだいぶ薄まっているらしい。それに加えて酒の力も大いに手伝ってか、征克はニコニコ顔で何かしら昨今の好ましいことを褒め上げては、サッチョーの奴らめ、ちきしょうめ、と言い続けている。

「まァ、あれだ、よくよく考ゲぇてみりゃ、元は幕府の不手際でもって毛唐《けとう》どもに上手を取られ、首根っこ押さえられたわけだものな。そいつを薩長がシナを獲って帳尻合わせしてくれたとなりゃ、何の文句も言えねぇってとこか」

「ひょっとすると、シナをぶんどったのも、先覚の知恵者・松陰あたりの秘策じゃないかと。それを弟子の長州ッポどもが叶えたとも思えるね。死に態の相手なら難なく勝てる」

いつのまにか表通りに現れた軍楽隊が行進曲《マルス》らしきを奏でれば、洋太鼓や金笛やらの音が、辺りの者の腹に響き、耳に刺さる。それを気に入ってか、あるいは気に入らぬのか、どこぞの酔っ払いどもが怒鳴り始めた。――うるせーぞ、楽隊屋っ――、――景気付けだ、もっとやれえー、――西洋かぶれめ、ヒチリキはねぇのかーっ、――ドンガラドット、ピイヒャラリーのドンガラドンのドドスカドンッ――、――シナはぜんぶこっちのもんだーっ――。

町で気晴らしをした翌日、久しぶりに多佳が子を連れ、顔を見せに来てくれていた。

多佳が中座する間、預けられた孫娘をヒザにのせれば、もう赤ん坊とは呼べぬほどに育ってくれているその重さに驚いてしまう。そのうちに征克は早季に向けてこっそり言った。

「まったく何度見ても可愛いな。芹根の血よか、高取の血が濃く出てるからそうなのだ」

「またそのようなことを。明志が聞いて、そのうち告げ口したらどうします」

「しょうがねぇじゃねぇか、ほんとの話だ。それに、まだ大人の話は分からねぇさ。そうだろ、明志坊。じいさまが陰で憎まれ口叩いたのを告げ口するか、うん、しねぇよな、しねぇ、しねぇ、うん、なら良い子だ、おめえはほんとに良い子だぜ」

確かに今の征克にとって、孫というものは何ものにも代えがたきもの。子は欲しいと念じれば、そのうちに己が努力で何とかなるのに引きかえ、孫が生まれる生まれぬは全くの人任せ。そうなれば、同じ授かりモノとは言っても、有難味がずいぶんと違ってくる。

そんな明志の小さな顔をのぞき込めば、何とはなしにかなり自分に似ているようにも思えてきたらしく、そんな祖父は孫に向け、幼い返答は待たぬ様子のままに、また勝手にぺらぺらと問いかけた。

「へへ。笑ってやがら。どうだ、俺に似てるか、それとも一つまたぎ越して、チャンにでも似てるか。こりゃ、明志坊、うん、どっちに似たのだ、言ってみろ、ン、何だって、それは差しさわりがありますゆえ答えられませぬ、だと、ハハハ、理屈をこねやがる、ハハハ」

知らぬ者が傍で聞いたなら、きっと独り芝居をして喜ぶこの老人は頭がどうかしているのでないかと思うに違いない。そんな夫に、妻は脇からクギを刺した。

「お言葉ですが、明志は女の子です。だのに、俺か、それともチャンに似たのかなぞと訊くのは可哀そう。どちらに似たかを問うとしたなら、私か多佳のどちらかでしょう」

「ふんっ、言うものだ。まぁ、言われてみりゃ、理屈だきゃあ通ってら。けどもが、あれだぜ、芹根の側の女どもに似るよか、高取の方に似る方がチトぁマシってことだ」

「またそのような悪口を」

「あっちの家まで聞こえやしねぇよ。それに明志は告げ口するよな、そんな悪い子じゃねぇわさ。なァ、明志坊、そうだよな、えへへ。こっちのジイさまのことは好きか、大好きか」

丘の上の月

十三夜だった。

以前はそのようなことをする余裕などあるはずもない。否、そもそもが、月見をしようなぞというような風流心は起こさなかった。けれども今はそうでもない。しかるべき節季が来れば、畑の茶木は暮らしを支えるための葉を繁らせてくれ、その二番茶を摘み終えれば、いにしえ人を気取るつもりはなくとも、何とはなしに観月のマネでもしてみようかという気に少しはなりもする。

宵の口からじわじわと昇りつづけたそれは、わずかに満つるに足りぬ大きさではある。ただ、その方がかえって全き円よりも味わい深いと言えば、確かにそのようにも思われる。

「お。瓢酒《ひさご》か。今どき、どこでそんな物を」

「町の荒物屋の奥でホコリかぶってたのを見つけてね。こんな物は当節だれも見向きもせぬらしい。ま、戊辰の役から過ぎた年月を思えば、それもむべなるかな」

育ち過ぎた、いびつなキュウリのようなヒョウタン。つやつやした栗皮色のその胴腹を見れば、なるほどそこには懐かしい江戸の鳴り物、三味・太鼓の胴の色が重なり見える気がして、また別の味わいがあるようにも思われる。

そのうちに信之進はポンと小さな音立てて栓を抜くと、征克の盃に中身を注いだ。

なだらかな茶園を見下ろす丘に敷いたムシロに尻を置き、男二人はちびりちびりと酒を口にしはじめる。合い間合い間につまむのは、シラス干しと丸のままの茶葉を混ぜて炒った物で、わずかにしょっぱい小魚の味と青葉の苦さとが不思議なことに良く合っている。

いつの間にか話は二十歳になった陽真のことに移っていた。

「……まァ、確かに四年は長ゲぇっちゃ長ゲぇ。けど、これが米百姓の家ならずいぶんと痛いところだ。頼りの男手が取られちまうわけだから」

「ヨーシン、今頃どう暮らしてましょう、塀の向こうはどんなだろう」

「さあ……、軍隊なんぞにゃ入れられたこともねぇし、俺にゃ分からねぇが……」

「きっと朝から晩まで鉄砲で的当て訓練か、それとも軍器一式担いで駆《か》け競《くら》でもさせられてるか……。ああ、そう言や、思い出したことがある。軍隊じゃ白いマンマがたらふく食えるとかで、貧乏百姓の子は大喜びだとか。とすれば、まんざら悪くないか知れない」

「あいつの手紙に依りゃ、今じゃ、てめえでフンドシを洗いもし干しもするとさ。それに演習で兵隊服が破けりゃ、持ち慣れねぇ縫い針でもって、男のくせにかがりもするとか」

「なら、戻って来た時は嫁要らずだ」

「いや、そうなっちまっちゃ大いに困る。満期除隊で二十四だぜ。たとい煮炊きの仕方まで教えられ、何でも自前でできるようになってたにしろ、そいつは女の仕事だ」

今はもう花鳥風月の話はそっちのけで、もっぱらに陽真のことを話している。

「手紙にゃ、ブッカンバなぞと書いてたよ」

「何だね、それは」

「兵舎の庭にある物干し場だと。兵隊ってのは妙に武張《ぶば》った物の言い方をするらしい」

「勇ましくて頼もしいじゃありませんか」

「そうかな。ま、何にせよ、あいつが入営して、こないだ、ふと思った、『人間万事塞翁が馬』ってね。何が幸いで何が災いするか分かりゃしないと、つくづくそう思ったのさ」

「さいおうがうま、ねぇ……」

「うん。なんとなれば、あいつは俺が二十八、九ン時の年寄りッ子。ほんとなら、もっと早エぇ内が良いに決まってる。けど、そいつが幸いして、清との戦にゃ駆り出されずに済んだ。おまけに大戦に勝った後なら、訓練もノンビリしたものなのじゃあねぇのかなと思うわけで」

「そう言われりゃ確かにそうか知れない。もし半年、一年早く生まれてたら、そうはならなかったろう」

「ま、陽真の話は別として、俺たちだってそうかも知れぬ。幕府が倒れて駿府へ落ち、茶畑百姓になるしかなかったが、今、上州の絹と駿河の茶が国を富まし強からしめてると聞かされりゃ、人間、何が幸いするか分からねぇ、と改めてそう思う。あン時、江戸にへばり付いたままだったなら、また今頃ァずいぶんと違った生き方をしてたろう、とね」

「うん、そうだね。今はここでそれなりに仕合せに暮らせてるとなれば、それは確かに『禍福はあざなえる縄の如し』ってことだ」

言いながら信之進は征克の杯をまた満たしてやる。

ほろ酔いの目を遠くへやれば、未だ開墾に至っていない原野が残ってもいて、そこかしこに生え残るススキやオギが月の光を受け、淡く銀に照っている。けれども、それ以外の所は、すでに誰彼の茶園になっており、ならばあらためて、自分たちのような元江戸士や失職した川越人足や、相前後して茶園作りに加わった地元の百姓たちの長年の労苦を思わずにはいられなくなる。

「なあ、信さん、俺ァ、このごろつくづく思うのだ」

「なんですね、もうセイさんの〝つくづく〟は何度目だろう」

「こうしてなんとか茶作りでもって生きてけるようになってみると、つくづく二本差してぇのは、えばれたものでもなかったな、ってさ。どうだろ、俺がこう言うのもおかしいか」

「いや、おかしくはない。誰だって身分を引っぱがされりゃ、あとは腕一本が頼りだもの。全く然りさ。私は花木を作ってた頃、あれこれ知恵も技もある本職の植木職人を偉いものだと崇め奉ってたから、腕が何より大事なのは身にしみて分かってる」

「うん。けどもが一方で〝運〟てぇヤツも腕と同様に大事だ。百姓も漁師もバクチみたようなとこがある。今は上手く行ってても、次もそうなるとは限らねぇもの」

「運か……。確かにそれはそうだろうけど、年寄ってから運に見放されるのはつらいところだ。大吉、中吉は望まぬから、年寄ったらせめて小吉のままでいたいものだ」

言ったままに信之進は急に何かを思い出したような顔を向けてきた。

「ああ、そうだ、年寄りと言や、いつだったか東京へ行った折、赤坂の紀伊様の御屋敷あたりで、中条、大草の御両名とバッタリ鉢合わせしたことがあってね」

赤坂と聞かされた征克は、昔々、勝安房守を斬りに行った時のことをぼんやり思い出した。

「赤坂……、何用あってだろ……」

「それが中条さんいわく、今は茶園も順調、百姓仕事にも慣れきって体がなまるゆえ、鉄舟さんの道場で稽古をしてるのだ、と。あの時でも七十近かっただろうのにカクシャクたるもので、まだ小粋な様子も残してた」

「ほぉ、年取ってからまた棒振りか。スズメ百までと申しちゃなんだが、昔取ったキネ柄なら ぬ木剣・竹刀ってところか……」

「それがどっこい、本身でやるとか。もちろん相手に当てはせぬだろうけど」

「当てられちゃ、まさしく剣呑《けんのん》だ。いや、それにしても真剣とは恐れ入る。俺なぞ、今はもうスキ、クワ、カマの柄しか握れねぇもの。おっかなくて腰に大小二本差すのもヤだね」

「それが何よりさ。人斬り包丁は、風情ある緑の茶園にゃ似合わない」

男二人がぼんやり眺める茶畑は、雲に半分顔を隠された月の光に淡く白く輝いていた。

頑是なき者

芹根の家に嫁ぎはしながらも、多佳は折を見て、親の家をおとなっている。娘が来ているとは知らぬ父が畑から戻ってみれば、まるでその家から一歩も出たことのないような顔をして娘は茶をすすり、海苔センベエなどをかじりながら、いかにもくつろいだ様子のままに母親と話し込んでいる。その様子を見て征克は、ならば嫁に出す時、何もあれほどまでに腹を立てることもなかった、と悔やまずにはいられない。

「どうしたぇ、まさか亭主と折り合いが悪くなったのじゃああンめぇな」

娘は笑顔で振り向き、否む代わりに、傍らにちょこんと座る娘の頭をつついて、征克に挨拶するよう促した。

「おぅ、明志坊、元気にしてたかぇ。ジイさまはこの通りまだまだピンシャンしてるぜ」

孫娘は、ついこないだまでは、周りの者が何をしてやろうとしても〝イヤイヤ〟と言って拒んでいた。けれども、それもいつのまにか治ったものらしい。今は、少しはものを弁《わきま》えることを覚えたようで、ずいぶんと素直な所を見せてくれもする。あの折は、このジイさまがそんなにも憎いか嫌いかと、年甲斐もなく気に病みもした。けれども子を育て、その訳を知っている早季は笑いながら、子供のうちは誰が何を持ちかけてもイヤイヤをする時があるのだと、夫を諭したもの。そう説かれた征克の方は、多佳もそんなことがあったろうかと思い出そうとしたものの、どうにも心当たりがない。思えば、多佳のことは可愛がってやりはしたけれども、それは茶畑の世話の合い間だけに限ったことで、こちらは何よりも茶木のことを一番に気に懸けていたのだ。となれば、子を育てるのに付きまとう諸々の厄介事はすべて早季がさばいていたはずで、当然と言えば当然とも思われる。

「明志。おじいさまに、もうできますよ、って見して差し上げなさい」

優しく命ぜられた子は、やけに小さな両のてのひらを祖父に向けると、順々に指を折り曲げながら唱え始めた。――ひとおつ……、ふたあつー。自分は〝数〟というものを知っているのだと、さも得意げに指折り数えながらも、それはそのうち〝七つ〟で止まってしまっている。それでも孫娘は微笑み、飽かず一から戻って同じことを繰り返してみせる。

八つ九つ十と、その先まで数えられるのは、来月になるのか半年先になるかは分からない。分からぬけれども、それがかえってこちらには望みになりもする。小さな芽の伸びゆくさまが励みになるのは、初めの内は苦労させられるばかりだった畑の木と同じようなものなのかも知れない。ならば、茶園の次は、自分の血を引いたまだ幼き者の成長が、今の征克にとっては我が生き甲斐になっているに違いない。

何度か七まで数えてみせると、明志は何事かを征克に語り始めた。ずいぶんと今日は機嫌が良いらしい。確かに会うたびに言葉もどんどん増えてきている。たどたどしくはあるけれども、精いっぱい自身の思う所をこちらに分からせようとしているらしい。けれども、年相応に語り口は拙い上に、何かしら大事なものが抜け落ちてもいて、こちらは足りぬ所を補ってやらねばならなくなる。——なァ、明志坊、オメエの言いてぇのは差し詰めこうゆうことなのだろう——、と征克が尋ねれば、小さな相手はそれをうべない、小さなコックリをしてみせる。そうされた方は、とろけるような甘ったるい笑顔を作り、重ねて言った。

「そうか、やっぱしそうゆうことだったか。このヨダレっくりめ、この、この、このぉーっ」

言いながら、相手の柔らかすぎるほどに柔らかな頬を指で押せば、それでも突かれた辺りはすぐに弾んで戻りもする。

「なァ、明志坊。今度来る時も、なに、数は七つ止まりで構やしねぇよ。無理することァねぇのさ。それよか、おっかさんと繁く来て、このジイさまを喜ばすのが今のオメエの務めだぜ。百も二百も生きられやしねぇし、明日ころりと逝っちまうか知れねぇものな、ハハハ」

そんなことを言えばきっと多佳が嫌がるに決まっている。それを狙ってか、わざとのようにして父がそう言えば、果たして娘は即座に叱って返す。

「止してください、おとっさん、縁起でもない。ああ、もう、鶴亀、鶴亀、鶴亀、鶴亀」

誰が教えたのだろうか、江戸の生まれ育ちでもない我が娘が、ゲン担ぎして四度もツルカメと唱えるのがおかしいらしく、ヒザの上の子が大揺れするほど征克は笑った。

配達夫

その日の昼下がり、高取の家をひとりの男が訪れた。征克が応対に出れば、相手は肩掛け式の革カバンから五寸角ほどの大きさの物を取り出して差し出すと、確かに渡しましたよ、と念押しするような目を向け、そのままどこかへ行ってしまう。相手の様子はおずおずとしており、まるで悪いことでもするようなもので、いかにもそうしたことには不慣れらしいところからすると、それを常の仕事とはしない〝臨時雇い〟のような者らしくも思われる。

渡されたのは厚紙でできた赤い札様の物で、表には『充員召集令状』の六文字がある。

ロシヤとの国交断絶により、こんな田舎であってもお触れは出されている。泊まり旅行に際しては事前に役場へ届け出るべし、と書かれたそれを読んでも、こちらには遠出をせねばならぬ格別の用もないならば、その公の命令を不便と感ずることはなかった。

けれども今、朱色の板紙を渡されてみれば、征克はあらためて自分の国が戦をしているのを知らされ、もうすでにのっぴきならぬことになっているのを了解するしかない。

応召義務を負う当の男子のみならず家族の者だれもが皆、来るな、来るな、来てくれるなよ、と心密かに念じていた通知。願い虚しく、今それが手渡され、宛て名はまさしく高取陽真殿となっている。もしそれが親の自分宛てであったなら、どれほど良かったことかと思わずにはいられない。もし、そうであったなら、胸に包丁を突き立てられたようなこれほどの痛みは覚えぬままに済んだはず。けれども、しかとこの男に渡すべしと宛て名されたのは我が息子であって、いくら親の自分が代わりに征くと言っても受け容れてくれはしない。

征克はしばらくのあいだその板紙を持ったまま動けぬままにいた。

ひと仕事を終え、畑から戻った息子に、父は唇をかみしめ、少し伏し目がちに、それでも努めて毅然とした態度をつくろいながら、朱色の板紙を手渡した。

一瞬何のことやら分からぬといったふうにそれを受け取りながら、それでも陽真はうろたえる様子も見せぬまま、あたかも当たり前のことのようにして目を通すと、それをそのまま懐中に仕舞っている。

その淡々とした様子に父はかえって驚かされた。

「ツラが青くなるかと思ったが、大したものだな。兵隊飯を四年食ったお蔭か」

「見慣れた物でもあるし」

「見慣れてる……」

「座学の時や、除隊後の不定期点呼の時も何度か見せられてるから。その度に『よォく見ておけ。これが御奉公の有難い召喚状だ。いつか貴様らにもきっと送られてくる。これを頂いてやっと一人前ということだ』って、ずっと言われてきたからね」

「そうか……。にしてもずいぶんと肝が据わったものだな」

「いいや、父さんだから正直に言うが、ほんとのところは恐ろしい。なにせこっちは的板をただ狙って撃ったり、剣付き鉄砲でワラ人形の刺突訓練をしただけ。けど、実戦はそんな〝据え物斬り〟とは大違いで、こっちが撃てばあっちも撃ち返す、刺せば刺し返す。大砲も撃ち合うから、パン、パンだけじゃ済まずにドカン、ドカン、ドカンさ」

冗談めかしてそう言う息子を、父はただ黙って見つめている。

新聞の報じるところに依れば、どうもこの戦は日清戦役の時のようにスンナリと勝ち続けてはいないらしい。否、そればかりか実のところかなり苦戦中であると、油臭い黒インクの小さな活字は遠回しに伝えてもいる。

「まぁ、心配はせぬことにしてますよ。弾ってヤツは覚悟不十分な奴を選んで飛んで来るから、度胸の良い奴にはかえって当たらぬものだと、そう教えられてもきたし」

「そんなものか……。まァ、おめえがそう言うなら、こっちもそう信じるしかねぇのだろう」

令状の届けられた折の父子のやり取りは、尻切れトンボのようにして終わっていた。

翌日、いつものように畑に行こうとするセガレを引き留め、父は言った。

「畑のことは任せろ。孫にゃオジイサマと呼ばしちゃいるが、五十五、六ならまだヨロけちゃしねぇ。オメエは支度があるだろ。それに、あれだ、挨拶の一つや二つしておきてぇ女の一人や二人いるだろ」

問われた男はただニッコリ黙ったまま首を軽く横に振った。

「なんだ、いねぇのか。しょうがねぇなァ」


出征の日が数日後に迫っている。

夕の膳の片されたあと、父と子は静かに酒を酌み交わし始めた。

「あの四年は痛かったな。出て来た時は二十四。俺が所帯を持ったのは十八だから、おめえはさしずめ〝行き遅れの中年増〟みてぇなものだ。となりゃ、なおさらこの戦も早々に決着してくれねぇと大いに困る。おめえよか俺がずいぶんと困る」

「イキオクレのチュウドシマか。相変わらずひどいな父さんは。ハハハ」

「ひでぇッつったって、もう二十九だろ。ずいぶんとノンビリしたものだと傍から言われても仕方がねぇ」

「ノンビリとは重ねてひどいな。ご奉公に行きましたからという立派な言い訳があるのに」

ひどいとは返しながらも息子の顔は笑っている。いつもながらに物の言い方がきつい父に、かえって意気消沈していないのが確かめられて、陽真は少し安心したようにも見える。

少し間を置いて、杯をあけると、陽真は真顔をつくって尋ねてきた。

「けど、父さん。いざ俺が嫁取りって段になって、姉さんの時みたように文句はつけないでくださいよ」

「ああ、つけねえさ」

「本当に」

「決まってら。おめえの女房だもの。俺ァ今いるので間に合ってる。なにも俺の気に入るようなのを探して連れて来いとァ言うつもりもねぇわさ」

「ひどいな。母さんが聞いたら怒り心頭だ」

「わざわざご注進に及ぶこともあンめえよ。おめえが黙ってりゃ済む話だ」

男二人が忍び笑いをしていれば、新しく燗《かん》をつけたのを持ってきた早季が不審がった。

「二人してクスクスとお珍しい。なにかおかしいことでもありましたか」

翌日、翌々日と、速やか過ぎるほどに日が過ぎてしまえば、いよいよその日が来ている。

除隊の後たびたび行なわれてきた抜き打ち点呼のお蔭なのだろうか、何でも手早く要領良くこなすよう鍛え上げられた陽真は、すでにすっかりと身支度を整えてしまっている。

もう若武者とも呼べぬ中年の応召兵は、先ほどから小さな仏壇に向かって長々と手を合わせていた。香煙が揺れながら撫でる黒ウルシの位牌には、姉の多佳はおぼえているだろうけれども、弟の自分は会ったことのない祖父・是芳の戒名と、自分が入営中に亡くなってしまった優しい祖母・弥栄のそれとが仲良く並んで一つの牌に記してある。

正座して一心に何かを祈り願う男が尻をのせる両のカカトは、生成り木綿の軍足に包まれていて、その清々しく潔い様は、後ろから見ても、いかにも軍人らしいものだった。

小遣い銭

外《と》つ国相手の二度目の本格的な戦は、前の日清戦役とは大いに様相が違っている。戦費も兵士の損耗率も、開戦と同時に、まるで白雪に覆われた山から転がり落ちる雪玉のようにどんどんと膨れ上がっているらしい。それが、中央とはずいぶんと離れた金谷・牧ノ原に暮らす茶畑百姓の妻にも今はじわじわと伝わってもいる。

宣戦布告の直後から物の値は荒っぽく動いた。或る物はひどく上がり、また或る物はひどく下がりして、戦時に生き暮らすというのは、これほどまでに大変なことなのかと早季はあらためて思い知らされた。

それに加え、天井知らずの軍費を賄うために公債がどしどし刷られ、役場勤めの多佳の亭主も率先して買わねばならぬらしく、ついこないだ孫たちを連れて来た折は、多佳も辺りに他の耳が無いかを案じながら声を低め、そのことを愚痴ってみせたのだ。――ねぇ、おっかさん、聞いて。せっかく月々お給金頂戴したって、差っ引かれるように無理にと戦の証文札を買わされちまっちゃ、減給されたも同シだもの、ほんとヤんなっちゃう――。

身内と話す折はうっかりと出てしまう江戸口調でもって娘が聞かせる不満口。けれども今では役場勤めの者のみならず、この国に暮らす民草すべてに戦のシワ寄せは来ているはずで、どの家であっても内々ならば同様のことを愚痴っているはず。

思い返して比べてみれば、物価騰貴《とうき》の一事にしてみても、戊辰戦争の頃とは大いに様子が違っている。あの折は、公方様が京へ御出征されたために、置き去りにされたと勘違いした江戸の民が狼狽《ろうばい》し、当座にぜひとも必要な物を買いに走り、それに乗じた商人たちが、ただ物の値を吊り上げ利を追っただけのこと。そのため、公方様が京から戻って来られたと知らされるや否や、物の値はストンと下がって元に戻り、皆ホッと胸を撫でおろせもしたのだ。

それが今はどうも事はそう易くは済まないらしい。恐らくは、戊辰の役から四十年近くも経つうちに、世の中の仕組みが大きく変わったぶん、銭や物の動き方もひどく込み入ったものになってしまったに違いない。

二度目の大イクサで明るいはずもない世情。それでも時折り多佳が連れて来る孫の成長ぶりは、そんな世の暗さをどこかへ押しやってくれもする。

いつのまにやら明志ももう十歳、下の弟・朋幸《ともゆき》も五歳。思えば、幼かった多佳や陽真の伸び行くさまを見守った時からはだいぶ時が経っている。自分の子に対しては父親の威厳だの、男の沽券だのと言って、相手が物心つく頃からはことさらに厳しく当たっていた夫・征克も、さすがに齢を重ねるにつれて角もとれたらしく、今はまるで改心でもしたようにやけに優しくなり、もう相手は結構大きくなっているのにベタベタしてみせている。

そうなると、孫は孫でそんな甘い母方の祖父を、軽んじはせぬけれども、ずいぶんとなれなれしく対したりもする。それでも征克はニコニコとそれを許し、かえってその生意気ぶりを喜んでいるふうでもあった。

その年もいつもの年とまったく変わることなしに新茶を摘み終え、二番茶も無事採り終えていた。茶園の仕事が、もう当たり前の、年中行事のようなものになっていれば、なるほど茶摘みに取りかかるといっても、初めの頃のようには心はさほどに浮き立ちもしない。とは言え、やはり茶の出来不出来は天気任せの運任せなため、出来の良い茶がたんと穫れれば、やはりうれしくないはずもない。その年は万事が具合良く進み、陽の照り方も雨の降り方、風の吹き方も茶の木には優しいものだった。もし、そうしたものに恵まれなかったなら、昔、あの毒毛虫に荒らされた時のように茶摘みは泣く泣くあきらめねばならなかったろう。それでも、凶作に遭った折の米や野菜の農家のことを思えば、人の腹を満たすでもない茶の葉の不出来をもって自分たちが泣きごとを言ったりすればバチが当たるに違いない。

夫婦ともに今は五十半ばを越えている。そんな男女が、腰より四、五寸下に生い繁る茶葉を身を屈めて摘みつづければ、それ相応に体にはこたえる。それでも米麦野菜と比べれば文句の言えるはずもない軽い作業なこともあってか、ひと仕事終えた夫は今、三和土《タタキ》の床に水桶と砥石を置き、しゃがんだままに刃物研ぎをしている。夫はハサミではなく、もっぱらに鎌を使っている。その方が切り口がきれいに仕上がり、枝を傷めるおそれが少ないのだと信之進に言われているため、ずっとそれを守りつづけているのだ。

使い慣れた鎌を砥石にあてて夫が仕舞い研ぎをしていれば、シャッ、シャッと鳴る軽快なその音が、傍で聞くこちらの耳にもずいぶんと心地良い。使い続け、研ぎ瘦せし、役目を終えた鎌は今まで何丁になるだろう。それを思えば、あらためて夫婦してよく働き続けたものよと、道具以上に自分たちのことを慰め、手入れの一つもしてやりたい気になりもする。

梅雨のさなかのはずだのに、その日は妙なことにもカラリと晴れ上がっていた。

いつもと変わらず静まり返った高取の家をおとなう者がいて、早季が応対に出てみれば、地区長と役場の兵事課長が、まずはかしこまった挨拶をする。一人が粛然とした面持ちのまま抱えているのは、白布に包まれた小箱。それを認めた瞬間、早季の耳はまったくの無音となり、目は明る過ぎるものを見でもしたように白く眩み、何も分からなくなっていた。

後になって考えれば、きっと客の男二人は、堅苦しい言い回しでもって型通りの慰めやら励ましやらを口にしていたのだろう。けれども、そのようなものはいっさい憶えていない。そうした言葉は介さずとも、まるで電気を身の内に流されでもしたように、何が起きたかは一瞬にして直感してしまったのだ。それでも自分にはまだ落ち着いた所もあったらしく、奥にいた夫を呼んでいたらしい。気が付けば、あの白い四角の包みは既に夫の腕の中にあって、男たちが去った後、こちらは二人して震えるでもないままにただ茫然と突っ立っている。

思い出そうと努める要もないほどのあれはほんのつい二、三週前だったのだ。では、行って参ります、という陽真の手に、少しでもと思い、早季はそっと小遣いを握らせていた。元よりピュンピュンと弾の飛び交うような所に店屋のあるはずもなく、そうなれば銭金なぞは何の役にも立ちはしないのだろうけれど、それでも守り札の代わりにはなるかしらと思って握らせたのだ。あるいは、こちらにできることと申せば、それほどのことしか残されてはいなかったとも言えるのだろう。息子は黙ってそれを受け取ると、あっさりと背中を見せて去ってゆく。せめてその後ろ姿だけでも目に焼き付けておこうと、あらためて目を凝らし、去り行く息子の背を見送れば、四年にわたる兵隊訓練の賜物なのか、背筋はやけに真っ直ぐ伸びて見えもする。だのに、ひどく颯爽としているぶん、かえって他家の出征兵士の見送りでもしているような気がして、ずいぶんと寂しく思われもしたのだ。

そんなことのあった日からわずかひと月も経ってはいない。あの日確かに生きて話しもしていたはずの大事な息子は今、白木の箱に収まり、小荷物のようになって戻って来ている。

虚ろになった頭のまま、それでも手はいつのまにか勝手に夕飯の支度をし終えている。けれども、夫はただ酒だけ用意しろと命じたため、それはムダになってしまった。

男二人が通夜のように黙したまま座す所へ、早季は燗のついた酒を持っていった。

「信さん。こんなことのあった晩だ、飲めねぇだろうが、形だけ一、二杯つきあってくれ」

「もちろんだ、セイさん、今夜ばかりはとことん付き合うよ」

初めのうちはシンミリとした、いかにも戦死した陽真への献杯だけといったような、静かで穏やかな酒にはなっていた。けれども小一時間ほど経つうちに、征克の言葉はだんだんと荒くなり、離れた所からそれを聞く早季は当然こころ穏やかではいられなくなる。もちろん夫の吐く汚い言葉は、酒の相手をしてくれている信之進に向けてのものではなく、ただ、せがれの命を乱暴なまでにあっさりと断ち切った戦に向けてのもの。

建て込んだ町なかではない野中の一軒家ならば、外の耳を気にする要は元より全くない。そのこともあってか、次第次第に征克は辺りはばからぬ大声で毒づきだした。

「一体全体何がどうなってやがンのだっ。シャバと縁を切られて兵役四年、そいつを済ましゃあ、それで終いとァ誰でも思う。だのに、三十男の陽真まで駆り出しやがって、金筋一本・星一つ増やしてくれたか知らねぇが、そいつと引き換えに命を取られてお堪《たま》りがあるものかっ。それで死んで来いとァ、バカも休み休み言いやがれ。バカ大将の不首尾でもって末兵はバタバタ死ぬばかし。それで足ンなくなったから補充だと、充員召集だと、ふざけんじゃねぇッ。挙げ句の果てにこの始末よ。えっ、見ろ、見てみろっ、こんな、こんな、こんなっ」

こんなこんなと何度も繰り返しながら夫が白木の箱をこぶしで小突けば、乾いた板の音と、中身らしきが立てるカサっという音が重なり聞こえる。

遠目にその様子を見つめる早季の手が、知らぬうちに懐中に仕舞っていた物の方へ伸びていた。それは遺骨を納めた箱の包みの底に忍ばされていた物だった。箱と白布のあいだに挟まれていた薄いそれを、布越しのためか、夫の手指は感じ取らなかったらしい。けれども、何かあると直感した早季は、なぜか征克の目にふれさせてはならぬ物と思い、すきを見て包みを解くと、抜き取ったそれを懐の内に仕舞っていた。

それを今ふと思い出し、恐る恐る封を開けてみれば、上官らしきがつづった物と判る。ただ、夫が不意にこちらへ来たりはせぬかとひどく案じられて、カナクギ流の文字の羅列はなかなか頭の中に入っては来ず、早季は心乱したまま、ただ字面だけを追っていた。


……赤痢、脚気、併発……、全き遺骨……、満洲……、水質甚だ悪く……、時に糧秣配与滞り……、当人の身体繊弱、武運寡賦に因る……、砲火焦天、銃弾雨飛、砲弾至近に炸裂、五体四肢は散逸……、戦状かほどに惨たる……、指の骨一本回収叶わば僥倖と……、実に幸運な……、衛生隊天幕内にての病死……、曲げて報告……、師団司令部……、英雄烈士の一柱とし……、御霊への感謝……、宜敷く汲まれ……、御遺族におかれては胸を張……、心より願うものな……、皇軍兵士……、赤心の忠烈……、

誇り高き殉国……、対露義戦完徹……、近隣応召家族に普く広め……、熱誠の……、
必ずや……、神国必勝……、強く御祈念あらんことを……

読みながら、そして読み終えた今も、その言わんとしているところがどうしても読み取れない。こちらを慰めようとしているのか、それとも何かを恩に着せようとしているのか。息子の死を称えているのか、それとも侮り蔑んでいるのか。遺族は胸を張るべしと元気づけてくれているのか、それとも戦わずして病死するような兵を送り出した家であることを恥じ、肩身を狭くして生きよと命じているのか。何が何だか分からぬままに、早季はともかくもまたそれを元の封筒に収めると、再び懐内に仕舞っていた。

男二人が酒を飲む方へ目を向ければ、こちらのことにはいっさい気付かぬ様子のまま、すでにひどく酔いの回ったらしき夫が、相手に構わずベラベラとしゃべり続けているのが見える。それでも信之進は律義にも、征克に向けて盛んにうなずき返してやっている。

けれどもさすがに終わりの見えない話を聞かされ続け、そのうえに無理して飲めぬ酒を何杯かあおったらしき信之進は、そのうちに舟漕ぐようにゆっくりと体を右へ左へと揺らし始めた。それに気付かぬのか、相変わらず夫は、まだ友が傍らにいてくれるのを良いことのようにして、だらだらと怒気に充ちた言葉を口から垂れ流しにしたままでいる。そんな夫の酔眼は赤く濁り、血のかたまりに似て見えた。

「おいっ、信さんっ、聞いてるか、俺ァさっきから言ってるッ、なァ、考ゲェてもご覧な、見たことァねぇが、ロスケだって斬れば赤い血の出る人間だろ、違うか。ンなら、勝安房と西郷南洲みたように、あっちとこっちの偉レェのがヒザ突き合わして談判すりゃあ、せずとも済んだか知れねぇ戦じゃねぇか、そうだろッ。だのに、そいつを引くに引けねぇ大イクサにしやがって、人の子を鉄砲玉代わりに使いやがって、それじゃあんまし陽真が可哀相《カエーソー》じゃねぇか、それじゃウチの坊主があんまし可哀相だろっ、えっ、どうなんだ、信さんよッ、おうッ、聞いてるのか、聞いてくれてンだろな、えっ、信さんよッ」

脅すように質されても、すでに酒で弱っている信之進は何も返せぬらしく、今はもうお愛想にうなずくことさえしていない。それでも征克の目には、信之進が大きくうなずいてくれているように見えでもしたのか、相手に向かってだらしなく微笑み、虚ろな礼を言った。

「そうか、有難よ、持つべきものは友だぜ。信さんもそう思ってくれるか。あんたもあいつをずいぶんと可愛がってくれたものなァ。うちの坊主も生きてりゃ、山ほどしてぇことはこの世にあったはずさ。ロク玉でもねぇこんな世の中だって、生きてりゃ、まんざらでもなかったろう。嫁をとって所帯を持って子を授かって、末は孫にも囲まれて……、それが全部御破算だぜ。それじゃあ、陽真はハナからこの世に生まれて来なかったと同シじゃねぇかっ」

言い終えてシャックリ一つ聞かせると、長広舌はそこで一旦途切れた。それを見計らって早季は足早ながらもそっと近づくと、夫の了解は得ぬままに酒器を片し始める。もう、この辺りで終いにしておかなければ、後に何が起きるか分からぬと思い、それでも努めて平静を装って片していれば、突然、夫は赤い目を向けてきた。

　夫はこれまで聞かせたことのないような薄気味悪いネコ撫で声に変えると、妻に尋ねた。

「おや……、高取の奥様、片すのかね……、旦那のお許しはあったかぇ、いや、うん、いいぜ、そうおしよ。確かに酔った、酔いました、おっしゃる通り、今夜はしこたま飲んだわさ。俺をバカだと思ってらっしゃるね。けどな、俺ァ、ハナからバカになりたっくて飲んだのだ。酒で溺れ死んでも、なに、構やしねぇ。俺たちの息子はもう死んじまったのだ。うん、分かってる、分かってますヨ、俺ァ何言ってるかテメエでもよく分からねぇ。支離滅裂だよ、バカだよ、バカ、バカ、はい、いかにも左様、バカですぜ、バカになンなきゃやってランねぇものなっ、えっ、そうだろっ、えっ、違うかっ、バカになンなきゃやってられるかっ」

　早季がそそくさとその場を離れれば、背中に罵声が聞こえた。振り返れば、それは自分や信之進に向けてのものではなく、そこにはおらぬ誰か、見えぬ誰かに向けてのものだった。

「ちきしょーっ、やい、先生ッ、勝先生よッ、これが新時代とやらの木に生った甘い実なんですかいっ、これがめでたくトクセン家が滅びたお蔭様なんですかいっ、そんなのおかしいじゃあありませんかっ。だって、戦ってものはハナからクロウトのする仕事だろ。それをズブのシロウト集めてやらかして、バタバタやられて足ンなくなったら、員数合わせにまたぞろシロウト掻き集めやがるっ。挙げ句の果てがこの始末だ。いってぇ国中どんだけシナで死んでるのだっ。茶畑百姓の小セガレまで命を落としてンですぜ、それで喜べとでも言うのかね。満洲くんだりまで連れてかれて、木箱に入れられ返されて、こいつが明治の御代に暮らせる仕合せなのかっ、ふざけたことを言いやがれ、そんな仕合せがどこにあるっ。こんなことなら、戦はサムレエと相場が決まってたトクセン家の昔がよっぽどマシだ、違いますかい、えっ、どうだ、海舟先生っ。何が御一新だ、人の命をイケぞんざいに扱いやがって。毛唐どものサル真似でシナを敗かして領土広げて、それでいってぇ何の得があったてぇのだっ。いつか先生は言いなすったね、俺ァ薩長土州の若ケぇのが語る絵空の夢に賭けるって。ンなら、そんな奴らの吐くチャラッポコに先生は乗せられたのだッ。あいつらの頭ン中にゃ戦のことしかねぇ、奴らは戦好きの気狂いどもだぜ。うちの坊主が何か悪さをしましたかね、御上に盾でもつきましたか。しやしねぇよ、何もしちゃしねぇわさ。だのに『充員召集』だとっ、兵に充てるだとっ、ンなら誰のヘマで兵が足ンなくなったぇ、誰の不首尾でバタバタ兵が死んだのだっ。足ンなくなりゃ好き勝手に引ッ立てりゃ済むってか。冗談じゃねぇや、何が『懲清《ちょうしん》成ったり　日ノ本無敵』だ、何が『日ノ本　アジアの一等国』だっ、この大ウソつき、ペテン師、どろぼう、イカサマ野郎っ、いやいや、オメエたちゃそんなマシなものか、ただの人殺しだぜ、新政府の奴らは鬼悪魔だよっ。ンなら、ちゃんや、聞いツくれ、俺ァもう、ちゃんに頼むしかねぇのだ。ちゃんの孫が殺された、本日只今、陽真の骨が届いたのだ。ンなら、極楽住まいはその辺で止しにして、こっちィ戻って化けて出ろ。幽霊ンなって、薩長どもに取ッ憑いて狂い死にさしてやれっ、幽霊にできねぇと言うなら、俺がやるっ。ちゃんっ、俺ァ江戸を追われた時よか、今がよっぽど薩長が憎いぜ、今日ほど薩長賊を憎いと思ったことァねぇのだっ、ブチ殺してやりてぇっ、あいつらを八つ裂きにして油かけて火をつけてやりてぇのだっ、誰か刀をくれろ、俺に刀をくれろっ、なに、悪事にゃ使いやしねぇ、天誅よ、薩長殲滅《せんめつ》だ、斬奸《ざんかん》に使うのだ、薩摩ッポ、長州ッポを片ッ端から叩ッ斬ってやるのだっ、チキショー、チキショー、チキショー、チキショー、チキショーっ」

長々と呪詛《じゅそ》を吐きつづけるうちに、征克は天井に向かって何かをピュウと噴き上げた。ちょうど天にツバしたように、やけに澄んだ、酒ばかりのヘドの雨に濡れると、征克はそのままゆっくりと板間に倒れ込み、やがて大イビキをかきだした。

夫が最後にわめいた物騒な企てを、妻は耳を覆いながらも聞いてしまっている。そうなれば、身は震え、今は訳もなく何かをせずにはいられなくなっている。湯を沸かさねばならぬ要なぞありはしない。それでも早季はヘッツイへ向かうと、釜にたっぷりと水を張り、ことさらのようにしてヤケに強く、一心に火をおこし始めていた。男と違い、酒の酔いに逃げられぬなら、そんなことのほかに気の紛らせようが女の自分には残されていないらしい。

無心に湯を沸かすうちにふと気が付けば、大嫌いな虫が尻を上げ、身構える姿が目に入る。バッタのように俊敏に逃げるそのカマドウマを、なぜかその時の早季はそれより速く草履で叩いて半殺しにしていた。いやらしいほど細い腰をつぶされ、逃げることの叶わなくなった虫けら一匹。それを、早季はまるで夫が名指した仇敵でもあるかの如く、そのまま燃え盛る火の中に投げ入れていた。飛ぶも跳ねるもできなくされた虫は、断末魔の叫びの代わりにジュッという音を聞かせ、ドロドロした身の内を沸き立たせると、何者かの身代わりのようにして一瞬にして蒸され、焼け焦げ、そしてこの世から消えていた。

火吹き竹を握る早季の手に、涙が二粒三粒こぼれ落ちている。

生乾きの焚き木が立てる青い煙が目にしみたせいではないらしい。今はもう泡立つほどに湯が煮立っているのにようやく気付いた早季は、手になじんだ竹筒を吹くのをやめた。

つい先ほどまでまるで鬼の酒盛りのようだった板間に、今は男二人がおとなしく眠りこけている。その姿を見るうちに早季は思い出した。それは、陽真が五つ六つになる頃の或る日、征克の求めだと前置きして、これからはあなたの息子をヨーシンと呼び捨てにする、と信之進が断りを入れてきた時のことだった。それと歩を合わせたようにして、その頃から夫は努めて息子に厳しくし始めている。それを境に、男児に甘かった征克は厳しい父親に変わり、悪さをすれば平手で頭を張りもした。それはそれで我が子の先々を思ってのことではあったのだろう。その甲斐あってか、息子は真っ直ぐ立派に育ってくれた。そのうちに妻子を持ちでもすれば、茶園のことはもう安んじて自分に任せろ、ときっと言ってくれただろう。

だのに、そんな夢とも言えぬほどささやかな願いが、今日、乱暴にも断ち切られてしまっている。そうしたあれこれを思えば、今夜の夫があぁまで飲んだのも、ひょっとすると、怨み・悲しみ・憎しみの他に、息子にことさら厳しく当たってきた自分を責め、おのれを罰しようという考えあってのことだったのかも知れないと、今はそうも思われる。〝ちゃんはおめえにチョイト厳しすぎたようだ、あの頃ァ悪かったな〟と、いつかは笑い話めかして詫びを入れもしたかっただろう。そうなれば、夫にできることと言えば、自身をゲンコで殴り続けるか、五臓六腑も焼けただれよとばかりに酒をノドから注ぎ続けるかしかなかったのだろう。

ただ、悔しく悲しく恨めしい思いにさせられたのは、なにも父親ばかりではない。十月《とつき》ものあいだ我が腹の内に守り育んだ我が子。女ならではのそうした難事を乗り越えれば、高取家初めての男児が生まれていた。よくぞこの世に現れ出てくれましたと、その子を見れば、多佳の時と同じく、あるいはよその赤ん坊同様に、まるで人の形をした頼りない別の生き物のようにも見えて、かえってこちらはますます守ってやらねばと意を強くしたもの。

母以外この世に頼る者なきその子に乳を含ませ、頃合いが来れば心を鬼にして乳から離し、昼も泣けば夜も泣くその幼子をあやし続け、ようよう口がきけるようになれば、今度は叱ったり褒めたり励ましたりを繰り返し、そうして自分は育てていったのだ。

だのに、それが今日の昼、突然、まるで夢枕を横から蹴飛ばされ外されでもしたように、無理に終わらされてしまっている。『遺骨還送』——なんと無慈悲な四文字だろう。

長いことヘッツイ前でしゃがんでいた早季は、それでもそのうちに家事をあずかる女らしくしっかりと火の始末をすると、そのまま床に就き、文字通りの泣き寝入りで眠りに落ちた。


朝が来ても夫は当然起きはしない。

もちろん息はしており、時折り小さく咳をしたりもする。けれどもそんな夫のことよりも、まずはやはり信之進のことが心配される。飲めぬ酒を無理して飲み、聞かされればつらいだけの怨みに充ちた言葉を征克から延々と聞かされ続け、その果てに気を失うようにして眠ってしまったならば、たとい夫に命ぜられたことではあったにせよ、燗酒を何本も用意したこちらも申し訳ない気持ちがまず先に立ってしまう。

今、当の信之進は半身を起こしてあぐらをかき、立てた片手の爪で頭や首筋を掻いている。

「お加減はいかがです、薄いおカユくらいは召し上がれますか」

「へ……、あ、いや、腹の方はまったく……」

「でも、ご酒を無理強いされるばかりで、昨日の晩は何も召し上がっては……」

「いえ、ご懸念には及びません。セイさんに勧められはしましたが……」

そこで一旦言葉を切ると、信之進は、傍らに伏した征克がまだ深い眠りの中にあるのを確かめでもするようにじっと見てから、言い足した。

「飲むふりだけして、呟き込んだマネしながらチョイトこれに……」

言いながら懐から出して見せたのは手拭いだった。畳まれたままにぐっしょりと濡れ、放つ匂いもまさしくそれならば、吸わせていたのが酒なのは明らかだ。

「そうでしたか。なら、安心しました。信之進さんの迷惑も分からず盛んに注いでおりましたから、こちらはハラハラし通しで」

「だますつもりはありませんでした。けれど、私が本当に飲んで早々に酔いつぶれでもしたら、聞き役がいなくなる。それでこんな小細工でもって酔ったフリを長々と」

「いつもと全く違う飲み方でしたから、空恐ろしくなって、私もどうして良いか分からず、奥に引っ込んでしまって……」

「いや、それで良かった。誰だってどうして良いか分からなかったでしょう。私は妻もおらぬゆえ子もおらぬけど、こんな目に遭えばどんなに悔しかろう辛かろうとは分かるつもりだ。それでもお二人の悲しさは量りようがない。どんな悔やみを言ったところで空々しく聞こえるだろうと、そう思って、ただセイさんの聞き役に回って、逃げを打ったわけで」

「逃げを……」

「ええ、逃げました。ああしてセイさんが呪うのを聞かされながら、気が変になりそうだった。私にとっても陽真は甥っ子みたような者だもの。はるちゃん、はる君と呼ぶ内から可愛がって、そのうちに学校へ通っていじめられれば、早季さんの妙案に従ってあの子に父親の使う下品な言葉を憶えさしたり、多佳ちゃんの祝儀でいっしょに木遣りを唄わされたり、畑の面倒の見方を伝授したり、そんなこんなが今日いっぺんに夢マボロシにされて、赤の他人の私でさえこんな気持ちなら、きっと親はどんなにかって、そう思えば、もうつらくてつらくて、終いまで相手して聞いてやれなかった」

早季は白い前垂れの端をつまんで目尻をそっと拭うと、少しの間を置き、終いに尋ねた。

「なら……、あれはお聞きになりましたか、薩長人を斬り殺してやると叫んでいたのは」

「ええ、寝たのはフリだけだから聞こえてました」

「なら、夫は、ほんとに町へ行って、誰彼構わず斬りかかったりは……」

「いや、それはせぬはずだ。きっと請け合えます」

「ほんとに……、ほんとにそう信じて良いと……」

「その証しになる話がある。あれは清に勝った時です。二人して町へ繰り出し、大いに祝った。表通りのにぎやかな提灯行列がきれいでね。あの時までは薩長のすることは誰だって気に入らなかった。それが、あそこでころりと一変した。ああ、これで毛唐どもに見下される三等国から一等国に格上げだと大喜びした。セイさんも『こんだの日清戦役は良くやった。旧幕のやらかしたヘマの尻拭いをしてくれた。なら、薩長の奴らのことも今は褒めてやンなきゃならねぇな』って、確かにそう言って上機嫌でした。なら、セイさんもシラフに戻れば、まさか今度は薩長憎しとばかりに刀を振るったりはせぬはずだ」

初めて聞かされる話だった。それでも不安は拭いきれない。

「けれど、清に勝ったのは十年か前のこと。なら、やはり、酔いが醒めれば、どこかで刀を手に入れ、行き遭った薩長人に向け乱刃に及んだりは……」

「いや、セイさんは学がないと自分じゃ言うが、事の理非は分かる人だ。なにも今度の戦は薩長人だけが起こしたはずもないのは良く分かってる。シナに勝って浮かれて、その勢いでもって皆して、やれ、やれ、ロスケもやっちまえ、と叫んで始めたようなものだ。薩長人ばかりは責められぬと、セイさんだって良く分かってます」

「でも、ああまで狂ったように何度も何度も刀をくれ刀をくれ、と……」

「怨みの持って行き所が見つからなかったのだと思う。悔しい、どうにも悔しい、けれどもそれを何にぶつけりゃイイのか、酔ったセイさんには分からなかった。けど、非道なことはできない男だ。マユ根一つ動かさずに殺せるのは茶葉にたかる毛虫くらいのものだから」

「ですけれど、もし、また酔って正気を失くしたまま、町へ出かけたりは……」

「いいですか、昨日の晩だって、セイさん、酒は狂い水とじゅうぶん承知の上であおったはずだ。しこたま飲んで狂わずにはいられなかった。飲んで酔って狂って吠えて、そうでもしなけりゃセイさんほんとに狂っちまったでしょう。けど、冷たく申さば、それだけのことです。目が覚めて、頭の痛みが治まった後、たといまた酒を口にしたとしても、さあ、ならばそろそろ致そうかと、薩長人に斬りかかったりはしやしません。私はきっと請け合える」

相手の言を最後は容れたようにうなずくと、腹は減っていないという信之進に、早季は人肌に冷ました茶を勧めた。信之進は、さも有難そうにそれをすすると、そのうちに改まったような顔を向けてくる。それはこれまで三十何年のあいだに折々何度か見せられてきた、こちらにはなじみのある表情だった。

「早季さん……、実は、また……」

その話の切り出し方も聞き慣れたもので、あとの言葉は言われずとも自ずと分かりもする。先回りするつもりはないながらも、早季はピンと来たように尋ねていた。

「いつものように……、でしょうか」

「はい。ですが、今度ばかりは〝チョイト〟ということにはならないと思う。訳はどうあれ、私は小細工でもってセイさんを欺いた。それに、きっと、もうこの先、何をする気も失くすだろうセイさんと、私はどう上手くやって行けば良いか分からない。慰めきれるはずもなし、うちひしがれたセイさんを横目に見たまま、今まで通りここにいられるほど私は図太くはない。昨日の晩のようにまた逃げを打つことになるのは重々承知です。けれど、私もつらい。今のここから逃げ出したい。どうか、それを汲んで、お見逃し願いたい」

そう言われてしまえば、引き留めるに足るほどの訳が見つからない。チョイトということでないなら、もう戻っては来ぬのか、それとも戻ってくれるのか、ならばそれはいつ頃なのか、質したいことは山ほどあるけれど、哀願するような相手の目がそれをためらわせる。

仕方なく、終いに早季はうなずいてみせた。

「わかりました。なら、きっとお気を付けて」

「はい。ならば、私はこれで」

いったん奥へ消えてしばらくすると、手早く身支度を整えた信之進はあらためて暇乞いを告げ、いつものようにそのまま何処かへ行ってしまった。ずいぶんと速やかなその手際からすれば、きっと信之進は昨夜、酒の席につく前に、すでに携えて行くべき身の回りの物をすでにまとめていたらしくも思われる。あるいは、それよりももっと前、恐らくは陽真の戦死を聞かされたまさにその時に、すでにもうここを出てゆくと決めていたのかもしれない。


外が薄暗くなり始めた頃、征克はやっと目を覚ました。ひどく痛むらしい頭を両手で包み込んだまま、夫はひどく酒臭い息を吐きながら弱々しく妻に命じた。

「水……、水くれ……、どんぶり鉢で頼む……」

言われた通りの物を用意してやれば、征克はひと息にそれをあおり飲み、すこしむせながらも、もう一杯、と催促した。

二杯目を飲み乾した夫は、また横になり、そして再び指図した。

「メシは要らねぇ……、明日も起こさねぇでくれ……」

抜け殻ふたたび

軒庇《のきびさし》の作る影でもって少しは暑さもマシな板廊下に座り、征克はずっと外を見ていた。するべきことが見つからぬと言うよりは、何をする気も起きぬため、この何日かはただ毎日そうしている。あるいは、無為なるを良しとするかのように、来る日も来る日もそれを繰り返している。その姿はちょうど、今より四十年ほども前、上野戦争に敗れ、逃げ戻り、友が宮司を務める神社の一隅で幾日も畳に寝そべって過ごした時のそれにひどく似ている。

それでもさすがに陽はそのような男に構わず時々刻々空を動き移り、それにつれて光の当たる場所も変わって行く。そうして今、夏の陽の白く照らす地面にふと目をやれば、何かが転がり落ちているのが認められた。

短い命を終わらせたセミが、干乾びて白ちゃけたジャバラの胸を上に向けて転がっている。もはやジジジというあの鳴き声も立てず、もがきあがけば立つはずのパタパタという羽音も聞かさぬままに小さな黒目をむき出しにして、ただひたすら静かに眠っている。

一体どれほど生きたのか、と征克はボンヤリ思う。十日かあるいは半月か、否、それとももっと短いのだろうか。そのような由無《よしな》きことを思ううちに、いつのまにか陽真のことに思いは移ってしまっている。せがれに良き日、楽しき日はどれほどあったのだろう、生きているうちに、たといセミほどの短い間であっても、精いっぱい心ゆくまで鳴き上げたことはあったのだろうかと思ううちに、多佳の婚礼で自分が無理強いして木遣りを唄わせた時のことや、それよりも前、多佳を先生代わりに勉強に勤しんでいた陽真の姿がよみがえってくる。

見ていればつらくなるだけのセミの死骸から目を離し、遠くを見やれば、広い茶畑が自ずと目に入る。それを生気の失せた目で見ていれば、良くぞここまで仕上げたものよ、という以前のような気持ちは湧いて来ない。それどころか、開墾前の荒蕪地だった頃の方が、かえって懐かしくさえ思われてくる。なまじ何かを手掛け、作り上げてしまったが故に、今みじめな終わりを見せつけられているようで、ならば作らぬ方が良かったとさえ思われてくる。

片ヒジ枕で目をつむる征克は、確かに老境に入りはしている。けれども、同齢の他の者ならば、たとい気散じのためであったにせよ、せっせと庭いじりや盆栽なぞに心傾けるところ。けれども征克には、たった今遠目に見た自分の茶園が、まるで他人の畑のようにも思われて、気に懸けてやらねばならぬ生き物とは全く感じられなくなっている。

確かにそれは茶の木ゆえ、他の花木とは違って、こまめに水やりする要はなく、少しのあいだ放っておかれたとしても、すぐに枯れて朽ちたりはしない。それでも二番茶を摘み取られた後、夏の湿気と暑気に長い間さらされるままに置かれたなら、この先、これまでの如く売り物になるような立派な葉をきちんと繁らせてくれるはずもない。それを承知の上でのことなのか、征克は陽真の遺骨を受け取った日以来、もう茶畑に足を踏み入れようとはせず、そればかりか、他の何物にも心を向けぬまま、ただ一日一日を失うに任せて過ごしていた。

そんな夏が終わった頃、多佳が久しぶりにやって来た。早季がそれを伝えれば、ひどく大儀そうにはしながらも、征克は起きるだけは起きてみせる。

嫁いだ娘は礼儀をわきまえた他人行儀な挨拶をすると、それでもそのうちに昔通りの、おきゃんな所のある女に戻ったらしく、まわりくどい枕は省き、用件を切り出していた。

「おとっさん、今日はお願いがあって」

「なんだ……」

「ここのことです」

「ここだと……」

「ああして放っとかれるおつもりなら、いっそ、私らにやらしてくださいませんか」

「私ら……、バカを言いやがれ、できるものか」

「敬伍は致すと申しております」

「断る。放っときゃ元の野ッ原に還る。それでいい」

「せっかくの畑だのに、なにもわざわざそんな……」

「どうしようと俺の勝手だっ」

「お願いです、おとっさん、そんな片意地なこと言わずに」

「役所勤めの男が思いつきでそんなことすりゃ、アブハチ取らずに終わる。そいつを案じて言ってンのが分からねぇのか。さあ、そう言われたら、大人しくけえれッ。けえって、亭主に言っておけ、人にゃ向き不向きがある。奇なる様を良しとする床柱だって、反りや太さが合わなきゃ収まらねぇ、ってなっ」

征克がそこまですらすらと乱暴な言葉を並べ立てるのは、陽真の戦死を嘆いて大酒を食らいながら見えぬ相手に向けて一晩じゅう毒づき続けた時以来だった。

娘が帰ったあと、遠慮がちながらも妻は夫に向けて言う。

「弟の代わりに自分が孝行を、とでも思ったのでしょう……」

「なら、とんだ孝行だ。てめえの頭の上の蠅《ハイ》だけ追ってりゃ良い」

「もう明志や朋幸に手がかからなくなったこともあるのではないかと……」

「肩を持つ気か」

「いえ、そういうわけでは……、ただ……」

ただ何だ、と言うようにして征克はギロリと目をむいた。

「ただ、生半《なまなか》な気持ちでないのは、あの子の真剣そうな顔つきで分か……」

「そいつが大きなお世話だてぇのだっ」

その晩、征克は、いつになくせわしげに飯やら風呂やらを手早く済ますと、怒りに任せたように布団を引っかぶり、そのまま寝てしまった。


半月ほどが経った頃、こちらには招いた憶えなぞ全くない客が訪れていた。

相手へのわだかまりは、外孫とは申せ、可愛い孫二人をもたらしてくれた折にかなり薄らぎはしている。けれどもせっかくのそれが、つい半月前、多佳を介して伝えて来た申し出によってご破算にされている。

「ご無沙汰申し上げております」

「ああ。無沙汰のままで良かったぜ、何もご足労には及びません。用向きは分かってる。多佳から聞いてらっしゃるね、ご心配には及びませんと言うことだ」

「確かにそう伺いはしましたが」

「だったら、わざわざ勝手を知らぬ稼業に足を突っ込む要はない」

「確かに茶園については無知同然です。ただ、一応学校は出ております。知らぬこと分からぬことは人に尋ねもしますし調べもします。具合の悪いところは工夫をして改めも致します。労を厭わぬ覚悟は出来ておるつもりです」

「学校だと……、威張《エバ》ンなさんな。何を習われたかは存ぜぬが、理屈で何でもやれるとァ思わぬが良い。あなた様はご存知なかろうが、農てぇものはバクチでね。盆ゴザならぬ地ベタの上にサイコロ代わりのタネ転がして、一天地六、何の目出るか、丁か半かは運次第。そんな危なっかしい稼業を、まっちろい西洋襦袢《ジバン》着て、日がな一日、机の前に打《ブ》ッ座って帳簿《ツワ》とニラメっこしてるお堅《カテ》ぇ官員さんに務まりますか。半尺《ハンチク》な悪手際《あくてぎわ》で粗々漏粗《ソソロソ》ッパチに茶の木を扱い、毛虫でもわかしてごらんな、ご近所さまの畑が大迷惑だ。おっと、チョイト言い方が乱暴でしたか。だったらご勘弁ですよ。けどもが、俺が腹立てるのも、元はと言や、要らぬ節介焼こうとするあなたが悪い。カカアの里のケチな茶畑なんぞお気にかけずと、今のお勤めにご専念なすって、このまま大人しくお帰り願えりゃ幸甚と存じますッ」

今は昔、邦重とヤンチャをしていた頃、貧乏旗本の住まう青山のボロ屋敷で開帳された賭場へ何度か足を運んだことがある。初めのうちは良い目が見られもし、小銭を稼いで浮かれているうちに、身ぐるみはがされそうになり、その折は二人して命からがら逃げ出していた。そんな悪所でおぼえた啖呵《たんか》を並べ立て、人好しな義理の息子を怯《ひる》ませようとしてみれば、常ならば大人しいはずの相手はムッとしたような赤ら顔で言い返してくる。

「妻の里のことを心配するのがそれほどに悪いことですかっ。加えてここは明志や朋幸にとっても大事な里です。それに、土相手の仕事が晴雨頼みで、実りが悪ければもちろんのこと、それが過ぎれば豊作貧乏にもなることくらい、役場仕事を通して知っております。税を徴する側の者ならば、営農の易からぬことは忘れぬよう心掛けておるつもりです。ならば、国の基たる農を、わざわざヤクザ者のするような博打に喩えるのはいかがかと思われますがっ」

「なんだとっ、そいつが知ったかぶりの頭デッカチだと言ってるッ。あきんどだって、閉じて良い頃合いが来りゃ、いつかは店を畳むだろっ。ンなら百姓が田ンボ・畑を元の土に還して何が悪いてぇのだっ。もういい、帰って頂こうかっ」

「帰れと言われてそのまま帰れば、赤子の使いと多佳に笑われますっ」

「なら好きに笑われりゃイイさ。良しかぇ、ハバカリさま、俺ァ江戸者だ。あなたはご当地の産だから知らねぇだろが、江戸じゃ〝お気持ちだけ有難く頂戴します〟と言われりゃ、そこでスッと引き下がる、それが習いさ。田舎の御人からすりゃ、冷たくも見えるのだろうが〝知らんぷりするのが思いやり〟てぇ流儀で生きてる。あいにくと多佳もあなたとおなシ静岡の産だから、そこンとこの間の計り方を習レぇそくねたのだろ。さあ、お分かり頂けたなら、ご本業に専心たまわり、俺の茶畑のことァこの辺でイイ加減ご放念願おうかっ」

そこまで言われた多佳の夫は、これ以上話してもムダと思ったのか、蹴飛ばしこそせぬものの座布団を勢いよく外して立ち上がり、額でクギでも打つようにして荒っぽく義父に向けて一礼すると、そのまま帰って行った。

友の予見

ひと月ふた月と何もせぬままにいる夫を、それでも妻は何も言わぬままにしている。男とは違い、女のこちらには毎日せずには済まされぬ用が相変わらずあって、そうした暮らしの務めを果たしているうちは、一日一日は過ぎて行ってくれもする。

仮に夫がこのまま畑をほったらかしにしていれば、もう茶園とも呼べぬような代物に変わってしまうのかもしれない。それでも夫婦二人してたちまちのうちに飢え死にということにはならないだろう。ここへ移り住んだ初めの、あの無禄の頃でさえ、イモやら何やらで食いつないでいたのだから案ずるには及ばない。それに今はあの時とは違い、哀しいかな、糊すべき口の数がずいぶんと減ってしまっている。義父母はすでにこの世を去り、娘は嫁いでおり、息子は戦死し、今は夫と自分の二人しかいないのだ。

けれどもそのうちに早季は、事によれば今も三人だったかも知れない、と思い直した。血のつながりこそないものの、夫にとっては気の合う従兄弟か何かのようでもあった瑞島信之進。もしもあの日あの人がここを出て行ったりしなければ、今もここにいて、何かしら自分にとっても救いのようなものになっていてくれたかも知れない、と重ねてそうも思われた。

共に住む者の数は別として、今ここに暮らす自分たち二人も歳を取ったぶん、情けないことに食の方もずいぶんと細くなっている。それに、あの開墾当初の頃と違って、今は腹を空かせるほどには体も動かさない。さらには、銭金のことにしてみても、差し迫った心配はない。元より大きな借金のできるほどの身上でもないゆえに、返さねばならぬものもまたありはしない。かえって、茶園が順調に営めるようになってからは、以前は考えられもしなかった貯えというものもそこそこの額できてもいる。そうしたあれこれを考え合わせれば、仮に夫が義理の息子に向けて言い放ったように茶畑を元の土に還してしまったとしても、夫婦二人どうにかこうにか暮らせてゆけるのでは、と早季には思われた。

それよりも何よりも、そうした些末なことより、あの一番に案ぜられた〝薩長誅伐〟なる刃傷沙汰を夫が起こしていないことの方が妻にとっては何より有難い。そのことだけでも、まずは天に感謝せねばならぬだろう。仮にもし、夫がどこかで刀を手に入れでもし、泥酔の上で宣言した通りの所業に及べば、妻として自分も生きてはいられないのだから。

そう言えば、あの折、信之進という人は夫のことを知り尽くしてもいたらしく、ただうろたえるばかりのこちらに向けて、案ずるには及ばぬと、その訳を一々説いてくれもし、事実それはその言葉の通りになっている。けれども、もう一つ、信之進が言っていたことが、やはりその通りになってもいるのだ。それが他ならぬ、今の夫のありよう。何に対しても心を動かすことがないらしく、ただムダに毎日を過ごしているとしか言いようがない。それがあらかじめ見えでもしたのだろうか、信之進という人は征克を慰め励ます術を知らぬ自分が、このまま一緒にここに暮らすのは無理として、スッとここを去り、何処かへ行ってしまっている。

飛び地も含めれば、今は四町ほどにもなるだろう高取の茶園。

それがあの日以来ずっと顧みられずにいる。それは見るに忍びないとして、思い切った申し出をしてくれた義理の息子を、夫は邪険に拒み、追い返してしまっている。若い頃とは違い、今の自分なら夫に向けて、なにもあまで、と諭すことはできたろう。けれども、そう言われて、かえって頑なになり、悪くすれば娘夫婦と絶縁しかねぬ夫ならば、こちらはしばらく黙って様子を見るしかない。

夫・高取征克は悪い人間ではない。

けれども、時にはどうにも解《げ》し難《がた》いほど頭の固いところを見せる。一方では、そうした性分なればこそ、あのどうしようもない荒蕪地を茶畑に変えられたとも言えるのかもしれない。もちろん、それには、あの瑞島信之進という人の知恵やら勤勉やらが大いに与《あずか》っているのは確かなこと。つまり夫は、機に応じて誰かが脇から手を添えてやれば、何事かを為せる一方、それがなければ大きな穴に落ちかねぬ人間でもあるらしい。そうしたどこかしら子供のようなところを残したまま、夫はそろそろ還暦を迎えるような歳になってしまっている。となれば、既に固まってしまったその性分を矯める術は、今のところ誰にも見つからない。

それにつけても、多佳の亭主・芹根敬伍の心遣いは殊の外うれしくも有難くも思われる。つくづく多佳は良い夫を得たものと、改めてそう思わずにはいられない。

公方様の時代ばかりか、今の世にあっても、女の一生の良し悪しは、連れ添う男のそれで決まってしまう。となれば、多佳の人を見る目には感心するしかない。まさか母の自分も姑の弥栄とても、男を見定める目を養えるような訓育を多佳に施したはずもない。加えて、多佳は小学校へも行ってはおらぬため、常日ごろから男児が周りにいたわけでもなく、そうなれば、男という生き物を実地に見て学び知ることはできなかったはず。ならばなぜ、ただひと目見ただけで信ずるに足る男を選り出せたのかと不思議になるばかりなのだ。ただ、そうは言っても、夫が意地悪く言ったように、外から見る限り、多佳の夫は畑仕事には向かぬ男には違いない。けれども、どこかしら一本固い芯は通っているらしく、その証しに、あの折、義父の好きに言わせるままには終わらせず、腹立てて毅然と言い返しもしてみせている。

あれこれ思いながら、早季はまた半ばあきらめでもしたように静かなタメ息をついた。

重い腰

その日もただゴロゴロするうちに、征克の目の奥に昔の状景が一つよみがえった。それはちょうど今のように何をする気も失せたまま幾日も過ごすうちに、にわかに勝安房守を斬ろうと思いついた時のことだった。あの乱暴なひらめきが今、人ではなく物に向けられている。征克は決めていた。――雨風さらしに腐らすよか、いっそのこと今ぜんぶ切っちまぇ――。

茶の木は細く、丈も高くはならない。それがあってか、茶葉を穫る以外の用は果たさぬらしい。それでも征克は以前、指物《さしもの》や細工物には、趣のある珍材として茶木は使えると聞かされたことがある。それが本当なら、茶人、数寄者が好むような道具に化けもし、そこそこの銭にはなるだろうとは思われる。あれだけの茶園なら、全部切り払って売ってしまえば、とそう思った途端、征克はそんな自分を蔑んだ。――何を考ゲぇてやがる、そんないじましいことを思いつくとァ俺も堕ちたものよ。あいつに言ってやったように、いっそ元の土っクレに還しゃ良い。切ったら切ったなりに捨て置きにし、腐らして泥土に戻しゃ良いのだ――。

にわかに身の内に力がよみがえるのを感じたらしく、そのまま取り回しの良い小ぶりなオノとナタを用意すると、男は久しぶりに茶畑に足を踏み入れ、ズンズン進んで行った。

生気を取り戻した征克は、広い茶園の中ほどまで来ると、やおら道具を振るいはじめる。

あれほど丹精して育てた木を次々に切りながらも、征克にこれといった感慨は湧いてこない。けれどもその代わりのようにして、心の内で亡き息子に向けて話しだした。

――陽真。怨むなら、この俺だ、怨むなら、このチャンだ。おめえに令状が来た時、立派に御奉公してこい、と世間並みを気取って俺ァ言った。そんなソラゴト吐く代わりに、俺ァおめえを守るべきだった。この畑に穴掘って隠してでも、おめえを守ってやるはずだったのだ。軍人・役人が探しに来たら、うちにゃ息子はおらぬと言い張り、俺が引っ立てられて縛り首にされりゃ済んだのだ。どんな手使ってもオメエを生かしてやらにゃならなかったのだ。だのに、そいつをせずと、大事な跡取り息子を差し出した末に死なしちまった。俺の方は自業自得と言ってあきらめられようが、オメエにゃ全く申し訳が立たねぇ、オメエのたった一つの大事な命に申し訳が立たねぇのだ。だから、陽真、おめえに継がすも叶わなくなったこんな茶畑なんぞ、今の俺にゃもうどうでも良い。こんな茶の木がいくら青葉を付けたって今は何にもなりゃしねぇ。白い花咲かしたって、オメエの手向けの花になんぞなりゃしねぇのだ。だから俺ァこうして今、切ってる。だから陽真、茶の木を切ってるチャンを上から見下ろし、それで赦せ。あきらめてくれろ。いや、贖《あがな》い足りねぇのは重々承知だ。怨むなら、このチャンだ、チャンしかいねぇ、チャンを怨んで怨んで、それでもって中途でむざむざ絶たれちまったおめえの大事な命を、おめえの大事な人生を、何とか、どうぞして、あきら……、あきら……――。

心の内のつぶやきが嗚咽《おえつ》にさえぎられ、終いまで言えなくなっている。それでも征克は気を取り直したようにして半ば冷酷な様子のまま、辺りの茶の木を再び切りはじめた。

小半刻ほど続けるうちに、さすがに息の上がった征克は、額の汗を腕で拭い、荒げた息を整えるように背筋を伸ばした。すると目が行った茶園の奥に人影が見える。それを男二人の姿と認めた途端、征克は怒りに衝き動かされたように駆けだしていた。けれども密に植えた茶の木の狭間を縫うようにすれば、思ったように速くは進めず、もどかしげに足を繰り出しながら、半信半疑なままに思い始める。――信さん……、なんでだ……、なんでそんな野郎と――。どちらが企んだことかは分からない。けれども何がどうあれ、腹立たしさは相手の方へ近づくにつれ、どんどん強さを増してくる。

「おいっ、信さんッ、そこで何してやがるっ」

背中に鋭い怒声をぶつけられ、男二人は振り向いた。

「コソコソしたって天網恢恢《てんもうかいかい》だっ。信さんの謀《はか》り事かっ」

返答しかけた信之進をさえぎるようにして義理の息子が言ってくる。

「いや、お義父さん、それは違うッ。たまたま島田の辺りでお見かけして呼び止め、いろいろ尋ね、答えたなりに行こうとする瑞島さんを無理にと私が引き留めた。だから瑞島さんは関わりないっ」

「だったら信さん、あんたそのまま行きてぇとこへ行きゃあ良かったのだ、なにもそいつに手を貸すことァねぇのだっ」

「お義父さん、腹を立てるならこの私だ。固辞する瑞島さんに頼み込んで、茶のことやら何やらの教えを乞うたのはこの私なのだから」

「ああ、そうかい、ンなら、あなた様を張ッ倒すか蹴倒しゃイイってことかっ」

「セイさんっ、イイ加減にしろっ、私ゃ、これまであんたとケンカしたことはないっ。が、今日は言わせて頂く。この茶園はあんた独りがこさえたのか。言いたかないが、私だってここの畑にゃ自前の心血注いでる。ンなら半分は私のだ、違うかっ。そんな畑の端ックレをどこの誰にどう手ほどきして任せようが私の勝手だ、文句を言われる筋合いはないっ」

信之進の言う一々は正しい。焼津の浜で知り合ってからこの方四十年近く、その間確かにケンカらしいケンカをした憶えはない。さらには、あのどうしようもない荒れ野を茶園に変えたのはオノレ一人の力でないのは、全く左様としか言いようがない。

すぐには言葉が出ず、しばらく間が空いてしまえば、それでも終いに征克は返していた。

「わかった、信さん、すまねぇ、悪かった、謝る。陽真に死なれて頭がどうかしてた。ご恩をすっかり忘れてた。なら、遠慮はご無用だ、俺の分も進呈する。俺の手にゃ余る畑だ」

「欲に駆られて言ったわけじゃない、分かってくれ、セイさん」

「分かってる。けど、もういい。もう要らなくなったのだ」

「ふてくされるのは止しだ、投げやりにそんなこと言うのは止しにしてくれ」

「ふてくされちゃしねぇさ。俺ァな、信さん、こんだのことでつくづく身にしみたのさ。どうも俺の一生は、失くすばかしのようだとね、そいつが分かったのだ。何をどう大事に育てたところで失なうだけなら、持ってても仕方もねぇ。なら、俺にゃ、もう何も要らねぇのだ」

「要らぬことがあるものか。またいっしょにやろう。老いたりといえどもまだまだやれる」

「いや、できねぇ。俺ァもう疲れたのだ。この世の何もかも、このくだらねぇ世の中に起きる何もかもがつくづく嫌ンなった、ほとほと疲れたのさ。それだけだよ」

言い終えて、齢ゆえに少し丸くなった背を二人に向けると、征克は茶園を後にしていた。


無から有を産ませるようにして守り育てた茶園を譲った日から、ひと月ほどが経っている。征克の暮らしぶりは、また元の通りに無為なものに戻っている。けれども早季のそれは、この半月ほどのあいだ少し変わったようにも見えた。中食のあと、片付け物はそのまま水桶に漬けたままスッといなくなり、それがそのうちにまた戻って茶碗なぞを洗いはじめる。

その日も短い留守をして戻った妻に、夫は前々から不審に思っていたことを質してみた。

「どこか行ってたか。ちょいと前からこんなふうだな」

「はい。畑の方へ」

「なにっ、畑だとっ、何の用だっ」

「男二人、飲まず食わずで畑仕事はできませんから」

「おっ、おめえっ」

「叱りますか。けど、憶えてらっしゃいますね、いつだったか茶の木を切りに行って戻られ、こうおっしゃった〝茶園はそっくり信さんにくれてやった、もううちの物じゃあねぇから、あすこで誰が何しようとこっちにゃ関わりなしだ、咎《とが》める要もねぇから放っておけ〟と。なら、私が誰に何を差し入れ致そうと、お小言を頂くいわれもないと存じますが、いかがです」

「な、な、な、なんだとっ」

これまでずいぶんと我慢をした末のことのようにして、妻は澱みなく夫を難じている。それに言い返せぬままあらためて見れば、なるほど妻は竹編みの蓋《ふた》物と土ビンを提げている。

「それに、久しぶりに信之進さんと話もできますので」

夫が半ば疑るような目を向ければ、妻は問われぬままに返してくる。

「憶えてらっしゃらないかも知れませんが、あの晩、薩長賊を斬り殺すと何度もわめいていらしった。鬼の形相で夫からそのようなことを言われれば、妻はじゅうぶん怖じもします。けれど信之進さんは、案ずるには及ばぬ、セイさんは非道とは無縁の男だ、それに薩長だけが悪くないとは分かってもいる、となだめてくれたのです。それに続けて、大事な子を亡くした夫婦を慰める術も知らぬし、いたたまれぬばかりだから、とそう言い置かれて出て行かれたのです。そんな御方がまた戻って茶園にいると知れば、会って話もしたいと思うのは人情です。それを

「まったく気に入らぬ、差し入れするなぞもっての外と叱るおつもりですか」

征克は言い返さぬまま茶園に向かっていた。


茶畑の奥へ着いてみれば、そこにはすでに信之進の姿はない。

「何してる」

訊かれた男は、屈めていた身を起こして振り返り、問うてきた相手を真っ直ぐ見据えた。

「ご覧の通り、手入れのマネごとを」

二人の男は、ちょうど果たし合いを始めでもするように黙ったまま向き合っている。

けれどもそのうちに老いた方が口を開いた。

「まァ……、よく考ゲぇりゃ、ここで誰が何しようが、俺にゃ関わりのねぇことだった。けどもが、そいつァ何だ、辺りがプンと匂うようだな」

「焼酎です。剪定の後これで拭っておけば、枝の切り口が傷むのを防ぐとか。それに虫除けにもなると瑞島さんに言われまして。木だとて生き物なら、傷を負わせて手当てをせぬわけにはゆかぬと、そうもおっしゃって」

「ふーん……、そんなことを……。信さん一流の工夫ってか。前はそんなことァしなかったが、気休め程度にゃなるのだろ。それよか、今、焼酎と言ったな」

敬伍は容れ物の木栓をポンと抜き、そのまま義父に渡した。

「人によっては、匂いに好き嫌いがあるとか……」

「なに、匂いのことァしばし脇に置くさ。こいつァ枝の切り口だけじゃなしに、人間様にとっても妙薬だってのをご存知か」

義父の意を察したらしく、義理の息子は、つい先ほど義母が忘れていった湯呑み茶わんを差し出した。

「かまわねぇのか……」

「もうあらかたの木は拭い終えましたから」

注がれたものを飲み乾すと、征克は湯呑みの縁を腰の手拭いで拭き清め、敬伍に返した。

信之進と同様に、芹根敬伍も下戸に近い。にもかかわらず、義理の息子は言ってくる。

「なら、私も」

「無理しなさんな。それでもあえてと仰るなら仕方もなし、身共がお注ぎ致しもしようが」

言いながらほんのお印ほどの量を注いでやれば、義理の父をマネたように義理の息子は勢い良くそれを口に放り込み、そのままケホケホとむせてしまう。

「言わねぇこっちゃねぇ」

血のつながり無き義理の親子が腹の底から笑い合うのはそれが初めてだった。

そんな征克と敬伍が和解めいたことをした日から幾月経ったろう。その日、畑仕事を終えて戻り、一息入れる娘の亭主に向かって、征克は遠慮なしに小言を垂れはじめる。

「なァ、敬伍さんよ。俺が言うのも妙な話だが、基督教徒《ヤソ》どもの習いをマネて、七日《ナヌカ》に一度休めと言われて久しいのだぜ。ンなら今日は勤め人にとっちゃ、大事な骨休めの日なのだろ、違うかぇ」

「はぁ、それはそうですが……」

「だったら、女房の里へは来ずと家で休んでりゃ良い。役場で六日働いたままここ来て畑仕事はせぬが利口だ。少しは我が身もいたわってやらにゃ」

「いえ、かえって良い気晴らしになりま……、あ、いえ、只今のは失言です。この茶園に来ると心穏やかになり、生き返るのです。それに今の勤めは、旧例から外れるのを嫌い、十年一日の如く同じ仕方を守るを良しとして、元より改良改善という考えが頭にない。そうなりますと、こちらもだんだんと不満がつのりまして、近ごろは、もうそろそろ勤めの方も……」

「まさか辞めようなぞとァ思っちゃしねぇだろな」

「いえ、幾分かは……」

「バカを言いなさんな。退屈だろうが不満だろうが何だろうが、御役目のある身は仕合せだ。俺ァ若ケぇ頃、親仁の役を継ぎそくなって苦い思いをしたことがある。無役の者なんぞァ、世間サマは何者とも思っちゃくれねぇ、ただのアブレ者だ。あの頃の俺にゃ、たといつまらぬ御役であっても、毎日することのある奴がずいぶんとうらやましくも見えたものだ」

「そんなものですか」

「ああ、そんなものだ。気晴らしになると言うなら、ひと月に一度で充分だろ。年は取ったが、俺と信さんとで今は足りてる。まァ、足腰立たなくなったら話は別だが」

諭されてしばらく黙りはしたものの、相手はそのうち返してくる。

「なら、どうでしょう、あと十年かして私が御役御免となったら、ここの婿に入って、毎日させて頂くというのは」

「それは多佳が許さねぇと思うよ」

「多佳が……」

「あれァ〝芹根《せりね》〟てぇ苗字をずいぶんと気に入ってる。ひょっとすっと、あなたのことよか家名の方を好いてるか知れねぇ。洒落だぜ、真に受けて怒っちゃダメだ。昔、多佳の奴、タカトリタカじゃあ、タカタカタカタカと、油の切れた荷車みたようで気に入らぬ、どうしてこんな名を付けたのだと、母親に苦情を入れたそうだ。ナマを言いはじめる十四、五の頃さ」

妻から聞かされたことはなかったらしく、その話に笑いながら芹根敬伍は返した。

「なら、姓は変えずにおきます」

「それが利口だ。でなけりゃ、女房の方から三行半《みくだりはん》突き付けられる。今はそんなご時世らしい。戊辰から四十年か経つと、女も妙に強くなりやがる。俺だってウカウカ油断が過ぎりゃ、早季の奴から離縁されかねねぇ。この歳でヤモメ暮らしはきっとキツイぜ」

　異見された敬悟がそれを容れ、訪れるのに間をあけるようになれば、今度は多佳が代わりのようにしてちょくちょく顔を見せるようになっていた。けれどもそれはもっぱらに母親と話をしたいがためのものらしく、今、父と二人きりで話をするのはずいぶんと珍しくもある。

　ヒマそうに足の爪を切りながら、征克は娘の顔は見ぬままに言った。

「なァ、多佳。今ふと思い出してなァ……、昔、茶畑に毛虫がわいたの憶えてるか……、いや、憶えちゃしねぇか、小さかったからな」

「いえ、憶えてますよ。おとっさんの端折ったスソに赤黒ダンダラの虫見つけて、おもしろがって摘まんだら、手をはたかれて、バカっ、触っちゃならねぇッて怒鳴られて」

「そんなことあったか。けど、あれに刺されりゃ腫れるし、毛を吸や咳が出る。おめえを叱ったなら、そいつァおとっさんの温ッタケぇ親心だ、根に持っちゃイケねぇよ」

「恨んじゃしませんけど、代わりに忘れてもいやしません」

「ちぇっ。女は昔日の恨み百まで忘れずってか、おっかねえものだ。まァ、そんなことァどうでもイイ、今あの毒毛虫のこと思い出したのはなァ……」

　終いの爪をパチリと切ると、征克は遠くを見でもするような目であとを続ける。

「オメエたち夫婦が茶園を助《すけ》に来てくれたのが、何とはなしに、あン時のさ……」

　まさか〝毒毛虫〟とは言うはずもない。娘があとを促すような目を向ければ、父は言う。

「あン時の助太刀に似て思えたのさ。虫がわいてホトホト困ったとこへ、どっからかシジュウカラが群れンなって飛んで来て、きれいさっぱり始末を付けてくれたのさ」

「そう聞かされれば、うっすら憶えてますよ、その話」

「思いもよらぬ援軍よ。今度も左様さ。なァ、多佳……、おめえも良い亭主を目っけたな」

父は娘を〝多佳坊、お多佳坊〟と呼んでいた頃のように、じきに四十になろうという相手の頭を一つ二つポンポンと優しく叩き撫でてやろうとでもするようにして手を伸ばした。

「もうッ、おとっさんたら、足の爪切った手で、もうッ」

「親を汚がるない。けど、よくよく考ゲぇりゃ、おめえに助けられたのァ、これで二度目よ」

「二度目……」

「初めのやつァ、まさか憶えちゃしねぇさ。生まれて間無しの頃だからな。そン時ゃ、地元の男どもに取り囲まれて悶着になってさ、オッカサンに負ぶられてたオメエは、尻の頬ッペタを……、いや、まァイイや。その話ゃ、こんど来たとき聞かしてやる。だから、また来い」

もったいぶられて娘がさも不満げな顔をすれば、父はいたずらっぽい笑みを見せた。

ねぎらい

しばらく放っておかれはしたものの、茶の木は丈夫な生き物らしく、夫が再び心を向けてやるようになれば、すねたりせずに以前と変わらぬ姿に戻ってくれている。そんな茶畑と同様に、信之進との仲も脆《もろ》くはなかったらしく、悪くすればあのまま断たれていたはずの絆は再び結ばれ、これも前と変わらぬ形に返っている。それが何の力によるものなのかは分からない。聞けば、たまたま多佳の夫が街道で行き遭い、引き留めてくれたのがきっかけらしい。ならば、天上の見えぬ何者かの導きによるものなのかしら、と思わずにはいられない。

老いたりといえども二人の男が勤《いそ》しめば、茶葉の収量は増えることもない代わりに減ることもなく、つましいながらも暮らしは前と変わらず成り立ってもいる。

多佳の亭主は、五十の声を聞く頃に勤めを退くと、そのまま妻の里へせっせと通い、茶畑の仕事にすべての力を注ぐようになっていた。それが終いには一家でこちらへ移り住むようになり、いっ時は陽真を失って二人きりになってしまった寂しいかぎりの所帯も、今では信之進も含めて七人と、ずいぶんとにぎやかな暮らしに変わってくれている。

それはいかにも春らしい日の午後だった。

陽も伸びてまだまだ明るい四時を過ぎた頃、夫は庭に出て、腰を軽く曲げたり伸ばしたりしながら、老いゆえに凝り固まった体をほぐしにかかっている。そうするうちに、学校帰りらしき小学生のワンパクどもが声を重ねて唄う声が近づいてきた。まだ夫婦共にさほど耳も遠くなっていなければ、唄の文句の一々はハッキリ聞き取れもする。

〽　いちれつ　だんぱんっ　はれつしてぇーっ
にちろせんそう　はじまったぁーっ
さっさとにげるは　ろしあのへぇーっ
しんでもつくすは　にほんのへぇーっ

夫の顔が急に不機嫌なものに変わった。

「ろくでもねぇ数え唄なんぞ唄いやがって。大かた大人どもが教セぇたのだろう。露兵がさっさと逃げてくれりゃ、満洲であぁは死なずに済んだのだ。実の話をヒン曲げてやがる」

「あれからもうどれほど経ちましょう……」

「何年経とうが腹が立つぜ。気分直しだ、付き合え」

「え。どちらへ……」

「畑の見回りよ。ここにいりゃ、また次のハナ垂れ部隊がぞろぞろやって来て、バカな唄をまた聞かす。そいつァ御勘弁だ」

春の夕間暮れに妻を連れて畑の見回りとはずいぶんとお珍しいことを、とは思わずにいられない。それでも言われたままに早季は夫の言葉に従い、付いて行くことにした。

わずかに傾きのある、腰幅ほどの小径とも呼べぬ小径を、二人は茶木の様子を見ながら降りて行く。右へ行っては左へ折れるを何度か繰り返す自分たちを、仮に山の上から見でもすれば、きっとそれは平仮名の〝ろ〟の字を草書で連綿と綴るような形に見えたろう。

そうして久しぶりに畑の中を歩き回れば、よくもまあここまで広げたもの、とあらためて思わぬわけにはゆかなくなる。もうすっかりと気分直しができたらしい夫は、斜面の中ほどで歩みを止め、そのうちに妙にしんみりとしたような顔を妻に向けた。

「なあ、早季。俺ァこの頃つくづく思うのさ……」

「どのようなことを……」

「うん。古い話じゃあるが、俺ァな、あの上野の戦で必ず死ぬものと思ってた。それが恥をさらして生きて戻って、江戸を追われて駿府に落ちて、けどもがその末に可愛い孫の顔を二つ拝めもし、それが今は大きくなってくれてもいる。もちろん陽真を亡くしたのはあきらめ切れねぇことじゃあるが、それでもあれこれのことを思い返してみりゃ、ずいぶんと仕合せな男なのだろうと、そう思ってさ」

夫からそう明かされた妻が、過ぎ去った四十何年の間に起きた事どもを振り返れば、受けて返す言葉は当然ながらずいぶんと後になってしまった。

「……なら、きっと……、私も」


茶園の底へたどり着いた二人は、まるで息を合わせでもしたように来た道を仰ぎ見た。

「昔々、土地の男らに土下座してみしたのァ、どの辺りになるかなァ……、あれァ、初めて開墾方に挨拶しに行った時だった」

「その話になると、そのうちに多佳のお尻をつねって泣かした話になりましょうから、よくは憶えておりません」

妻の冗談口に笑いはしたものの、征克はまた感慨深げな顔に戻っている。

「あの、どうしようもねぇ土地がよくここまでなったものさ」

「来る日も来る日も信之進さんと二人、オノやクワをふるって汗流されましたから」

「そいつを今は多佳の亭主が引き継いでくれてる。あれを嫁に出した時ゃ思いもしなかった」

妻はただうなずいてみせた。

「けど、あれだぜ、おめえのお蔭もずいぶんとあるのだ。陣後の守りについて何もかも引き受けてやってくれたから、俺と信さんは心おきなく野ッ原と格闘できたわけだものな」

珍しいことを言われ、どう返したものかと迷う内にも、相手は焦れたように畳みかけた。

「なんだ、亭主からそんななして褒められりゃ、そのようなことはございません、とウソでも謙遜してみせるものだ。まァ、俺みたような男が女房に向かってこんなこと言うのァ、確かに稀有奇天烈《ケブケテレツ》なことにゃ違ゲぇねぇが」

「それは気が利かぬことでした。なら申しましょ、そのようなことは決してございません」

夫婦して笑い合ううちにも辺りは涼しいのを通り越し、腕には少しアワ肌が立っている。

「お。風が出てきたな。もう戻るか。ンなら、ほれ」

言いながら夫は両の腕を背中に回し、腰の上へ持って行くと、妻の方へ向けて尻を突き出しながら促している。まさかとは思いながらも、早季は即座に抗ってみせた。

「からかってはダメです」

「からかっちゃしねぇさ。いいだろ、滅多にねぇことだぜ」

「今日は妙なことばかり。畑の見回りをしようと言ったり、敬伍さんや私を褒めたり。その末にそのようなことまで……」

「変でも妙でも良いわさ。誰が見てるわけでもねぇだろ。帰りの道はチィと楽さしてやろうと言うのだ」

「年寄りに恥ずかしい思いをさしてはいけません」

「年寄りなら人の言うことは聞くものだ、ほれっ」

「ヤです」

「一生に一度あるか無しかだ。少々ヤでも、亭主の深切は容れるものだ」

夫のしつこさに折れ、早季は仕方なくその背に負われようと試みた。けれども、いざ両の腕を相手の肩に掛け、身の重さを全てあずけてみれば、負う側は大ミエ切った甲斐もないままに少しよろけている。

「ほら、やっぱり重いでしょうのに。人に恥をかかせた上に、年寄りの冷や水です」

「何を言いやがる、軽いものよ。うん……、そうでもねぇか……、後悔先に立たず、ってか」

広すぎるほど広い茶園ならば、二人してはばからぬ声で笑っても、それを聞きとがめる者なぞいはしない。

負い負われする老いたる夫婦を今、遠い山の端にゆっくりと沈む夕陽が柿の実色に染めている。そんな二人を囲む茶畑は、ツバキやサザンカを思わす濃い緑の葉と、小さな白い花に充ちていた。

文明利器

女の腕でひと抱えほどもある木箱を胸丈のタンスの上に置くと、その尻から伸びる縄のような物の先を二つ穴の挿し口に差し込み、多佳はパチリと音立てて電気を通した。

そうされてもウンともスンとも言わなかった木箱は、十ほど数えるうちに耳障りな音を立てはじめ、表に出っ張ったツマミを右へ左へ回されるうちに、次第に人の声を聞かせてくる。

そんな仕掛け物の正体を、新聞などで薄々知っている征克は、さほどに驚きはしない。それでも、まるで手妻《てづま》か何かのように、そこにはおらぬ人間の声が箱の中から流れ聞こえれば、やはりオッと息を飲んでしまっている。

老いた父は努めて平静をよそおったふうで、常の如く、口小言めかして娘に言った。

「なんだぇ、高ケぇのだろ。贅沢をするな」

「たまには良いでしょ。仐寿《さんじゅ》のお祝いの前倒しだと思って」

「八十までにゃまだチョイト間があるぜ」

「なら、精々おとっさんの元気なうちに」

「面と向かって言いにくいことを言うものだ。親を甘やかしゃ孝行だと思っちゃしねぇか」

是芳、征克と二代にわたって口が悪ければ、その血を引く娘も負けてはおらぬらしい。

「似合わぬ孝行は致しません。皆して折々聴いて楽しみもしますから」

「皆で聴くってか……、ま、いいや。なら、俺もせいぜいお相伴にあずかるさ。ありがとよ。どうだ、ちゃんと前倒しで礼は言ったぜ」


その日と翌日だけはヤセ我慢をし、ラヂオは目に入らぬフリをして過ごした。けれども、三日目には物珍しさに惹かれ、恐る恐るスイッチやらダイヤルなるツマミをひねっている。そうして自力でひとたび音を出させてしまえば、恐れる要のない仕掛けなのが分かりもし、その日からは、決まった時間が来ればラヂオを聴くのが老いた男の日課の一つになっていた。

父親が年を取り、毎日畑に出る要もなくなれば、あとには退屈しか残っていないということを、娘は前々から分かってもいたらしい。ならば、このラヂオというカラクリ物は、征克の無聊を慰めるための恰好の道具になっているのは確かだった。

さはさりながら、生粋の元江戸士・高取征克には、魔訶不思議な器械と思われてならない。ウルシならぬニスを塗って仕上げた薄茶色の玉手箱。その表にある格子に張られた布の間からは、本来なら木戸銭を払わねば聴けぬはずの演芸が流れてくる。たとい偉い学者先生からなぜそれがそうなるかの理屈を一々説かれたとしても、征克に解かろうはずもない。

箱から流れ出る音曲に聴き入るうちに征克は、ふと、もし早季も今ここで共にラヂオに耳傾けられていたなら、と思ってしまう。ムダな買い物をするなと娘に言いはしたけれども、生きていればきっと早季にとってもずいぶんと親孝行な贈り物にもなったろうと悔やまれもする。今は独り身になってしまった征克は、娘のくれた贈り物のことを思う内に、自身に問いかけだした——俺ァ、早季の喜ぶようなことをしてやったことがあったろうか——と。

初めの内こそ、すぐに答えは見つからない。それでもそのうちに思い当たることが一つある。確かに早季には苦労や心配のかけ通しではあったけれども、たった一つ、こちらの謝意を伝えるようなマネはしたようにも思われるのだ。それは、数年前のあの日、妻を背に負うて、山なりの茶園の下からゆっくりゆっくり上って行った時のこと。

ただ、後にも先にもそれだけしか思い出せない。常の自分からすれば、ずいぶんと珍妙に見えるはずのあの行ないを、当の早季がどう思ったかは知る由もない。生きて今横にいてくれでもすれば、直に訊くこともできるのだろうけれども、それは全く叶わなくなってしまっている。大人の女ひとりを背負うて丘を登り切ろうなぞとは年寄りの冷や水、とこちらに言ってよこした当の早季とて、こちらとわずか一歳違いならば充分に年寄りではあったろうのに、まるで嫁入り前の娘ででもあるかのようにあの時は恥ずかしがって拒みもしたのだ。

ひょっとするとそれは額面通りに恥ずかしかったらしいながらも、その一方、いつも勝手なことばかりする夫から、思いもかけぬ優しさを見せられて、大いに戸惑いもしたのではなかろうか、とも思われる。ただ、妻は驚き呆れながらも、まんざらうれしくないこともなかったのでは、と思えぬこともない。けれども、仮にそうであったにせよ、訊いて確かめることも叶わぬなら、やはり征克は、果たして女房にとってどれほど良いことを、自分は一体いくつしてやれたのかと、答えの得られぬ問いを繰り返さずにはいられなくなる。

妻を背負うたあの日からほどなく明治は終わり、続く大正の短い御世が終わる少し前、早季は夫をおいたまま静かに逝ってしまった。亡くなる少し前には大地震が帝都を襲い、駿河茶を異国に向けて積み出していた相州横浜の町や港もひどいことになっていたという。

そうして閉じた七十四年の生涯を、早季はどのように思ったのだろう。高取に嫁ぐ前に思い描いたような暮らしは得られなかったのかも知れない。それでもたった一つ救いに思えるのは、この世からの去り方だった。春は天気の定まらぬもののはずだのに、珍しくその日は晴れて暖かだった。いつものように縁側で裁縫をしながら、妻はいかにも穏やかそうに、まるでうたた寝にでも落ちたようにしてスッとこの世を去っていた。それを見つけた夫は大泣きしながら、母を亡くした幼子のように、ただ芸もなく、妻の肩をゆすり続けるばかりだった。

指からスルリと落ちた縫い針の音さえこの世に残さず、ただひたすら静かに逝った妻。その姿だけが、今の征克にとってはわずかな救いと慰めになっている。

物思いにふける征克を我に返すかのように、つけっぱなしのラジオからは、やけにハキハキした男の声が流れてくる。

「お送り致しております『演芸十選』。只今よりお聞き頂きますは浪曲、二代目・広沢虎造、皆様ご存知、名調子『清水次郎長伝』。どうぞひと時のあいだお楽しみくださいますように」

江戸にいた頃は、勇み・博徒・侠客なぞという者には、およそ親しみを覚えることはなかった。けれども、いつか信之進から聞かされた話に心動かされ、考え方がだいぶ変わりもしている。それによれば、神田旅籠町の侠客・三河屋幸三郎なる者は、上野の山に腐れるまま放っておかれた彰義隊隊士の屍を小寺に運んでねんごろに供養したの由。また期せずして同じ頃、清水港の侠客・山本長五郎なる男は、海辺で斬り刻まれた幕府軍の士の遺骸を、これも丁寧に埋葬し、供養塚まで建てたとか。その義侠なふるまいを見とがめ脅しにかかる薩長士賊に対し、それぞれ互いは遠く離れた所に住む侠客であったにもかかわらず、まるであらかじめ計らい合いでもしたように〝死んだら仏だ、敵も味方もあるものかッ〟と啖呵を切って一蹴《いっしゅう》したという。

そんな話を聞かされた征克は、それまで蔑み侮っていた長脇差一本のヤクザ・侠客を見直し、〝よくやってくれた、礼の言葉もねぇほどだ。まったくどっちが真っ当な人間なのか分かりゃしねぇ〟と、語り聞かせた信之進に向け、目を潤ませてみせたほど。

ただ、それはそれとして、老いた征克は今、あれを善、これを悪とハッキリ分け切れぬようにはなってもいる。もし、薩長士賊が世の中をひっくり返さなかったなら、今もきっと自分はマゲを結い、月額《さかやき》を整え、腰に危ない大小二本を差していたろう。そんな遅れた世の中なら、病やケガもインチキ医者や祈禱師や神札の力にすがるしかなく、それでは治るはずのものも治らない。さらには、こんな文明の産んだ器械でもって、落とし話や音曲を遠く離れた場所で聴くなぞ夢物語となる。戊辰の後に生じた、好ましい事、好ましからざる事あれこれを思い比べるたびに、征克はいつも明治の御世に対する好悪の情二分八分をグチャグチャと泥足で掻き混ぜたような気分になり、気がつけば悶々とした心の袋小路に入ってしまう。

我に返れば、木箱の中からは年季の入った塩辛い声が流れていた。

〽旅ゆけばァ〜ああん、駿河の国にぃぃぃ〜い、茶のかァおりぃぃぃぃ……

ああ、こいつがシロサワトラゾーって浪曲師か、と聴き入りながら、征克は、あの日、縁側でさも気持ち良さそうに眠りながら逝った妻・早季のように今はウトウトしはじめている。手には読みかけの新聞があり、ずり落ちかかった鼻メガネの顔は、十七、八の頃のトゲトゲしかった面立ちとはずいぶんと違う、いかにも好々爺といったものに変わっている。

新聞は、御一新から六十年にあたる頃から、それに因んだ読み物を連載している。『江戸生き残りの故老たち』と題するそれは、語り部を毎回変え、あの頃の話を後世の者に伝えようと試みている。生まれ育った場所や時を違え、勝った側、敗れた側の違いもあって、語り手によって話の中身は自ずと大きく異なりもする。歳回りからすれば自分もそんな〝故老〟の内には入るのだろうけれど、どこの記者が尋ねて来るはずもない。いや、それで良い、俺なぞは人に聞かせるような話なぞ何も持っちゃしねぇのだから、といつも読みながらそう思う。今となっては江戸なぞ、もう遠すぎるほどに遠く離れて霞《かす》んでしまっているのだから。

聴くうちに、今は深く寝入ってしまったのか、開き持っていた新聞が、乾いた小さな音を立てて畳の上に落ちた。それはちょうどあの日の早季をマネたもののようでもある。その顔は穏やかで、この世に残す悔いなぞ何もありはせぬ、と静かに告げているようでもあった。

思い出遠く

その朝も多佳はいつものように、祖父母や両親、それに弟の位牌を無理して収めたような小さな仏壇に向かって長々と手を合わせつづけていた。ひかえめに御鈴《おりん》を鳴らせば、尾を引くその響きが、糸のようにか細く立ち昇った線香の煙を揺らせはじめる。

二親が逝ってからどれほど経つだろう。徳川末世の頃に生まれた人たちは、長生きしても大正年間には、ほとんどが申し合わせでもしたようにして世を去ったようにも思われる。或る者は、先々に明るい希望を抱かすようなデモクラシーの風にホッとしたのかも知れない。あるいは他の者は、帝都を襲った大地震の惨禍に打ちひしがれ、世の常ならぬを嘆き悲しみ、それでも子や孫の未来は良いものであれと願いながら逝ったのかも知れない。

拝み終えた多佳は二親の遺影に目をやった。昭和の今ならば、誰しも幼い頃からの写真を幾葉か持ってはいる。けれども、あの時代の人たちは、若い頃の自身の顔や姿形なぞ何に残されているはずもない。大政治家や軍人、分限者《ぶげんしゃ》なら話は別だろう。明治も中頃を過ぎれば、さすがに写真もだんだんと広まりはしたけれども、市井に生きる人々が、わざわざ敷居の高い写真館に出向いて高い銭を払い、写真を撮らすような贅沢で酔狂なマネはしない。

ただ、その頃の人たちでも、いよいよ老齢を迎えれば、自身の逝った後、遺族が折々自分を思い出す折のヨスガとして、一張羅を羽織った肖像写真一枚を残すほどのことはしてくれている。そうして撮らせた、今は亡き両親のなけなしの一枚が、仏壇のある間の鴨居に掲げられている。もちろん二人が若かった頃の写真なぞ、一枚とてあるはずもない。その代わりに自分の目の奥には、働き盛りの父母の姿がくっきりと焼き付けられているのだ。

けれども、それはこちらの目の中、心の奥にしかないものならば、子や孫に見せてやることなぞできもしない。そうなってみると、末々の子らは、先祖が現にこの世に生きて暮らし、荒れ野だったこの地をなんとか拓き、それを立派な茶園に作り変えたのだと聞かされても、ただ〝ああ、そうでしたか、それは大変だったでしょう〟と言って済ますしかないだろう。

それでもあの人たちは確かにここに居もし、暮らしもし、何ものかと戦い、泣き、笑い、喜び、悲しみして、それでも命尽きるまでこの世にあったのだ、あってくれたのだ。ならば、せめてこちらは折々それを思い出してやるのが唯一の供養になるのだろう、と思うしかない。

そのうちにも多佳は〝信おじちゃん……〟と心の内でつぶやいていた。七十を越えた自分がまるで子供の頃のように、今もその人のことをオジチャン呼ばわりしてしまうのが何とはなしに可笑しくも思われる。

血縁の者ではないけれども長く共に暮らした人。気まぐれにふらりと何処かへ行っては、またふらりと必ず戻って来る人。父とは大いに違い、どこか優しげで、母や自分の様子に何か浮かぬものを見つければ、それとなく水を向けてくれ、そうされたこちらが明かせば、耳傾けて、ほんの一言二言ではあるけれども、スッとこちらの気の収まるようなことを言ってくれもした。そんな信おじさんは、大正中頃の或る日、それまで折々そうしていたように、フッと何処かへ旅に出ていた。常ならば、またそのうちにきっと戻るはずのその人は、結局そのまま帰ることはなかった。今頃はもう九十を越えているだろう。けれども、旅から戻らなかったということは、別の所へ旅立ってしまったものと今はあきらめるしかないらしい。

信之進のことに続けて、多佳は今、さらに遠い日のことを思い返しはじめている。

幼かった頃、茶園を舞い飛ぶ小鳥を見つけ、父に向かって自分は言ったもの。

「おとっさん、スズメ、ううん、違うかな、メジロかな」

父は笑って返した。

「どっちでもねぇよ、多佳坊。あれぁシジュウカラてぇのだ」

長じた後、あらためてその鳥を見てみれば、大きさは同じようでも、ずいぶんと違うのが分かる。黒いツムリに白い頬、首に黒のエリ飾りを締め、淡い青と黄の染めが入った羽は、確かに木の皮色の地味なスズメとは大きく異なり、ずいぶんと洒落た愛らしさがあった。

「あれはなァ、可愛いだけじゃなしにずいぶんと性根の良い鳥でな、茶葉に毛虫が取ッ付きゃ、人の代わりにせっせと取って食ってくれるのだ。世の中うまくできたものさ」

自分はその様子を見たことはなく、ただ二、三羽が水たまりで手早く行水を済ませて飛び立つ姿しか見てはいない。

父と娘の間にそのような二人だけの小さな話があるように、自分と弟との間にも二人だけの話がある。それは、弟の勉強を見てやっていた頃のこと。

七つも歳が離れていれば、こちらはもうそろそろモノを想う年頃になっていた。或る時、ふと、弟に向かって〝あんたの姉ちゃんは様子が良いか、きれいな女の内に入るか〟と訊いてみたことがある。するとさすがに面食らったようではあったけれども、弟は弟なりに頭を働かせ〝学校に女はいないから、良くは分からない〟と返してきた。六つ七つにしては上手く逃げるものだ、と思いながらもさらに追い討ちをかけ〝なら、開墾方に女の子はいるだろう。その中の見知った子と比べたらどうなのだ〟と詰め寄ってみた。窮地に立たされた陽真は、きっと勉強を見てもらっている手前、姉の機嫌をそこねてはまずいと思ったに違いない。少しのあいだ思案げな顔をすると、そのうちに〝なら、姉ちゃんはあの子らと比べてチョイト粋かもしれない〟と言って返し、こちらは煙に巻かれた形にされていた。

後から思えば、きっと父と信おじさんが女の人をイヤラシく品定めするのを脇で聞いて耳で憶えたそれを、ただそのまま使って逃げただけのことなのだろう。だのに、うかつなことにもこちらは〝そうか、私はチョイト粋なのか、小粋なのか〟と真に受けたまま大人になり、その言葉の表すところも良くは分からぬまま、気が付けば芹根敬伍のもとへ嫁いでいた。

そんな娘のハレの日に、父はなぜかひどく意気込み、江戸木遣りを披露してやろうと企てる。とばっちりを受けたのは、同じ屋根の下に寝起きする二人の男で、それでも陽真は大人になりかけの中途半端な声でもって精いっぱい祝いの場に花を添え、信おじさんも顔が赤くなるまで声張り上げて、門出のこちらを祝ってくれたのだ。

そんな話ももう五十年以上も前の事。思えば、突拍子もないようなことをやらかす父だった。改まった場に出れば、きちんとした話し方もできるのに、身内相手のモノの言いッ節はひどく悪い。だのに決して誰からも憎まれはせず、得な人柄ではあった。そんな父も、ひどく不運な目に遭わされている。それは、たった一人の跡取り息子を奪われてしまったこと。貧乏御家人ではあったけれども、徳川家から立派に禄を頂戴する家だと言わんばかりの〝高取〟という家名は、その一事でもってあっけなく継ぐ者のない苗字にされてしまっている。

ただ、つまらぬ苗字なぞのことよりずっと無念なのは陽真の落命以外にあるはずもない。

兵役を終えて戻った陽真は、なるほど体の内に鉄の棒一本を通しでもしたようにシャンとして見えた。それでも、たまに里帰りする姉には、親に聞かせられぬような兵舎内の暮らしをぽつりぽつりと話してくれもする。塀の向こうに隠されたそれは、つらいことの多いものだったと言う。親しい者がつまらぬことを理由に叩きのめされ、目や耳をダメにされたような話。殴られるのは日常茶飯で、そうして上にやられた者は下の者に同じことをして帳尻を合わせようとする。大ケガをさせ、鉄砲が撃てぬようにしておきながら、それでは荷運び軍夫にしかなれぬぞ、と笑いもするという。〝鉄砲弾一発二銭五厘。敵弾に当たれば、それほどの命だったとあきらめよ。兵とはそのようなものだ〟とは何かにつけて言われたらしい。幸いなことに弟はそうした目には遭わなかったものの、母から聞かされた話では、除隊後、自分の家で寝ていながら悪夢にうなされ夜中に叫んで起きることもしばしばだったという。

ああ、そうだった、と多佳はつづけて思い出す。母が亡くなった後、残された手周りの品を検《あらた》めていた折、娘時分から愛用していたらしき文箱の中に折り畳まれた便箋を見つけたことがあった。日露戦役からは二十年も経った頃だった。何気なしに開いて読めば、陽真の上官からしき手紙と判る。おそらくは遺族を慰めるつもりでつづったのだろう。それでも真意は良く分からぬ手紙だった。そこにはただ勇ましく堅苦しいばかりの言葉がぎっしりと並び、合い間合い間に陽真の死を悼みながらも、奮戦敢闘の末の戦死ならぬ病死とは至極残念なり、と言っているように思われもしたのだ。読み終えた自分はそれをまた元の通り畳んで仕舞っていた。

陽真の遺骨が返された晩の話を母から聞かされたことがある。その折は、悪くすれば怒りに衝き動かされたまま父はどこかで刀でも手に入れ、薩長とおぼしき者には誰彼構わず斬りかかったかも知れなかったと言う。仮にあの手紙を父が読みでもすれば、それが事実そうなったおそれは多分にある。それほどに手紙の内容は、読みようによっては腹立たしくも思えるものだった。けれども、よくよく考えれば、あのような私信を送ること自体が軍律に反することのはず。とすれば、やはり遺族を思いやってのことらしくもある。軍人ならば使える言葉は限られてもいて、仮に発覚すれば責められもするだろう。そうなると、あのようにしか書けなかったのか、とも思われる。ただ、母はあの手紙を読んでどう思ったのだろう。やはり夫には決して見せられぬ物として、文箱の中に隠したままにしたのだろうか。

あれは、日露戦役から数年経った頃。たまたま通りかかった金谷の町の神社には、大きな分厚い石板が空に向かってそびえ立ち、表には『忠魂碑』の三文字が深く彫られ、脇にはそれをしたためたらしき陸軍大将・何の誰兵衛の名が刻まれていた。幅は一間半ほど、高さは台座の上九尺ほどもあったろう。裏には、讃えられるべき地元の烈士の名が彫られていた。

日露戦役出征　工兵特務曹長　□□　□□
日露戦役出征　歩兵上等兵　□□□　□□□
日露戦役出征　歩兵一等兵　□　□□□□

上下二段に分かれてズラズラズラと何十人もの名があった。その結びには、披露目の年月日と『在郷軍人会□□□□分会　謹設』とあったのをおぼえている。

その時、なぜか弟の名を確かめようという気も起きぬまま、自分は足早に去っていた。自身、その訳は分からぬのだけれども、今になって思い返せば、どこかしらその石碑が、あの意味不明の手紙のように空々しい勇ましさとウソに満ち満ちていたからなのかも知れない。

＊　　＊　　＊

その年のその日も、多佳はいつものように裸電球の灯りの下、昔よりは幾分動きののろくなった指でもって繕《つくろ》い物をしていた。すると、一瞬、すりガラスの窓を一筋の光が横切るのを感じた。それが自転車のハンドルに付けた箱型前照灯の作る光跡であるとはすぐ分かる。町で用事を済ませた娘が戻ってきたに違いない。自分に似て転婆なところのある明志は、三十半ばになった頃、何を思ったのだろうか、生傷こさえながら自転車の乗り方をおぼえ、今は五十にもなろうというのに、危ないからお止しと言うこちらの注意には耳も貸さず、便利だからと言っては、買い物だの何だのの用を足すために乗り回している。

そんな明志が風呂敷包みを抱えて部屋に入ってきた。

「すっかり直してくれて、おまけにニスも塗り直してくれて、まるで新品。経済だったわ」

そういって包みを解けば、目に馴染んだラヂオが顔を出す。壊れたからといってあっさり買い替えるのはためらわれた。経済うんぬんのことよりも、父が熱心に耳傾けていた物だから手放すのは忍びなかったのだ。

電気を入れれば、初めのうちこそ買った時と同様、長いことダンマリを決め込んでいたものの、そのうちに中身がジンワリと温まったのだろう、終いにはあの懐かしい雑音をガーガーと聞かせ始め、ダイヤルを小刻みに回して探るうちに、やがて人の声が流れ聞こえてくる。

あの時ラヂオなる最新の文明利器を思いきって買おうと決めたのは、それに先立つ或る日、父がさも所在なさそうにしてポツリと言ったことがきっかけだった。

——なんだか俺ァ長生きが過ぎたような気がする。早死にした幼なじみの三回分も生きちまったなら、そう思うのも当然か。それに今は昭和だ。新しい御世に、これと言って身を入れてやんなきゃなんねぇこともねぇのなら、もうそろそろアッチへ行ってもイイか、とァ思いもするのさ——。

そう聞かされたこちらが即座に〝よしてください、縁起でもない〟と言えば、以前の父ならきっと〝洒落で言ったのだ。米寿、いや、切り良く卒寿を祝うまではまだまだくたばるものか〟とでも言うはずのところが、その折は何も言い返さずに黙ったままでいる。

思えば、畑仕事は良い気散じにもなっていたのだろう。それをせずに済むようになれば、楽なぶんだけ生き甲斐は乏しくなる。あるいは、もし母が生きていてくれたなら、父も話し相手には困らなかったはず。そこまで考えた瞬間、多佳はひらめいた。——ラヂオだ——。

もちろん、その器械はこちらに話しかけてくるだけで、受け答えはしてくれない。それでも無いよりマシと思って、買ってみれば、初めのうちこそ有難迷惑のような顔をしながらも、すぐに父は気に入ったらしく、そのうちに二六時中聴き入るようになっていた。

在りし日の父のそんな様子を思い出せば、同様に今七十を越えてしまった我が身がそれと重なってくる。人のことは言えない。自分とて、特段せねばならぬでもない縫い物を、わざわざこうして昨日も今日もしているではないか。そして、このようにラヂオが直って戻ってくれば、あの頃の父のように、日がな一日つけっぱなしのようにして聴き入るのだろう。

師走のその日の朝、いつものように多佳がスイッチをひねれば、ラヂオはいつもと変わりなく七時の時報を聞かせる。つづいて、少し鼻にかかった声が、これも常と変わりなく、いかにもまじめそうな口調で淡々と伝え始めた。

『臨時ニュースを申し上げます、臨時ニュースを申し上げます、

大本営陸海軍部、十二月八日午前六時発表、

帝国陸海軍は本八日未明、西太平洋において、アメリカ、イギリス軍と

戦闘状態に入れり、

帝国陸海軍は本八日未明、西太平洋において、アメリカ、イギリス軍と

戦闘状態に入れり、今朝、大本営陸海軍部からこのように発表されました』

一瞬、何を言っているのか分からない。それでも〝本八日未明〟と言っていたのは耳に残っている。夜の明けやらぬうちにそれは起きたということか。なるほど、十年も前から中国とは戦争をしている。けれども今度はアメリカ、イギリスを相手にすることになったというのか。

そう思ううちにも、まずは自分のことよりも先に、子や孫のことが案ぜられた。

朋幸は名古屋の食品会社で働き、四十半ばでもあるならば、まさか戦に駆り出されるはずも

ない。その子供たちも女ばかりの三姉妹ならば、戦争とは無縁のはず。

老いた自分と同居する明志の長女・紗江は既に嫁いで広島にいる。長男・正憲は農試研勤めで化学に明るいことから上司の引きもあって軍の嘱託になり、一時は新宿の戸山辺りにいたらしい。何をさせられているかはもちろん知らない。けれども、白衣を着てガラスの器具を扱う限りは、鉄砲を担がされるおそれはなさそうだ。ただ、当人が今どこにいるのか、内地なのか外地なのかはわからない。けれども、そうした諸々を考え合わせれば、当面の所、差し迫った心配はないようにも思われる。それでもそのうちにつぶやいていた。――それにしても、よりによって暮れ・正月を前にわざわざ戦《いくさ》を始めなくても――。心の内でそのようにつぶやけば、モノの言いッ節の悪かったあの父ならば、きっとこうも言ったろうとも思われる。――師走にオッぱじめるとァ洒落にもなンねぇ。鉄砲の台尻でペッタンペッタン餅でもつくってか。米英相手とァ呆れたね。野蛮な毛唐どもと戦すりゃどんな目に遭うか、ロスケとやって懲りたろうのに、何も学ばぬ御人らよ。夜郎自大も大概《テーゲー》にしやがれだぜ――。

戦が始まったというのなら、せめて早々に決着してほしいと強く願わずにはいられない。だのに、ふと多佳は悪いことを思い出してしまう。――そう言えば、大井に飛行隊の基地ができたとか聞いてる。けれど、まさかそれを敵が憎がってここまで攻めて来るはずもない。ラヂオの言ってた西太平洋がどの辺りなのかは知らないけれど、まさか、のどかなこの静岡まで敵がはるばるやって来るはずもない。だって、ここにあるのは茶畑ばかりなのだ。それに、そんなことよりも何よりも、もう、かなわない、かなうものか、高取の家は大事な陽真を日露戦役に差し出して死なせているのだ。この上、誰が戦で死んでたまるものか——。

嫌なニュースを朝一番に報じたラヂオのスイッチを腹立たしげにひねり消すと、多佳は庭下駄をつっかけ、足は遅くなったものの、それでも精いっぱい飛び出すようにして外へ出た。

齢のために少し丸くなった背を伸ばし遠くを見やれば、シナ事変以来キナ臭さを一段と増した世情とは関わりなしのようにして、ただ悠然と茶畑が爽やかに広がっている。そんな多佳を北風が一瞬包むと、そのまま茶園をなでおろし、終いに遠くの海へと走り去った。

緑の景色を眺めながら、何ものかに救いを求めるようにして多佳が朝の冷気を胸いっぱいに吸い込めば、先々への不安やら暗い気分やらはそれと入れ替わったものらしく、それで少しは軽くも明るくもなった心のままに、多佳はなおも茶園の彼方を見続けていた。

了

〈著者紹介〉
富永 彰平（とみなが しょうへい）
1954（昭和29）年1月、神田川尻の問屋街・浅草橋に生まれ、城西外の新開地・中野に育つ。
旧大阪外語大ロシア語科卒。脱サラの後、日本語教師など。

用無し侍

定価（本体1091円+税）

乱丁・落丁はお取り替えします。

2021年 11月24日初版第1刷印刷
2021年 11月30日初版第1刷発行
著　者　富永彰平
発行者　百瀬精一
発行所　鳥影社 (www.choeisha.com)
〒160-0023 東京都新宿区西新宿3-5-12トーカン新宿7F
電話 03-5948-6470　fax 0120-586-771
〒392-0012 長野県諏訪市四賀229-1（本社・編集室）
電話 0266-53-2903　fax 0266-58-6771
印刷・製本　モリモト印刷

ISBN978-4-86265-936-1 C0093